古典文獻研究輯刊

初 編
曾永義 主編

第20冊

唐英戲曲研究
——花雅爭勝期一個劇作家的考察

丘慧瑩 著

國家圖書館出版品預行編目資料

唐英戲曲研究——花雅爭勝期一個劇作家的考察／丘慧瑩 著
— 初版 — 台北縣永和市：花木蘭文化出版社，2010〔民99〕
目 2+184 面；19×26 公分
（古典文學研究輯刊　初編；第 20 冊）
ISBN：978-986-254-383-2（精裝）
1.（清）唐英　2.傳記　3.傳奇戲曲　4.戲曲評論
853.67　　　　　　　　　　　　　　　　　99018490

ISBN - 978-986-2543-83-2

9 789862 543832

古典文學研究輯刊
初　編　第二十冊　　　　　　ISBN：978-986-254-383-2

唐英戲曲研究——花雅爭勝期一個劇作家的考察

作　　者　丘慧瑩
主　　編　曾永義
總 編 輯　杜潔祥
出　　版　花木蘭文化出版社
發 行 所　花木蘭文化出版社
發 行 人　高小娟
聯絡地址　台北縣永和市中正路五九五號七樓之三
　　　　　電話：02-2923-1455／傳真：02-2923-1452
網　　址　http://www.huamulan.tw 信箱 sut81518@ms59.hinet.net
印　　刷　普羅文化出版廣告事業
初　　版　2010 年 9 月
定　　價　初編 28 冊（精裝）新台幣 45,000 元

唐英戲曲研究
——花雅爭勝期一個劇作家的考察

丘慧瑩　著

作者簡介

丘慧瑩

中央大學中文碩士、高雄師範大學國文研究所博士

目前任職於東華大學中國語文學系暨研究所專任副教授

學術專長為中國古典戲曲、俗文學、民間文學、女性文學

曾獲第二屆中國海寧杯〈王國維戲曲論文獎〉一等獎、中華發展基金會獎助、2009年山東省文化藝術科學優秀成果一等獎。

著有專書《乾隆時期戲曲活動研究》及戲曲、寶卷等相關學術論文多篇,並主編《中國牛郎織女傳說‧俗文學卷》、《大學國文選》〈女性文學〉部份。

本書曾獲國科會八十年度乙種獎助。

提　要

　　唐英是身處花雅爭勝期的文人劇作家。其劇作明顯受到花部戲曲的影響,而且他的劇作中還保留了不少清代地方戲曲的資料,這與一般文人排斥花部聲腔的態度有明顯差異。然或因資料之缺乏,或因史觀之不同,唐英往往被忽略。雖是如此,唐英劇作所展現之花雅爭勝期的時代意義,卻是不容忽視的。因此本文以「唐英戲曲研究」為主題,希望喚起戲曲研究者重視唐英在戲曲史上的價值。又因為唐英之所以願意接近花部戲曲,是受其仕宦生涯及時代背景的影響,因此試著從唐英游移在「文人」、「陶人」之間的心態,做一分析。

　　本文「緒言」介紹研究緣起及經過,以及本論文大致的架構。

　　第一章「唐英生平概述」乃以傳記式的研究方法,了解唐英出處、性情及文學觀念。

　　第二章「唐英戲曲創作的時代背景」:花雅之爭的時代環境,對唐英戲曲創作有非常大的影響,此章即對唐英戲曲創作的時代背景,做一通盤分析。

　　第三章「唐英與花部戲曲」此章探討唐英對花部亂彈的心態,及唐英劇作與花部諸劇彼此間的關係。

　　第四章「唐英劇作評析」分析唐英劇作吸收地方戲養份,及其獨具匠心處。

　　「結語」說明唐英面對戲曲時,「陶人」及「文人」心態的轉變,及呼籲研究戲曲者,給予唐英應有的重視。

緒　言 …………………………………………………… 1

第一章　唐英生平概述 …………………………………… 7
　第一節　家世與生平性情 …………………………… 7
　第二節　唐英劇作 …………………………………… 16
　第三節　唐英其他作品 ……………………………… 21
　第四節　唐英的文學觀 ……………………………… 24

第二章　唐英戲曲創作的時代背景 ……………………… 31
　第一節　政治力量影響戲曲發展 …………………… 31
　第二節　異於明末的演劇活動 ……………………… 38
　第三節　花雅爭勝方興未艾 ………………………… 44
　第四節　新編崑劇難於搬演 ………………………… 49
　第五節　小　結 ……………………………………… 54

第三章　唐英與花部戲曲 ………………………………… 73
　第一節　唐英劇作與花部戲曲的關係 ……………… 73
　第二節　《綴白裘》諸劇與唐英劇作比較 ………… 80
　第三節　唐英改編劇作流行狀況及影響 …………… 88
　第四節　唐英對花部戲曲的貢獻 …………………… 96

第四章　唐英劇作評析 …………………………………… 101
　第一節　主題思想 …………………………………… 103
　第二節　關目情節 …………………………………… 108
　第三節　人物塑造 …………………………………… 113
　第四節　舞台藝術 …………………………………… 118
　第五節　小　結 ……………………………………… 125

結　語 …………………………………………………… 129

附　錄 …………………………………………………… 133
　附錄一　唐英年譜 …………………………………… 133
　附錄二　康熙朝流行的花部諸腔 …………………… 156
　附錄三　乾隆朝流行的花部諸腔 …………………… 156
　附錄四　康乾間《醉怡情》等六書收錄劇目詳表 · 156

重要參考書目 …………………………………………… 175

圖　目
　圖 0-1　唐英奏摺 …………………………………… 6

圖 1-1　《蝸寄》印記 ……………………………… 29
圖 1-2　「盛世陶人」印記 ………………………… 29
圖 2-1　康熙六旬萬壽伶人祝釐演劇情況 ………… 60
圖 2-2　康熙六旬萬壽伶人祝釐演劇情況 ………… 60
圖 2-3　康熙六旬萬壽伶人祝釐演劇情況 ………… 61
圖 2-4　康熙六旬萬壽伶人祝釐演劇情況 ………… 61
圖 2-5　康熙六旬萬壽伶人祝釐演劇情況 ………… 62
圖 2-6　乾隆八旬萬壽伶人祝釐演劇情形 ………… 62
圖 2-7　乾隆八旬萬壽伶人祝釐演劇情形 ………… 63
圖 2-8　乾隆八旬萬壽伶人祝釐演劇情形 ………… 63
圖 2-9　乾隆八旬萬壽伶人祝釐演劇情形 ………… 64
圖 2-10　乾隆八旬萬壽伶人祝釐演劇情形 ……… 64
圖 2-11　乾隆八旬萬壽伶人祝釐演劇情形 ……… 65
圖 2-12　乾隆八旬萬壽伶人祝釐演劇情形 ……… 65
圖 2-13　乾隆八旬萬壽伶人祝釐演劇情形 ……… 66
圖 2-14　乾隆八旬萬壽伶人祝釐演劇情形 ……… 66
圖 2-15　北京故宮寧壽宮閱是樓暢音閣大戲台 … 67
圖 2-16　北京故宮重華宮漱芳齋戲台 …………… 68
圖 2-17　北京故宮重華宮漱芳齋風雅存室內戲台 … 68
圖 2-18　《龍山宴》盛明雜劇二集插圖 ………… 69
圖 2-19　《同甲會》盛明雜劇二集插圖 ………… 70
圖 2-20　《還魂記》明代版畫選初輯 …………… 71
圖 2-21　清宮南府《穿戴題綱》 ………………… 72
圖 3-1　唐英劇作與花部戲曲的關係圖 ………… 99
圖 4-1　《驚鴻記》傳奇插圖‧明世德堂刊本 … 126
圖 4-2　《量江記》傳奇插圖‧墨憨齋重訂 …… 127
圖 4-3　《玉玦記》傳奇插圖‧富春堂本 ……… 128

表　目

表 0-1　各戲曲史提及唐英之狀況 ………………… 5
表 2-1　《醉怡情》等六書劇目比較簡表 ………… 55
表 3-1　唐編崑劇與《綴白裘》收錄之梆子腔劇作
　　　　之比對 ………………………………… 80
表 3-2　唐編崑劇、《綴白裘》收錄梆子腔諸劇及京
　　　　劇劇作主要情節比較 ………………… 93

緒　言

　　由古至今，歷代文人繁如天上星辰，文學作品多如恆河沙數；然而隨着
時序更替、物換星移，許多人永留青史、一再被人推崇，許多人卻寂寂無名，
被忽略遺忘。決定的關鍵，正在於——歷史的評價。文學史上所肯定的人物，
大多因其作品獨具風格，而能在文學史上爭得一席之地。然而唐英之重要性
卻不由其作品本身的藝術價值所決定，其劇作反映的時代風潮，才是他獨具
特色，值得推崇的地方。

　　唐英，是一個身處在中國戲曲發展重要關鍵時刻——「花雅爭勝時期」
的文人劇作家。花雅爭勝，是中國戲曲兩大傳統：曲牌聯套與板式變化、文
人劇與藝人劇的較勁過程。雖然爭勝的結果，已成定局；但處於彼時的劇作
家，為延續雅部崑腔所做的努力，實不容忽視。唐英雖是崑腔的愛護者，但
其崑劇劇作卻明顯的受到花部戲曲的影響，他曾大量採用花部劇作的題材，
並吸收了花部音樂和舞台藝術的特點；更明確的以「場上之曲」為作劇最主
要的目的，因而使他的劇作展現了獨特的風格。這與當時一般文人以崑腔為
正宗、排斥花部聲腔、不顧演出效果與群眾嗜好，使劇作逐漸走向案頭的態
度有明顯的差異。而他的劇作中還保留了不少清代地方戲曲的資料，更是一
件值得注意的事。唐英在戲曲史上，實應佔有一席之地。正如胡忌《崑劇發
展史》及王永健《明清傳奇》所論：

　　　　比較值得注意的是唐英《古柏堂傳奇》……將梆子、秦腔、亂彈班
　　　　所唱的戲改作崑調來唱，而且在戲中保留部份地方戲聲腔，是康熙、
　　　　乾隆年間一般崑劇作者所不屑為的事。……如果像唐英那樣的作者
　　　　在他的同時更多一些，取彼之長的目標明確一些，崑劇未必就會走

上創作的末路了。〔註1〕

（唐英）他的劇作引人注目的是：從內容到形式明顯地受到花部的影響。……《古柏堂傳奇》中的一些崑劇地方化的作品，說明在花部勃興之後，古老的崑曲藝術在探索和尋找新的出路。因此，從中國戲曲史的發展角度來作考察，唐英的傳奇和雜劇，也應予以足夠的重視。〔註2〕

在《清代戲曲史》中，周妙中女士也花較多的篇幅介紹唐英，指出唐英劇作與花部戲曲的密切關係。〔註3〕

不過很可惜的，除了以上三書之外，其他許多戲曲史，對於唐英卻沒有給予應有的重視，不是語焉不詳，就是完全忽略不提（見表 0-1）。其間原因為何？根據個人判斷，可能是因為：

一、史觀的差異

一般戲曲史以出現了南洪北孔傳奇雙璧的康熙朝，做為崑曲發展由尖峰走向下坡的轉捩點；康熙之後，敘述的焦點便放在新興的花部諸腔上了。乾隆朝的崑曲劇作家，只居於陪襯地位，都只有簡略的交待。甚至在董每勘的《中國戲劇簡史》清朝部份，更完全不提雅部崑腔，而只以花部為代表。〔註4〕

二、資料的缺乏

唐英之所以被忽略，和他的劇作流傳不廣有密切關係。以目前所知，僅北京圖書館藏有十四種、十五種及十七種三部《鐙月閒情》、浙江省衢州文物管理委員會藏有一部十六種、及中國藝術研究院藏有西元 1949 年後過錄本二部。而由周育德先生校點，上海古籍出版社印行的《古柏堂戲曲集》出版時，已是西元 1987 年 10 月間的事了。在青木正兒的《中國近世戲曲史》中說：

〔註1〕 胡忌，《崑劇發展史》（中國戲劇出版社，西元 1986 年，初版）第五章〈崑劇劇作的由盛而衰和演出的繁盛〉頁 406～頁 408。

〔註2〕 王永健，《明清傳奇》（江蘇教育出版社，西元 1989 年，初版）第十一章〈東張西蔣和乾隆年間的其他傳奇作家作品〉，〈唐英、沈起鳳等人對崑曲傳奇的革新〉頁 287。

〔註3〕 周妙中女士雖以較多的篇幅介紹唐英，但其在唐英劇作與花部劇作改編先後的問題上，也許是因考證有誤，於最後所持的觀點有所偏差。

〔註4〕 見《中國戲劇簡史》（藍燈文化事業公司，西元 1987 年，初版），頁 119。

其古柏堂傳奇，雖云今日往往有傳刻本，余不幸尚未獲見。〔註5〕

孟瑤的《中國戲曲史》也提到：

> 所作傳奇雜劇十七種，合刊之曰《古柏堂傳奇》刻本頗不易見，唯
> 知其劇目中有《雙釘記》、《梅龍鎮》、《打麵缸》、《天緣債》（一匹布）
> 都是今日極流行於皮黃戲中之劇目。〔註6〕

其中都明白指出資料缺乏的事實。如果沒有看到唐英劇作，自然無法了解他
對崑腔所做的努力，也無法體會其劇作所展現的花雅爭勝期之時代意義，當
然也無法給予他正確的評價。然而，唐英在戲曲史上的價值，並不能因為戲
曲史作者未見其劇作而被抹殺；特別是今日已有唐英劇作的流通版本後，給
予唐英在戲曲史上正確的評價，的確是刻不容緩之事。而唐英在花雅的過渡
期，對於崑劇做了這麼多的改良，其劇作又為何不流行於歌場？這也是個值
得玩味的問題！

　　目前對唐英的研究，多為短篇論文，已知的有：李修生〈唐英及其劇作〉、
孟繁樹〈《古柏堂傳奇》中的戲曲史料及其價值〉、刁雲展、張發穎〈唐英的
戲劇創作〉、周育德〈《鐙月閒情》與亂彈戲〉及〈簡論唐英的戲曲創作〉。如
果要對唐英在戲曲史上做一正確評價，必得將唐英生平、劇作與地方戲的關
係，做一系統之分析；因此不辭辛勞，奔波於海峽兩岸，搜索資料。希望藉
此研究，而給予唐英一較全面、較正確的評價，並進而對處於此一複雜時代
的文人心態做一考察。然資質駑鈍，還望大雅方家不吝指正。

　　唐英的作品，除了現存十七種劇作外，尚有《陶人心語》、《陶人心語續
選》、《輯刻琵琶亭詩》、《問奇典註》等著作。其中《陶人心語》及《陶人心
語續選》為研究唐英生平行誼之重要基本資料，然此二書也如唐英劇作般傳
本甚少，現知僅北京圖書館、北京大學圖書館有收藏，為善本古籍。其餘如
唐英奏摺，亦為重要參考資料（見圖 1-1）。又因唐英有名於世者，在瓷而不
在文；故各陶瓷史的記載，也是考察唐英生平的一個方向。然而努力搜集並
檢閱了有關陶瓷著作及宮中奏摺的資料後，也只能概括地了解唐英大致的任
官情況，對於唐英的家世交遊和文學觀等，依舊所知有限。最後只好再從《陶
人心語》上著手，以避免「不知其人，己意揣度」之嫌。由於書存北京，雖
二次赴大陸蒐尋資料，然皆未親見。後托大陸友人赴北京影印此二資料，不

〔註5〕見《中國近世戲曲史》（台灣商務印書館，西元 1988 年，台五版），頁 404。
〔註6〕見《中國戲曲史》（傳記文學出版社，西元 1979 年，再版），頁 381。

料此二書爲善本古籍，不允影印，友人竟逐字手抄全本寄贈，本論文對唐英之生平、性情、文學觀，始得清楚掌握。〔註7〕第一章「唐英生平與文學」，以傳記式的研究方法，就唐英生平行誼、劇作、其它作品、文學觀等方向探討，以了解唐英其人其事。特別是本論文並非將唐英劇作獨立於歷史、作者之外，故此種探討，有其重要性。

屬於唐英個人思想、文學觀、出處、行誼等問題處理完畢後，便考慮外在環境對唐英戲曲創作的影響。由於唐英身處花部戲曲蓬勃發展之際，故須先考察當時的戲曲活動狀況，才能較正確地了解文人劇作家在當時所面臨的問題。不過「花雅之爭」，一直是中國戲曲史上的戰國時代，不論是當時或是現代的記載，都是百家爭鳴、各持己見；因此本文在探討康熙、雍正、乾隆三朝的戲曲活動時，便須在眾說紛云中，理出一條頭緒，方能較清晰、明確的了解何謂「花雅之爭」。然後才能了解爲何當時的文人劇作，已逐漸脫離戲場、走向案頭。本文第三章「唐英戲曲創作的時代背景」即是處理此一問題。通過對唐英戲曲創作時代背景的通盤分析，歸結出異於明朝的戲曲活動方式及風氣，是導致唐英劇作不廣爲流傳的主因。

第三章「唐英與花部戲曲」則是延續第二章時代背景的問題，來處理唐英劇作與當時花部戲曲的關係，並探討唐英對花部戲曲的心態。透過唐英劇作、花部戲曲、及現存京劇劇作三者之間互相比對，以明瞭彼此影響的痕跡及互動關係。透過這樣的比較，才能確切知道唐英吸收了花部戲曲的那些特點，如此在分析唐英劇作的同時，才能正確地了解唐英劇作所擁有的特質。然而影響並不是單方面的，唐英劇作中，也保留了一些研究地方戲曲的資料，因此唐英對花部戲曲也有相當的貢獻。

唐英劇作最大的價值，在於他吸收了許多地方戲曲的養分，爲崑曲注入新血，更在音樂、科介、賓白上特別著力，力圖避免劇作走向案頭。因此，第四章「唐英劇作評析」即在分析唐英劇作本質性問題，以凸顯其不同於一

〔註7〕據刁雲展、張發穎的〈唐英的戲劇創作〉（西元1984年發表）有：「將《陶人心語》正、續、軼編、《古柏堂傳奇》、《問奇典註增釋》、《札記》等標點、註釋，編輯了《唐英集》，即將出版。……」等語，但周育德先生點校《古柏堂戲曲集》時，卻不曾提及《唐英集》，本人也未見此書，不知《唐英集》是否已經出版？按筆者撰寫此篇論文爲1990年～1991年初，查1991年10月《唐英集》（上、下）方由遼沈出版社出版。2008年，北京學苑出版社亦出版《唐英全集》（共四冊），不過所使用的《陶人心語》爲遼寧省圖書館藏的古柏堂刊本與筆者使用的乾隆十一年刊本（五卷本）不同。

般文人劇之處。然而唐英劇作似乎在當時就沒被搬上舞台（家樂除外），要探討原因，除了外在環境的分析外，唐英劇作本身也可能有些問題；因此嘗試探討唐英劇作本質的缺陷，以明瞭問題所在。

「結語」總結說明唐英在劇作上表達的「陶人」及「文人」心態。且強調唐英劇作既有開風氣之先，更兼具保存史料之功；戲曲史論及乾隆諸家時，若不提唐英、不談其身處花雅爭勝期，爲改良崑曲所做的努力及貢獻，實屬不公。並給予唐英在戲曲史上較高的推崇。

本文除了希望喚起戲曲研究者對唐英的重視，並給予他較中肯的評價之外；更大的野心是想透過本文的撰寫，爲身處戲曲嬗變時代的文人劇作家，找到一條可依循的道路──即向新興的戲曲吸收養分，以充實現有戲曲即將枯萎的生命。並試圖以本文的研究，做爲戲曲發展的理論。

表 0-1　各戲曲史提及唐英之狀況

書　　名	作　　者	是否提及唐英
中國近世戲曲史	青木正兒	語焉不詳
中國戲曲史	孟瑤	語焉不詳
中國戲曲概論	吳梅	語焉不詳
明清戲曲史	盧前	未提及
中國戲劇發展史	周貽白	未提及
中國戲曲通史	張庚、郭漢城	未提及
中國戲曲發展史綱要	周貽白	未提及
明清傳奇導論	張敬	未提及
中國戲劇史講座	周貽白	未提及
中國戲劇簡史	董每勘	未提及
明清傳奇概說	朱承樸、曾慶全	未提及
清代戲曲史	周妙中	較詳
崑劇發展史	胡忌、劉致中	較詳
明清傳奇	王永健	較詳

圖 0-1　唐英奏摺

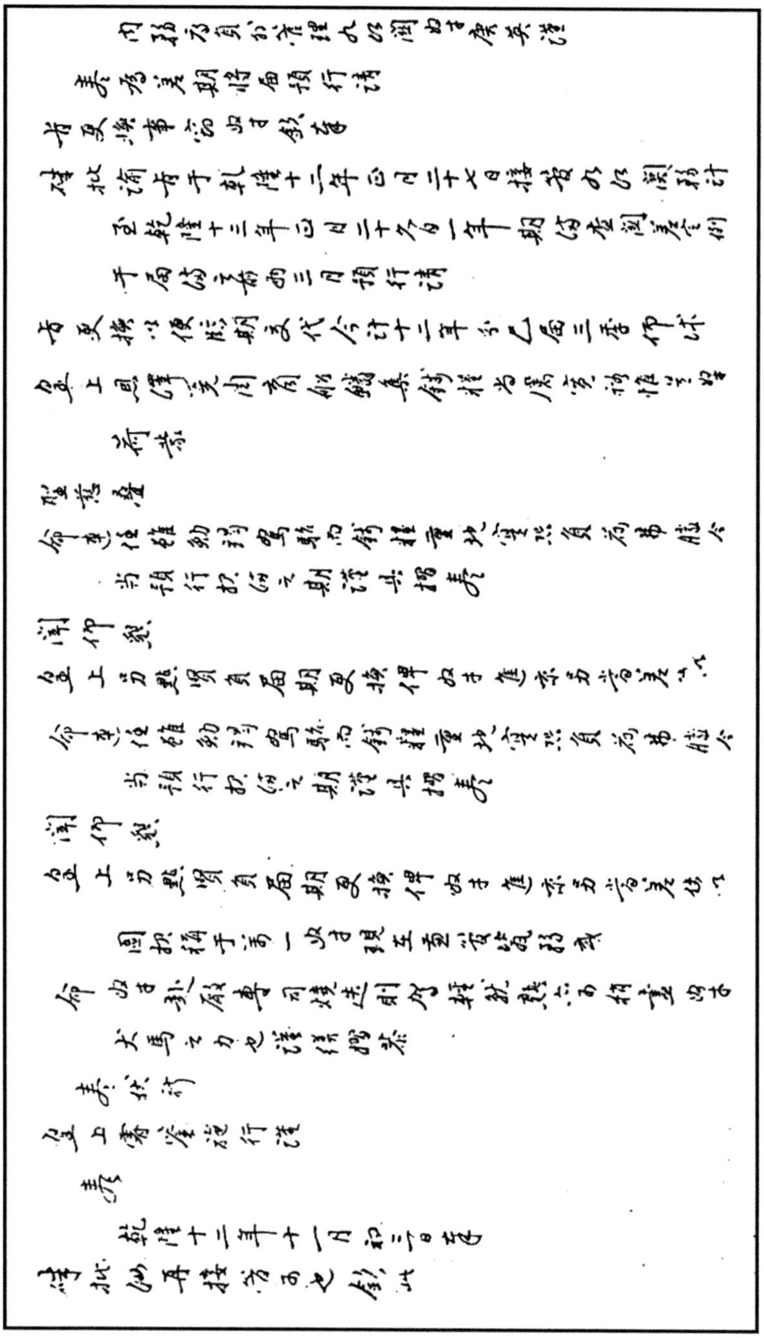

第一章　唐英生平概述

　　從唐英現存的作品得知，他是個醉心於文學藝術的人，工詩、能書、擅畫，且有十七種劇作傳世。然而，他在陶瓷史上的聲名，甚至更勝於他的文名。只要提到乾隆御瓷，決離不了「唐窯」；而「唐窯」正是指唐英督陶時所燒造的御用瓷器。

　　在唐英後半生任外官的日子裡，督陶，幾乎一直是他的職務。因為督陶榷關，所以他有機會與當地工匠一同起居息；所以他有許多機會與詩友、畫友相結識；所以他與當地官員士紳往來密切、酬唱頻繁；所以他每年得以趁春秋兩季巡視廠署之便，而暢遊山水；所以他的著作叫做《陶人心語》，而他的劇作之所以以《鐙月閒情》為名，也與他的「陶人」身份有關。督陶榷關的生涯，對唐英的文學創作，有非常大的影響。而唐英在作品中所持的觀念，不論是在詩、文、劇作各方面，是否都能相互呼應，則是值得我們探討的課題。

　　研究一個人的作品，必先了解作者本身是一個什麼樣的個體，因此本章即針對唐英的生平行誼、出處交遊、觀念嗜好做一個探討，並介紹他的作品，進而從作品中，推究出他對文學的觀念。如此才更能清楚掌握唐英劇作中的一些問題！

第一節　家世與生平性情

　　唐英，字俊公，或雋公，號蝸寄（見圖 1-1）。漢軍旗人，[註1]先世為關

〔註 1〕據《陶人心語》卷首，沙上鶴撰〈瀋陽唐叔子蝸寄先生傳〉（《陶人心語》卷首，乾隆十一年，古柏堂本，手抄）言：「……自其祖從龍入關，隸籍正白

東瀋陽人。生於康熙廿一年五月五日，[註2] 卒於乾隆廿一年七月二十九日。[註3] 曾祖名唐應祖，唐英父親，因唐英之故，贈通議大夫，諱爲國；母董氏。[註4] 唐英最少有一個哥哥。[註5] 雋公結過三次婚，先是趙氏、馬氏（文保、寅保之母）、及萬保之母，兼有妾——可姬（張少君）。至少還有三個女兒，[註6] 另可姬生有一子珠兒。

　　唐英六歲失怙，太淑人爲了讓他早日建功立業，所以唐英並未參加科舉考試，而於十六歲時，也就是康熙三十六年時，入內廷供奉，進出於武英殿，[註7] 隨侍在皇帝左右，並曾三次隨康熙南巡。唐英自言內廷供奉的日子是：

　　　　山之左右，江之東西，遠至龍沙朔漠，莫不蹁躚經歷……。[註8]
雖然扈從皇帝車駕，是件辛苦的事，但他卻絲毫無怠惰之情，反而甘之如飴。雖奔馳勞匱，仍於旅燈客帳之中，吟哦不輟。雍正即位後，特授員外郎之官

旗下。」《八旗畫錄》（《清代傳記叢刊》，第八十冊，明文書局，民國 75 年 5 月初版），頁 444，及《八旗滿州氏族通譜》卷七八（《欽定四庫全書》）亦同。然《國朝書畫家筆錄》卷二（《清代傳記叢刊》，第八十二冊，明文書局，民國 75 年 5 月初版），頁 250，與《甌鉢羅室書畫過目考》卷三（《清代傳記叢刊》，第七十四冊，明文書局，民國 75 年 5 月初版），頁 446，皆言其爲漢軍鑲黃旗人。

〔註 2〕他在乾隆七年所作的〈書懷〉（見《陶人心語續選》卷五，古柏堂刻本），頁 8。詩中有小註：「馬齒六十又一，前壬戌迄乃本生年也。」前一壬戌，正是康熙廿一年。而在雍正七年所作〈九月廿八日和方老崔初度自壽原韻三首〉（《陶人心語》卷三，乾隆十一年，古柏堂刻本，手抄）中小註曰：「端午日爲余誕辰」。

〔註 3〕唐英在乾隆廿一年七月廿七日上摺給皇帝，言其血氣日衰，請皇上另派能人來督陶榷關。據乾隆廿一年八月初江西巡撫胡保瑔奏摺，稱唐英於七月二十九日在署病故。（乾隆宮中檔奏摺，據故宮博物院原稿影印）。

〔註 4〕見沙上鶴〈瀋陽唐叔子蝸寄先生傳〉（《陶人心語》卷首，乾隆十一年，古柏堂刻本，手抄）。

〔註 5〕見乾隆二年二月九日作〈歸途書懷〉小註：「予奉差後，伯兄去世，次年荊人亦亡。」（見《陶人心語》卷二，乾隆十一年，古柏堂刻本，手抄）。

〔註 6〕見雍正十年七月廿三日作〈孀女遠來愾成〉之小註：「予奉差後，長婿夭折，次女亦亡。」同日之作〈稚女〉言：「六齡五載別」。可知唐英最少有三個女兒。（見《陶人心語》卷二，乾隆十一年，古柏堂刻本，手抄）。

〔註 7〕唐英爲高東軒之兄東瞻遺作《積翠軒詩集》（《陶人心語》卷五，乾隆十一年，古柏堂刻本，手抄）作序，文中有：「惟吾子與余同侍聖祖武英殿，今吾兩人年垂老……」之語。〈陳勤天詩序并小傳〉亦同（《陶人心語續選》卷七，古柏堂刻本，頁 15）。但《清史稿‧唐英傳》則言：「唐英直養心殿」，因文保亦曾入值內廷，進出於養心殿，故《清史稿》之記載，恐爲文保之誤。

〔註 8〕見《陶人心語續選》卷九〈書法指南序〉（古柏堂刻本），頁 29。

衛。雍正六年，唐英奉命督陶景德鎮，這是他接觸陶瓷的開始，也是後半生督陶権關生涯的第一步。

當他以內務府員外郎的身份，駐派於景德鎮督陶時，他對陶瓷一竅不通，所以他只能惟工匠之命是從！然而，這樣的督陶方法，卻不是唐英的性格所能容忍的。於是他：

> ……因杜門謝交遊，聚精會神、苦心竭力，與工匠同其食息三年，抵（雍正）九年辛亥，於物料火候生剋變化之理，雖不敢謂全知，頗有得於抽添變化之道。向之唯諾夫工匠意旨者，今可出其志唯諾夫工匠矣。〔註9〕

也正是因為唐英能沉潛用功於此，所以在他督陶時所製之器物非常精美。無論陶法、泥土、釉料、坯胎或是火候……各方面均有心得。而且他又能卹工慎帑、躬親指導，因此深得皇帝信賴。所以在他的後半生，除了剛椎淮的一年及権粵任內外均負督陶之責。最後，他也因督陶有功，而獲內務府的最高官銜——奉宸苑卿。

唐英在乾隆元年，開始了権關收稅的生涯，終其一生，他的職務不離收稅、督陶。乾隆元年権淮安關，乾隆四年的春天由淮安關調至九江關，乾隆十四年冬天，奉命由九江關調至粵海關，十六年秋，又從粵海關調至九江關。九江關是他待得最久的一個關署，約有十五年之久。至乾隆廿一年，他已是耄耆之人。七十多年的生涯中，竟有半生心血付諸於陶務，而其一生最著稱於世者，也在於陶政。

他曾奉敕編《陶冶圖》，為圖二十，各附詳說為後之冶陶者所取法；並撰《陶成紀事碑》，列諸色瓷釉，仿古採今，凡五十七種；〔註10〕又有《窯器肆考》。〔註11〕唐英所造者，世稱「唐窯」。今言景德御瓷者，郎廷極後，以年窯、唐窯並稱，清史稿還將他列入藝術傳。

唐英是個性格恬淡之人，他不為升官發財而逢迎阿諛，反倒是因為秉性孤介而常遭人忌嫉。〔註12〕在外為官的日子裡，唐英從不為私利計算。〈重建

〔註9〕見《陶人心語續選》卷三〈瓷務事宜示諭稿〉（古柏堂刻本），頁8。

〔註10〕見《清史稿》，列傳二百九十二，藝術四（明文書局，民國75年5月初版），頁478。

〔註11〕《飲流齋說瓷》（收於《陶瓷譜錄》，世界書局，民國51年11月初版），頁150，中提及此書，惜未見。

〔註12〕書同註4，見沙上鶴〈瀋陽唐叔子蝸寄先生傳〉（《陶人心語》卷首，古柏堂刻

琵琶亭碑記〉上的一段話，是最好的證明：

> ……便商裕課而外推獎士類、吐握人材、屬在商民。病有藥、死有
> 棺，飢者餽之、寒者衣之，計清奉所入，幾分其半。〔註13〕

沙上鶴的〈瀋陽唐叔子蝸寄先生傳〉也有：

> ……復能矢其冰潔，惠行商賈。設義渡以濟行旅，立義學以教孤寒。
> 寒者衣之、死者棺之。施予無算，雖圄圄溝瘠，無不共沾其澤。凡
> 所臨莅，必使有濟於閭閻而後已。〔註14〕

無論是修築琵琶亭，或是修築新橋，均需相當花費，但爲了公益，唐英毫不
吝惜！由於唐英操情守潔且樂善好施，曾有人勸他爲子孫打算，唐英均敬謝
不敏，答之：

> 詩書，吾所好也，敢以私吾子，其能承者自承之，他則非吾計。〔註15〕

　　他非常重視子女的教育，奉命督陶後，家人也隨之南來團聚。爲了使他
兩個兒子文保、寅保受到較好的教育，於是延師設帳；珠山西北隅的老屋，
便成了私塾；華燕麓、曹性豐、陳山鶴、施景南都曾是唐家的教席。唐英空
閒時，也還親自授課，並且時常課試其子。他在乾隆七年所作〈廠署珠山文
昌閣碑記〉中所提，正是「詩書傳家」的觀念：

> 凡缶不能雷鳴而慶，陶鑄琢磨之功也。其功維何？義方之教，義方
> 維何？讀書而已矣！〔註16〕

唐英重視子女教育的觀念，遠遠超過一般斂財致富、爲子孫謀算的世俗看法。
也正因爲如此，他在督陶榷關的爲官生涯裡，才能如此盡心盡力、有爲有守、
獲得好評。

　　他的三個兒子，由於《陶人心語》書成時，萬保年幼，所以尚看不出成
果，而文保、寅保的表現也着實優秀。文保在乾隆四年入直養心殿，寅保在
乾隆十三年考中進士。這種成就，比起許多八旗子弟鎮日鬥雞走狗、遊手好
閒、惹事生非好得太多了！想來該是唐英重視教育之功吧！（唐英生平見附
錄一：唐英年譜）

　　綜觀唐英一生，前三十年供奉內廷，後三十年榷關督陶，面對這樣一個

本，乾隆十一年）。
〔註13〕見《輯刻琵琶亭詩》（古柏堂刻本，乾隆十一年），頁3。
〔註14〕書同註4。
〔註15〕書同註4。
〔註16〕《陶人心語續選》卷五（古柏堂刻本），頁1。

融「政治」與「藝術」於一爐的生活，我們大約可由以下幾個角度，對他的生命情調做一掌握：

一、以「陶人」自居的心態

　　唐英是一個胸懷大志之人，從他的〈題老松霜隼圖〉：

　　　　霜清天地肅，獨立萬年枝，神駿飛騰志，難叫雲雀知。

便可知道他有著鴻鵠般的高遠壯志。「盛朝高厚難言報」的意念也隨時流露在他的作品中，如〈題同事陳振先春風花柳小照卷子〉：「心唧未報恩」、〈深秋有懷〉：「君親報欲伸」、〈奉命入覲途中恭賦二章〉：「恩承格外臣心礪，犬馬酬知矢不磨。」、〈受友人勸道四首〉之二：「犬馬酬知心正切」、〈寄顧德淵〉：「盛朝高厚難言報，犬馬期無負遂初。」及〈即事〉：「總爲恩深難報稱」……表現的都是如此的思想。

　　可惜的是，唐英並沒有成爲足以經世濟國的高官，甚至，他連地方的父母官——知府都不是。感慨失望之餘，作品不禁流露了些許歸隱的意願，更以自嘲的筆調，說自己只是個「半官半野」之身。在〈暮秋獨坐〉、〈乙丑立春試筆〉、〈三續春興八首〉之八、〈深秋巡視窰廠荻湖灘阻雨〉、〈受友人勸道四首〉之三等，詩中一再的指出自己的身份是「半官半野」。試想，一個人擔任同樣的工作十餘年，沒有太大的變化（最大的改變也不過是由甲地調到乙地），擔任同樣的職務，何況又是與政治無關，而更貼近於藝術的工作；日子一久，唐英當然會覺得他自己是閒雲野鶴了！這也難怪他會在詩作中，自比爲「樵漁身」、「鷗鷺儔」〔註17〕了。所以他體民恤民的宏願，也就只能在他的作品之中表現了，如〈起蛟行〉、〈重修新橋碑記〉、〈重修浮梁縣志序〉、〈致祭金龍四大王文〉等作品中，都表露出他處處爲民著想的看法及作爲，甚至戲劇中也經常流露此種思想（詳後）。

　　不過，儘管理想無法充份發揮，唐英也絕未流於消極怨嘆或轉爲憤世嫉俗，他仍腳踏實地的做好督陶的工作，努力於陶器色澤的改良及形制的創造。〔註18〕前面提過唐英爲了確實做好陶務工作，眞正盡到監督之責，而不被工

〔註17〕見〈四續春興八首〉之三、〈自問吟〉之二、〈丁卯立秋前三日，雨後琵琶亭望秋即景〉之一。

〔註18〕見《中國陶瓷史》（商務，民國74年11月台七版），頁91、《飲流齋說瓷》（收於《陶瓷譜錄》，世界書局，民國51年11月初版），頁163、及《陶說》（收於《陶瓷譜錄》，世界書局，民國51年11月初版），頁128。

匠們左右，他曾杜門謝交遊，與工匠共同起居作息達三年之久。也就是在這段時間內，他逐漸了解了製工匠們的天地、歲序、悲歡離合、眼界心情，甚至一飲一食、衣冠寢興。於是，他也以「陶人」自居，以陶人之心應之萬物，以陶人之心發之於語：

> 陶人有陶人之天地，有陶人之歲序，有陶人之悲歡離合、眼界心情，
> 即一飲一食、衣冠寢興與夫俯仰登眺交遊之際，無一不以陶人之心
> 應之，即無一不以陶人之心發之語以寫之也。故有時守其心而無語，
> 固澹澹漠漠、渾然一陶人也。有時藉其語以達其心，亦似耕而食，
> 鑿而飲，雍雍陶陶一陶人也。或陶人而語陶，固陶人之本色；即陶
> 人而不語陶，亦未始不本陶人之心，化陶人之語而出之也。〔註19〕

唐英甚至連自己的詩文集也名之爲《陶人心語》。若以今日眼光來看，唐英以「陶人」自居的舉動，並不足爲奇；但換成當日的角度，可就值得玩味再三了！因爲在過往的社會裡，人民的地位並非平等，陶人如同樂戶般，屬於賤民之列；雖然到了雍正時，曾下達解除賤民之諭，但長期以來所建立的觀念，卻不是輕易能改變的。正如同樂戶也在解禁之列，但樂戶的地位，依然不高，隸名於樂戶者，依舊受到輕視。導致和聲署奉鑾等官，依然不用樂戶。〔註20〕唐英身爲內務府員外郎，雖非科舉出身，卻也是朝廷命官，竟願自比爲賤民之列——社會地位卑下，且爲勞力之人的陶人。這樣的舉動，當然會引起別人的訝異及質疑。然而唐英卻不以爲忤，反倒嘲笑那些只會端士大夫架子的人，說他們只是欺世盜名之流。他說：

> 至有摭拾浮言、鋪張聲勢，語是而心非者，則又出於欺世盜名之流，
> 皆有所爲而爲之，非所論於胼手胝足不識不知之陶人也。〔註21〕

正因爲唐英以陶人自居，並曾與他們有過共同生活的經驗，所以陶人的食衣住行、喜怒哀樂便影響了他的觀念與文藝的創作。因此在唐英的詩作中，沒有雕琢刻鏤的浮詞麗藻，而全是眞性眞情的流露。同樣的唐英對待戲曲的態度，也不同於當時文人的排斥地方戲曲（容後詳敘），而在劇作中吸收了不少地方戲的聲腔、情節。這種異於時風的表現，正是唐英個性的展露。

〔註19〕見〈陶人心語自敘〉（《陶人心語續選》卷三，古柏堂刻本），頁15。
〔註20〕見《皇朝文獻通考》卷一七四，樂考二十：「奉鑾等官，品秩雖卑，究亦一命之士，豈容污賤之人？」，頁6375。
〔註21〕見〈陶人心語自敘〉（《陶人心語續選》卷三），頁13。

二、愛好文學藝術

三十年的供奉生涯，唐英並未從中習得政治權謀，反倒是對文學藝術的涵養日益精進。康熙是個對文學藝術涵養頗深的皇帝，〔註22〕唐英扈從左右，對各種文學藝術也一定要努力學習才成。沙上鶴在〈瀋陽唐叔子蝸寄先生傳〉中，便提到：

> 內廷故多賢士大夫，見先生之少而好學，皆折節下交，因而筆墨詩
> 文遂日以進，而聲譽亦日以起。

由此可知唐英對於書法、繪畫、詩詞、戲曲等文學藝術的涵養，便是在這長達三十年之久的內廷供奉時期培養的。

在他奉命督陶之後，他在藝文方面的才能，也完全沒有閒置，如數的運用在瓷器的製造上。許多瓷器上，有着唐英的詩書畫；〔註23〕甚至，他還將匡廬九峰程近公的傳說燒成瓷碑。〔註24〕而在《清代畫史增編》、《國朝書畫家筆錄》、《清畫家詩史》、《繪境軒讀畫記》、《甌鉢羅室書畫過目考》、《九江府志》、《清詩匯》及《陶人心語》高斌、李紱、凌燽、李根雲等人的序中，都說唐英工詩、書、畫。如果我們再檢查一下《陶人心語》中的記載，便更能證明唐英的詩、書、畫在當時是小有名氣的。他常以詩代柬與友人贈答；〔註25〕許多讌集他都擔任詩宗；許多後進，也常以詩見投，請求指正。〔註26〕不少人向唐英索額，〔註27〕甚至還有屠者問唐英索字；〔註28〕他還為許

〔註22〕聖祖多才多藝且性好文學，提倡學術、獎勵文學、搜求遺書、纂刊書籍，致力文教不遺餘力。據《清史稿・藝文志》著錄書目得知他著有：文初集四十卷、二集五十卷、三集五十卷、四集三十六卷、避暑山莊詩二卷、律呂正義五卷、聖諭廣訓一卷、歷家考成四十二卷、數理精蘊五十三卷、並有御批通鑑綱目五十九卷、通鑑綱目前編一卷、外紀一卷、舉要三卷、通鑑綱目續編廿七卷、御選全唐詩三十二卷附錄一卷。

〔註23〕《清代畫史增編》卷十八（明文書局，民國75年5月初版），頁368：「嘗親製書畫詩付窯，陶成屏對，尤為奇絕。」《清代畫家詩史》丙上（明文書局，民國75年5月初版），頁707：「親製陶瓷屏聯，繪畫題詩，尤為奇品。」。

〔註24〕《陶人心語續選》卷六〈九峰近公傳〉（古柏堂刻本），頁28，標題下有小字：「瓷碑文」。

〔註25〕《陶人心語續選》卷一〈程夔州送桂花率成二截句代柬謝之〉（古柏堂刻本，頁41）；卷三〈邀友人代簡〉，頁2。

〔註26〕見《詩餘叢話》（收在《中國古典戲曲論著集成》第九冊，西元1982年11月，北京，中國戲劇出版社），256頁。

〔註27〕《陶人心語續選》卷六〈張孝揚為其母索額，書「節清陰遠」四字，後跋數語〉，頁17。

多人的畫卷、先人的譜牒題字。〔註29〕閒暇時，唐英也繪畫自娛，以畫贈人。〔註30〕

在督陶工作駕輕就熟之後，唐英更常與當地文人雅士交遊往來，無論是飲宴酬賓或是風雅讌集，他都將他在文學藝術方面的長才盡情展露。〔註31〕在他為張堅《夢中緣》傳奇寫序時，就提到：

> 余陶榷江西二十年矣，往來珠山滏浦間，無民社之責、案牘之勞，所樂與文人學士相晉接詠。則靜處一室，唯優游從事於筆墨，知我者或目為老秀才。〔註32〕

這段文字頗值得玩味。前文提過唐英和一般知識份子一樣，懷有遠大的抱負，「民社之責」絕對是他願意一肩挑起以為己任的，而他的一生卻只能「往來珠山、滏浦間」、「與文人學士相晉接詠」，所謂「無民社之責、案牘之勞」，看似清閒，實則是抒發感概；而唐英或許也只得寄情於山水、託志於筆墨，才能稍稍填補心中的遺憾吧！

三、鍾情戲曲

徜徉在山光水色、讌集酒筵之間的唐英，除了發揮詩書畫方面的長才外，更鍾情於戲曲。戲曲本應納入前節「文學藝術」之內，但因篇幅關係，所以獨立為一段，而且也正可凸顯本論文之戲曲主題。

依當時的風尚，士大夫們將「演戲」看做交際的必備品。在唐英的詩作中，

〔註28〕同前書卷八〈屠者李文彬以紙乞書，戲成一截書以付之〉，頁32。
〔註29〕同前書卷四〈題謝梅莊監司奉母督運圖〉，頁4；卷六〈題吳堯圃先人譜牒卷子〉，頁9；卷七〈題友人畫冊〉，頁48。
〔註30〕同前書卷四〈偶畫墨龍并綴小詩〉，頁4；卷五〈壬戌除夕前二日，雪窗獨坐，適有鴝鵒飛來几案間，鳴躍傞舞，意致閒雅，大似忘機，因戲寫其圖并綴以詩，頁20；卷四〈題自畫蒼松鴝鵒圖寄彭樂君方伯〉，頁38；卷五〈題自畫老來多子圖壽友人〉，頁41。
〔註31〕《清詩滙》卷六十二（世界書局，民國52年5月二版），頁5：「仍移九江，重葺琵琶亭，置筆硯，徵過客賦詩，時目為風雅好事。」《清代畫史增編》卷十八（明文書局，民國75年5月初版，《清代傳記叢刊》），頁368：「榷兩淮，九江、珠江、昌水見之筆墨者為多。」《九江府志》卷廿七（同治十三年刊本影印），頁334：「公獨寄情山水，四方往來，唱酬無虛日，書畫亦居然名家。」《詞餘叢話》，頁256：「宏獎風流，愛才如命。在琵琶亭置筆硯，游客投以詩，無不接見。投轄殷殷，必得其歡心而去。」（書同註26）
〔註32〕見〈夢中緣序〉（《中國古典戲曲序跋彙編》，齊魯書社，西元1989年10月一版），頁1689。

就有不少他與僚友、士紳讌集觀劇的記載。《陶人心語》卷三有〈月夜環翠亭納涼，聽幕中諸友度曲有作〉，《陶人心語續選》中，也有以下這些資料：卷一〈觀劇二截〉、〈戊午重陽前一日，雨窗觀劇，急管繁弦，頗亂心曲，因正襟凝思，續潘邠老「滿城風雨」之句，默成七截八首，亦動中習靜之一法也〉；卷四〈予偶製旗亭飲小詞，秀州陳山鶴閱而有作，因和其原韻〉、〈中秋日觀演邯鄲夢暨自製野慶諸雜劇率成二首〉；卷五〈月夜坐漱玉亭聽歌口占二首〉；卷六〈立夏後二夜，雨窗觀劇，偶演予笳騷填詞，座上有擊節歎息形之吟詠者，率和原韻示之〉、〈甲子重陽後一日，招友人看菊優飲，翌日有賦詩投謝者，各賦七律一首覆答〉；卷七〈立夏日珠山邸署，觀劇頗佳，漫賦以贈〉及卷九〈丁卯中秋後一日，觀土梨園演雜劇，衝口成句，聊以解嘲〉；就連《可姬傳》中，也有觀劇記錄。然而唐英對於戲曲的態度，並不僅止借戲曲為應酬工具而已，他是非常喜愛戲曲活動的。在他為張堅《夢中緣》傳奇作序時，便說：

> 余性嗜音樂，嘗戲編《笳騷》、《轉天心》、《虞兮夢》傳奇十數部，
>
> 每張燈設飲，取諸院本置席上，聽伶兒歌之。〔註33〕

唐英還進一步創作劇本，他的劇作也曾實地演出過。我們從他的觀劇記錄裡不難發現：唐英對於戲曲的欣賞態度相當寬廣，並不排斥崑腔之外的聲腔；「急管繁弦」的地方戲曲，他也是讚賞有加。《陶人心語續選》卷七有：〈立夏日珠山邸署，觀劇頗佳，漫賦以贈〉中首句為：「繁弦急管逢場戲」。可知此處所觀之劇，絕非攊笛水磨之崑腔。也正因為他不排斥當時文人視為鄙俚的地方戲曲，所以他的劇作，才會與花部戲曲產生密切的關係（詳見第三章）。

唐英除了欣賞好戲、創作劇本之外，對戲曲的愛好也表現在他的交遊上。當時著名的劇作家蔣士銓為唐英的《三元報》、《蘆花絮》劇作作序。《玉獅墜》、《夢中緣》的作者張堅，是唐英刻意羅致的文人：

> 余則夙聞有「江南一秀才」之稱，固張子漱石先生也。喜為同調，
>
> 思以禮羅致之，先生挾其經蕩遊四方，久之不得見以來。己巳，聞
>
> 其在浙，遣使往迎，乃欣然來得。〔註34〕

《芝龕記》的作者董榕，也與唐英往來密切，並為他的劇作《傭中人》、《女彈詞》、《轉天心》、《巧換緣》、《天緣債》寫序、題辭。

〔註33〕引自《中國古典戲曲序跋彙編》（齊魯書社，西元1989年10月一版），頁1689，
其中「虞兮夢」誤為「貫前夢」，「十數部」誤為「數十部」，「所」為「取」之誤。

〔註34〕書同前註。

另外唐英在〈黃鹿樵詩序〉中也曾提到：

令僮稚二、三人吹洞簫度曲以樂之。

《揚州畫舫錄》中也載有：

吳福田，字大有，幼從唐榷使英。學八分書，能背通鑑，度曲應笙笛四聲。

由此可知唐英不僅自己喜愛戲曲，甚至家僮都妙解音律、精於度曲，從《揚州畫舫錄》中的記載，更了解了唐英對家僮的教育並不馬虎，他還教他們讀書習字、審音度曲。從唐英的詩作中，還知道唐英另外兩個聲伎的名字：一是七歲便能度曲的玉兒；在《陶人心語補遺・小筑園即事》其九有：「歌教玉兒聲尚澀」，下有小註「家僮玉兒七齡能度曲」。一是雪兒。見《陶人心語續選》卷八〈丙寅小陽月昌江泛舟即事十二首〉之二：「雪兒低唱牡丹亭」，下有小註「適家僮歌玉茗堂尋夢曲」。〔註35〕唐英甚且還蓄有家樂。在《質園詩集》中〈將至九江，可晤俊公先生，以詩預柬〉有小註：「公有家部，能歌自製樂府《入塞》、《旗亭》諸曲，向曾聞之」即為明證。〔註36〕所謂「家部」即是家樂、家班，這是明代萬曆以來即在文人雅士間蔚為風氣的，而唐英蓄有家樂，居家生活自是管弦不輟。既然唐英寄情於山水、悠游於筆墨，是為了轉移心中的遺憾——無民社之責、案牘之勞，所以他的戲劇創作，就不免帶着些許宣傳教化的意味，而無法完全只顧耳目之娛，想必這正是他無法施展經世濟國抱負的一種轉移。

第二節　唐英劇作

唐英的戲曲作品很多，今存《笳騷》、《三元報》、《傭中人》、《清忠譜正案》、《女彈詞》、《虞兮夢》、《長生殿補闕》、《蘆花絮》、《英雄報》、《十字坡》、《梅龍鎮》、《麵缸笑》、《轉天心》、《巧換緣》、《天緣債》、《雙釘案》、《梁上眼》共十七種。然而唐英的劇作是否只有十七種？恐怕不止。唐英的詩作：〈予偶製旗亭飲小詞，秀州陳山鶴閱而有作，因和其韻〉、〈中秋日觀演邯鄲夢自製野慶諸雜劇率成二首〉，及商盤詩〈將至九江可晤唐俊公先生，以詩預柬〉都說明了唐英劇作還有《旗亭飲》、《野慶》兩種，惜未見傳本。另外唐英在

〔註35〕在《笳騷》（《古柏堂戲曲集》，頁1）題辭中所提的「阿雪」，應該就是雪兒。
〔註36〕引自《古柏堂戲曲集》（上海古籍出版社，西元1987年10月初版），頁622。

替張堅《夢中緣》傳奇寫序時，自言：

> 余性嗜音樂，嘗編《笳騷》、《轉天心》、《虞兮夢》傳奇十數部，每
> 張燈設飲，取諸院本置席上，聽伶兒歌之………。〔註37〕

這篇序作於乾隆十五年，所以在乾隆十五年時，唐英已有十數部的戲曲作品，但問題是這「十數部」與今存的十七種是否一樣，也是個疑問。

唐英劇作傳本不多，依北京圖書館古籍善本書目（集部・曲類）得知有：

1. 《鐙月閒情》十四種十六卷。原為鄭振鐸所藏，故有鄭氏之跋，為清乾隆唐氏古柏堂刻本。十四冊，九行二十字，小字四十字。白口四周雙邊，缺《笳騷》、《清忠譜正案》、《轉天心》三種。其中《虞兮夢》、《英雄報》、《女彈詞》、《長生殿補闕》、《十字坡》、《三元報》、《傭中人》、《梁上眼》、《巧換緣》、《蘆花絮》、《梅龍鎮》、《麵缸笑》各一卷，《天緣債》二卷、《雙釘案》兩卷。

2. 《鐙月閒情》十七種二十卷。為乾隆嘉慶間唐氏古柏堂刻本，共八冊。為九行二十字，小字三十至四十字不等，白口四周雙邊。其中除《轉天心》、《天緣債》、《雙釘案》各有兩卷外，其餘均只一卷。

3. 《鐙月閒情》十五種十八卷。同為乾隆嘉慶間唐氏古柏堂刻本，有九冊。其中缺《傭中人》、《梁上眼》，而《虞兮夢》、《女彈詞》、《笳騷》並配抄本。

《鐙月閒情》有這麼多不同的版本，這可能和唐英選文付刻的習慣有關（容於第三節再敘）。今之通行本，則為周育德先生以十七種本為底本，參較十四種本與十五種本，加以點校、改訂，在西元 1987 年 10 月，由上海古籍出版社出版之《古柏堂戲曲集》。本文所據之本，即為此書。

另據周育德先生點校的《古柏堂戲曲集》前言中，得知在浙江省衢州文物管理委員會藏有一部十六種（缺《笳騷》），同為乾隆、嘉慶間唐氏古柏堂刻本。惜未之見。

在《曲海總目》、《曲目新編》、《曲話》中所收錄的唐英作品均同，僅《笳騷》、《長生殿補闕》、《英雄報》三種；《今樂考證》則著錄《笳騷》、《蘆花絮》、《長生殿補闕》、《轉天心》、《虞兮夢》、《英雄報》六種。然而四書均將《英雄報》列入傳奇類，今觀《古柏堂戲曲集》中，《英雄報》僅一齣，列入傳奇，恐為當時未見劇本之故？抑或唐英另有長篇之《英雄報》作品？今人莊一拂

〔註37〕引自《中國古典戲曲序跋彙編》，頁 1689。

所編《古典戲曲存目彙考》即將《英雄報》列入雜劇類，故四書編者未見劇本，且抄襲前人之嫌恐大矣！但《古典戲曲存目彙考》中所錄，尚缺《巧換緣》、《梁上眼》，與十四種本及十五種本所缺不同，不知爲何故？是莊一拂先生另有不同之《鐙月閒情》版本？抑或因《巧換緣》爲十二齣、《梁上眼》八齣，放在傳奇、雜劇兩不妥？則不得而知了！

茲就唐英各劇作之內容梗概及劇成時間做一簡單介紹如下：

1. 《旗亭飲》：今不傳。不過據《陶人心語續選》卷四〈予偶製旗亭飲小詞，秀州陳山鶴閱而有作，因以和其原韻〉得知《旗亭飲》最少是在乾隆六年六月十日之前已完成。在此劇之前名爲〈旗亭〉的劇作有：張龍文《旗亭讌》、裘璉《旗亭館》、金兆燕《旗亭畫壁記》，均演王之渙聽伶妓雙鬟歌詩鍾情，終乃諧偕事。唐英之劇，可能也是演此故事。

2. 《野慶》：今不傳。但據《陶人心語續選》卷四〈中秋日觀演邯夢暨自製野慶諸雜劇率成二首〉，得知此劇應於乾隆六年八月十五日之前已完成。至於本事如何，卻無以得之。

3. 《笳騷》：一齣。唐英在題目下註：「乾隆壬戌上元」，則知此劇成於乾隆七年正月十五日；演文姬歸漢事。唐英自言是「鎔鑄其十八拍之節調遺音，不枝不蔓、敷衍引伸。」〔註38〕

4. 《轉天心》：三十八齣。據唐英《陶人心語續選》卷五所錄〈轉天心自序〉得知此劇完成於乾隆八年九月一日。本劇所演乃書生吳明因久試不第，牢騷滿腹，在玉皇廟中指控天地，玉帝大怒，罰他轉世爲丐，魂魄投胎入其妾腹，出世即吳定。後吳定以孝義感動天神，因得參軍立功，一門都受誥封。唐英的用意，是要說明：「天之外無所信，心之外無所守；守其心以信天，信其轉以驗守。」

5. 《蘆花絮》：四齣。有蔣士銓在乾隆戊辰重陽前的題辭，故是劇應完成於乾隆十三年九月初八之前。演的是閔子騫單衣御車的故事。

6. 《虞兮夢》：四齣。本劇之前並無題辭，但依唐英爲張堅《夢中緣》傳奇所作的序中，提到了《虞兮夢》、《笳騷》、《轉天心》等劇。而序作於乾隆十五年春，故《虞兮夢》當成於是年之前。此劇所演屬「補恨」性質的故事。項羽爲烏江之神、虞姬爲散花仙子，二人親臨陶成居士、自得居士處同賞虞美人花；而實際上只是陶成居士的南柯一夢。

〔註38〕見《古柏堂戲曲集》（上海古籍出版社，西元 1987 年初版），頁 3。

7. 《傭中人》：一齣。前有董榕在乾隆癸酉所作之序，可知此劇於乾隆十八年時，應已完成。演一市井賣菜傭人湯之瓊得知崇禎帝已死、闖王登基，因而觸石而死之事，褒其忠烈之心！

8. 《清忠譜正案》：一齣。前有董榕在乾隆十九年孟春的題辭，本劇當成於是年之前；唐英在雍正九年正月，曾因公到過蘇州五人墓，並有詩作，但卻沒有足夠的證據說明此劇也成於是時，故只能推測最少在乾隆十九年時已完成。此劇與李玉《清忠譜》所著重處略有不同；李玉之作，為記史敘事，而唐英之作，也如《虞兮夢》一般，補恨意味甚濃，演被魏忠賢一派迫死的周順昌，受上帝敕封為蘇郡城隍，而五義士封為廟中力士，並痛懲魏忠賢等奸逆。

9. 《女彈詞》：一齣。前有董榕於乾隆甲戌中元前二日的題辭，可知是劇完成於乾隆十九年七月十三日之前。此劇與《長生殿·彈詞》一齣，並無太大差別，〔轉調貨郎兒〕自二轉以下，幾乎完全相同，只不過將李龜年的腳色換成了天寶宮人（即李龜年之女弟子）。唐英做這樣的改動，很可能便是為了做家樂演出的劇本。

10. 《天緣債》：二十齣，原名《張骨董》，前有董榕在乾隆十九年重陽前一日所題的〔水龍吟〕，故可知此劇當完成於是日之前。本劇所演為李成龍借老婆，被雨灼風媒撮合姻盟，且夫榮妻貴；張骨董為朋友將自己老婆借人，遭騙淪落，後遇友河汀。將一場人心天理的義債，連本帶利一起勾清。

11. 《巧換緣》：有十二齣。《鐙月閒情》十五種本並無題詞，而十七種本則有董榕作於「乾隆歲在闕逢閹茂大慶之月」的題詞，與《天緣債》題詞「乾隆十九年歲在闕逢閹茂」同，故可知是劇完成於乾隆十九年之前。演的是荒年亂世，有人賣婦，有人買妻，孰料卻成了老夫少妻，老妻少夫，經一番因緣巧合，換成了老少兩對夫妻。

12. 《英雄報》：一齣。由於沒有題辭，故不知成於何時。演韓信衣錦還鄉，厚報漂母的恩德，并收留侮辱過他的淮陰惡少，在他帳下效力。唐英曾於乾隆元年至乾隆四年初管理淮安關關務，並在乾隆四年春天到過韓侯釣台及漂母祠。〔註39〕此劇很可能成於是時。

13. 《長生殿補闕》：二齣。前亦無題詞，故不知劇成確實年代。所寫乃唐明皇寵愛楊貴妃，故將梅妃遷出西閣，又密詔入西閣話舊的故事。顧名思義，此劇為補《長生殿》缺漏。因《長生殿》之作，着重在明皇、貴妃二人

〔註39〕見《陶人心語》卷二詩：〈己未首春將去淮陰，過韓侯釣台、漂母祠有作〉。

身上，忽略了梅妃，故加以補敘。

14. 《十字坡》：一齣，無題詞。寫武松起解，途中在十字坡打店，結識張青、孫二娘的故事。

15. 《梁上眼》：八齣，無題詞，不知成於何時。寫珠寶商蔡鳴鳳被他的妻子和奸夫謀害，蔡妻反誣岳父殺死女婿，幸而奸夫淫婦做案時，被樑上君子看見，使得真象大白。

16. 《梅龍鎮》：四齣，亦無題詞。寫正德皇帝看遍六宮塗脂抹粉的佳麗，要找尋一個鉛華不御、嫵媚天然的可兒尤物，在梅龍鎮酒店中，看中鳳姐的故事。

17. 《麵缸笑》：四齣，無題詞，不知成於何時。寫妓女周蠟梅不堪青樓痛苦生涯，要求從良，縣官判與張才為妻，新婚之夜，縣官、衙吏卻還來糾纏，被張才、蠟梅趕走的事。

18. 《雙釘案》：廿六齣，唐英自註：「原名《釣金龜》」。演貧婦康氏有二子江芸、江芊，芸應試得中，寄書給己妻王氏，而王氏想困死江母康氏及江芊，故不通知他們，自赴官衙。江芊為奉養母親，以釣魚為活，一日釣得金龜。王氏有一婢互兒，曾見母親苟氏用長釘釘入其父的頭頂致死；當王氏想害江芊時，便以此計進獻，害死江芊。後賴上帝之力、包拯審案，才將二案一併偵破，惡婦正法、江芊復活。宰相王彥齡將兩個女兒許配江氏兄弟二人，一家團圓！

19. 《三元報》：四齣，前有蔣士銓題詞，然作於「乾隆著雍執徐之歲」，不知何時也。寫秦雪梅為未婚夫守節，并盡心教育婢女所生之子商輅，而後三元及第、兩份封誥，一門榮顯。

唐英劇作，大都成於晚年。（已知最早的劇作，是成於乾隆六年的《旗亭飲》，這時唐英都已經六十歲了！）約在雍正七年至乾隆十九年之間。唐英劇作為何皆成於晚年呢？原因可能是：

（一）時間：入直內廷，是要「服事趨承、車塵馬足、櫛風沐雨」，無一息之暇，那有餘力從事戲曲的創作？從他「四十六歲督陶，然後為詩」一事，便可證明唐英在內廷供奉之日，是沒有創作閒暇的。到了出外任官，非牧民者，既為閒雲野鶴、半官半野，相對的就有許多時間了！

（二）禁令：唐英之作，其自謂「酒畔排場，莫認作案上文章」；既非案

頭文章，便需家樂演出。但雍正即位後，禁止官員置備家樂；唐
英劇作，既然得「喚伶兒歌之」，在雍正朝，唐英是政府官員，豈
可置律令於不顧？

（三）爲交遊：在《陶人心語》及《陶人心語續選》中，最早的觀劇記錄
是在乾隆三年。〔註40〕再加上唐英結交董榕、張堅、蔣士銓等劇作
家，都是在乾隆登基之後的事了！有什麼嗜好，結交什麼樣的朋友，
也許正可以反應出唐英此時與諸劇作家互贈劇作閱覽的情況。

本節着重於唐英劇作之版本、內容梗概；至於劇作與地方戲之間的關係，
及唐劇技巧、內容之分析，容後（第三、四章）再敘。

第三節　唐英其他作品

唐英作品除了有關陶瓷著作、及十七種劇作之外，尚有研究他生平不可
缺少的資料：《陶人心語》、《陶人心語續選》、《陶人心語補遺》及《可姬傳》，
這是他的詩文集；各書的卷數說法不一，本節將就現存之卷數加以介紹。另
外他還將在琵琶亭與騷人墨客往來酬唱之作，刊刻成書，名爲《輯刻琵琶亭
詩》。此外他也還撰寫了一本專門收集僻字的《問奇典註》。〔註41〕

唐英的《陶人心語》及《陶人心語續選》，就和他的劇作集《鐙月閒情》
一樣，有好幾種版本。唐英現存之作品有：

1. 《陶人心語》五卷。藏於北京圖書館，爲乾隆十一年，唐英古柏堂刻

〔註40〕不過在雍正七年時，曾有在環翠聽幕中諸友度曲的記錄。（見《陶人心語》卷
三）。

〔註41〕李修生先生在《文學遺產》增刊第十二輯中〈唐英及其劇作〉提到了唐英還
輯有《菊窗讌集詩》。在《陶人心語續選》卷六，頁19有：〈甲子重陽後一日
賞菊徵詩小引，是日座上有何縣尹、賀、王、宋諸生〉，同卷，頁24：〈甲子
重陽後一日，江州諸文士小齋看菊花，即席徵詩，各有新句見遺，孫、花、
陳三生未預斯會，越日補詩見投，因各賦一律答之〉，同卷，頁32有〈王觀
四秀才於長至前五日補投菊窗燕集詩率成和覆〉，同卷，頁33有：〈劉玉甫廣
文於長至後十日補投菊窗燕集詩率成覆和〉；但所謂的「菊窗讌集」之作，是
否刊刻，在唐英的作品中並沒有交待。而且在保存唐英作品最齊全的北京圖
書館也未見此書，不知李先生言唐英刊刻了《菊窗讌集詩》所據爲何？是親
見此書？抑或按理推斷？若按理推斷，唐英尚有「西堂讌集」、「雙碧樓讌集」、
「中秋讌集」諸作，是否也曾將這些讌集時的作品付梓呢？以當時風氣而言，
文人聚會，觀劇賦詩，乃屬風雅之事，酒筵歌席間的作品，唐英是否都曾一
一錄存，並加以刊刻，似乎是有些疑問。

本，爲八行十四字，小字雙行字不等，白口四周雙邊。整個編排方式，是以作品的體例爲準：卷一爲五、七言古詩，卷二是五言律詩，卷三是七言律詩，卷四爲七言絕句及詞，卷五爲雜著。從唐英的〈陶人心語自序〉說：

> 予集江右十餘年之殘紙敗墨，繕寫成帙，名之爲陶人心語。

便可知《陶人心語》是收集他督陶後的作品，多是在雍正六年到乾隆四年間所著。這個集子，是由顧棟高替他編選的。

　　然而《陶人心語》還有一種六卷本。那是乾隆三十七年，由其子寅保校刊的武林重鐫本。北京大學圖書館便藏有這個本子！這個六卷本的《陶人心語》是華嶽蓮（西植）受寅保委託，而重新編選的詩文集，其中詩詞五卷、雜著一卷。但內容已與五卷本的《陶人心語》有所不同；六卷本的《陶人心語》選錄了許多《陶人心語續編》的作品。在彭國棟纂修的《重修清史藝文志》中，所著錄的《陶人心語》爲六卷，可能就是這個版本。〔註42〕北京圖書館尚有唐英的《陶人心語》稿本兩卷八冊。

　　2. 《陶人心語續選》九卷。因爲顧棟高第一次所撰輯的《陶人心語》五卷標準過嚴、所選錄作品甚少，可能唐英還不能滿足，因此，又請顧棟高替他編選了《陶人心語續選》。顧棟高在乾隆三年八月所作的序便說：

> 蝸寄先生陶人心語，余旣擇其尤者若干首，都爲一編。已復瀏覽全集，若賦物游山、尋常酬應之作，俱蕭疏跌宕，出人畦逕之外，殘膏賸馥，不忍委棄，因復錄而傳之。（《陶人心語續選》卷首）

所以第二次編選的作品，便不及第一次的精緻；但這對我們了解、研究唐英的交遊、觀念，卻有非常大的幫助。

　　九卷本《陶人心語續選》同爲八行十四字，小字雙行字不等，白口四周雙邊。但九卷本的《陶人心語續選》到底刊於何時？最早是不會超過乾隆十二年的。在《陶人心語續選》卷九最後，有呂德芝寫於乾隆十二年的跋，而且《陶人心語續選》所收錄的作品，時間最晚的，是成於乾隆十二年十二月初十日的〈嘉平月之十日雨窗夜坐偶興四首〉，因此九卷本的續選，約刻印在乾隆十二年左右。

　　《陶人心語續選》的編排方式，和《陶人心語》以作品體例區分的情況

〔註42〕周妙中女士在《清代戲曲史》（中州古籍出版社，西元 1987 年 12 月初版），頁 201，中說：「唐英的詩集命名爲《陶人心語》，共四卷。」不知所據爲何？抑或是因爲《陶人心語》最後一卷爲雜著，因此才稱四卷？

不同。《陶人心語續選》編排方式是以繫年為主。卷一、卷二收錄雍正六年到乾隆三年的作品；卷三收的是乾隆四、五年之作；卷四為乾隆五、六年之作；卷五為六、七、八年之作；卷六為乾隆九年之作；卷七收的是乾隆十年之作；卷八為乾隆十一年的作品；卷九為乾隆十二年的作品。卷三之後，各卷皆標明為「瀋江著」。

然而藏於北京大學圖書館的《陶人心語續選》，則有十卷。前九卷與《陶人心語補遺》九卷本均同，而卷十，則是收錄了乾隆十三年的作品，因此《陶人心語續選》十卷本與《陶人心語》六卷本的性質並不同，它僅是九卷本的延續、補充。

另外尚有一卷《陶人心語補遺》，由於其收錄作品，不像《陶人心語續選》那樣，都註明了時間，因此甚難判斷此處所謂《陶人心語補遺》，乃補《陶人心語》之遺？或補《陶人心語續選》之遺？不過，從所收的第一首詩〈小筑園即事十截句〉中的小序了解到此詩作於乾隆十三年，因此這裡所謂的「補遺」，很可能是指補《陶人心語續選》之遺！再說，唐英作品之多，若是補《陶人心語》之遺，作品恐怕不只一卷！至於是補九卷本之遺？或是十卷本之遺？則又是一個問題。按《陶人心語補遺》在卷末也有九卷本《陶人心語續選》呂德芝的後跋，這是《陶人心語續選》十卷本所無，且又與續選十卷本同藏於北大圖書館，所以補遺應是與十卷本續選同一個系統的可能性較大。〔註43〕

3.《可姬傳》一卷。這是為了紀念他的侍妾張少君所作。前有顧棟高、華西植、徐梁棟、沙上鶴的序。《可姬傳》附於《陶人心語》六卷本後，亦重出於《陶人心語續選》九卷本卷二後。

4.《輯刻琵琶亭詩》一卷。為唐英所輯，乾隆十一年唐氏古柏堂刻本，僅一冊，九行二十一字，白口四周雙邊。為收集唐英與四方文人雅士讌集於琵琶亭，互相唱酬的作品。前有琵琶亭圖及唐英的〈重修琵琶亭自記〉。另外值得一提的，是書中有「盛世陶人」（見圖1-2）的印記，這正可與他「陶人」自居的心態互相呼應！

5.《問奇典註》增釋六卷。這是唐英所撰的一部子書類工具書，專門收集一些生僻的難字。為乾隆十一年唐氏古柏堂刻本；有六冊，白口四周雙邊。

〔註43〕至於周妙中女士所提「續編三卷」不知引自何處？（同前書），頁201。而《國朝耆獻類徵初編》卷一百四十五（《清代傳記叢刊》，第一五一冊，明文書局，民國75年5月初版），頁687，則言唐著有續選十四卷。

　　唐英的作品集：《陶人心語》、《陶人心語續選》，雖同爲唐氏古柏堂刻本，但卻有好幾種版本，當然這是因爲刊刻時間有前後不同。然而後刊刻所加入的作品，卻不全都是時間較晚的作品；這種情況的發生，最主要是由於唐英對於選錄付梓作品，在評選上，有着不同於替他輯編作品者的看法。唐英希望將他的全部作品都刊刻付印，因爲這些作品，全是他眞性眞情的流露，可以反映出他的一飲一食來；但站在編輯者的立場（也許是文人的角度），卻希望揀選一些較好的作品付梓，這樣才能流傳於世。不過，唐英終究是作主的人，既然先前選輯的作品稍嫌不足，於是就再補選取錄其他的作品付印。由於唐英家中蓄有刻書的工匠，刻書印行不假外求，要印幾種版本，也都是唐英可以決定的，〔註44〕因此才會有今日我們看到這幾種卷數不同的《陶人心語》及《陶人心語續選》。所以眾多版本的產生，在選錄的角度不同，而非作品時間的先後。

　　同樣的情形，也發生在他的劇作集《鐙月閒情》上。雖然各種不同卷數的《鐙月閒情》中，並沒有像《陶人心語》那樣，有清楚的說明，但如果我們比對一下劇目，便可了解這也是選錄的問題，而非作品完成時間先後的問題！十四種十六卷本的刊刻時間，較之十七種、十五種本都早，但十四種本所缺的《轉天心》、《清忠譜正案》、《笳騷》，除《清忠譜正案》外，都是唐英劇作中，已知較早完成的作品（詳見第二節）。如果是刊刻時間先後的問題，那麼，早於十七種本刊刻的十四種本《鐙月閒情》，不該遺漏《轉天心》、《笳騷》才是。因此，《鐙月閒情》之所以有這麼多不同卷數的版本出現，也如同唐英的其他作品一樣，是因爲編選的問題，而不是刊刻時間先後（即作品時間先後）所造成的！

　　從文學的觀點，來看唐英的詩作，作品的藝術價值可能不高。但因爲唐英不要「精選」而要「遍存」觀念，並且在刊刻的作品上，都註明了詳細的時間，這使得我們研究唐英生平、出處、交遊……有了莫大的助益。

第四節　唐英的文學觀

　　唐英的文學觀是：一、文學作品必須有眞摯的情感。二、劇作不該只有

〔註44〕《陶人心語》卷六，華西植撰〈書蝸寄先生陶人心語卷後〉：「家本蓄工匠，有時屬草未定，或道路偶占，侍者所記錄，輒持去付梓，未嘗覆省。」另外像常景峰的詩集，也是唐英替他印行的。

娛樂怡情的成份，還必須有教化的意義。

　　從唐英的詩文風格看來，他對文學的主張是：反對餖飣堆砌、刻意相模；他認為文章只要能傳其性情之眞，便能歷百世而不朽，他說：

　　　　詩何以傳？傳其性情之眞而已。……雖有豐腴寒瘦之不同，要皆不
　　　　失性情之眞。如天籟自鳴，故同歷百世而不可磨滅也。〔註45〕

這樣的觀念，與袁枚的〈性靈說〉：「從三百篇至今日，凡之詩傳者，都是性靈，不關堆垛。」是不謀而合的。〔註46〕然而，唐英是否受到袁枚性靈說的影響，在他的作品中，並無資料可尋；反倒是與唐英以「陶人」自居的督陶生涯及未能一展治世抱負的缺憾，有非常密切的關係！從他將自己作品集，命名為《陶人心語》、《鐙月閒情》，便能窺出端倪。

　　身為勞力之人的陶匠，有的是樸實的本質及不加飾的眞情。唐英曾與這些工匠們一同起居作息長達三年之久，他深深感受到這份來自田野的「眞」；他了解了陶人有陶人的歲序、眼界、心情、悲歡離合；並且接受了陶人的飲食、起居、育樂；進而以陶人之心應之萬物，融入在陶匠群中，成為他們當中的一個。所以他不管世人的眼光，他以「陶人」自居。〔註47〕唐英這樣的舉動，當然引人訝異，他們發出疑問：

　　　　陶為勞力之事，陶人勞力之人，其事其人，概可想見，又何所取於
　　　　其心，更及於其心之所語哉？〔註48〕

而唐英的回答則是：

　　　　然客亦知夫人各有心，心各有語乎？統富貴貧賤而莫之或異也。夫
　　　　存于內者為心，發於外者為語，此固夫人而同之。又夫人而不同者
　　　　也，蓋富者心侈而語奢，貴者心傲而語誇，貧賤者心卑戚而語寒塞，
　　　　大都因境而移其心，違心而異其語者，比比皆是。至有摭拾浮言，
　　　　鋪張聲勢，語是而非者，則又出於欺世盜名之流，皆有所為而為之，
　　　　非所論於胼手胝足，不識不知之陶人也。〔註49〕

從這裡，我們可以看出：唐英的文學觀，是建立在平等的「人觀」上頭。他認為富貴貧賤，都不該掩蓋了人性的「眞」。他不會因為某人是達官顯貴，作

〔註45〕見《陶人心語續選》卷二〈固哉草亭詩序〉（古柏堂刻本），頁16。
〔註46〕見《隨園詩話》（民國69年9月初版卷五，廣文書局），頁4。
〔註47〕見《陶人心語自敘》，《陶人心語》卷首、《陶人心語續選》卷三皆有收錄。
〔註48〕同註47。
〔註49〕同註47。

品中充滿富麗堂皇的詞藻,便說此人的作品好;也不會因為某人是個窮困潦倒的落魄書生,作品中滿是不達的感憾與譏諷,便認為此人的作品差。只要是言之有物、充滿眞情的作品,便是好文章。他在為高斌《固哉草亭詩集》所作的序中,也抱持同樣的看法:

> 詩何以傳?傳其性情之眞而已。窮通貴賤之故,無與於詩得失之數也。……元白之身都卿相,其詩傳;郊島之屬抑下僚,撼軻淪落,而詩亦傳。雖則有豐腴寒瘦之不同,要皆不失性情之眞。如天籟自鳴,故歷百世而不可磨滅也。〔註50〕

「性情之眞」正是他文學觀中的重點。

　　唐英對作品只求本質精神的眞摯,並不要求寫作技巧方面的問題;他甚至認為過度講究文學作品的技巧,只會使文學作品走入餖飣堆砌、獺祭之流的死胡同。他說:

> 後之為詩者,各私所好,刻意規模,以求一似。矜采藻叢典故,務為飾觀,以自炫其餖飣補綴之能,而性情之眞遂以日失。〔註51〕

在〈顧秋亭詩集序〉中,也提到:

> 詩雖工,若無性情,則其中之所存亦淺矣。

唐英認為每個人都有眞情眞性,而作品就是憑恃着這份眞情眞性,傳世不朽;世俗再多的金錢、權力、名望,都不能保障文章的流傳。如果人只保有塵世虛名於一時;而不能將作品傳諸後世,留芳千古,那眼前的名聲、地位又有什麼值得驕傲的呢?所以在唐英眼中,士大夫不一定就高人一等;而原為賤民之列的陶人,也就不一定矮人半截了!於是唐英大膽的將自己的集子命名為《陶人心語》,便是為了表達:「人人平等,眞情傳世」的觀念。唐英不少的劇作中,主角皆為市井小人物,擺脫了一般傳奇劇作生旦的格局,想必也是受了這種觀念的影響。所以他願意花筆墨在這些一般傳奇劇中配角人物的身上,為他們記錄下、刻劃出一個又一個感人的故事。

　　不過唐英這種「人人平等,眞情傳世」的觀念,並沒有影響到與他交往的文人雅士。他的友朋,依舊隨俗的將自己的作品集命為「詩集」、「文集」。像金德瑛的《檜門詩存》、高斌的《固哉草亭詩集》〔註52〕、商盤的《質園詩

〔註50〕見《陶人心語續選》卷三,頁 16。

〔註51〕同註47。

〔註52〕按唐英所序為《固哉草亭集》(見《陶人心語續選》卷三),頁 16,但《重修

集》、蔣士銓的《忠雅堂詩集》、顧秋亭的《顧秋亭詩集》⋯⋯，沒有一個人與唐英的《陶人心語》採相同的作法。所以當一個朱姓生員，請唐英爲他的集子《西湖漁唱》寫序時，唐英非常高興，他說：

> 第以其漁唱名稿，而不名之以詩，義或有在。竊惟余以陶、生以漁；
>
> 余以語，生以唱；於余心語名義暗相水乳。〔註53〕

因爲終於有人與他聲氣相通、志同道合了！

也正因爲唐英講求的是一個「眞」字，所以在《陶人心語》及《陶人心語續選》中，擁有許記載唐英日常生活的詩作，感情眞切，文詞平易淡雅；並且成爲我們研究唐英生平最好的資料。這和一般摭拾浮言、賣弄文字或是語是心非、不知所云的作品比較起來，唐英的詩作是平實、可愛的多了！像他的〈憶亡荊〉：

> 廿載同甘苦，存亡誤一官。恨還憐蕩子，死更盼歸鞍。嬌女述遺語，
>
> 屬魂逐險灘。大招江上水，白浪捲風酸。〔註54〕

便是造語平淡，但字字眞切的詩作。又如〈題自畫鷹二絕句〉之一：

> 蕭蕭霜風秋欲深，老拳初試少知音，驚人羞作一鳴計，聊托雲天萬
>
> 里心。〔註55〕

這樣的詩作，在《陶人心語》中，俯拾可得，這些都是唐英以陶人之心應之萬物的作品。

站在「人人平等，求眞求實，而不要求技巧的賣弄、文字的堆砌」這樣的觀念上，唐英對戲曲也是抱持著同樣的態度。因爲「人人平等，眞情傳世」，所以唐英對輕歌曼妙、撫笛水磨的崑腔及嘔啞嘈雜、急管繁弦的地方戲曲同樣能接受；在目前所知的觀戲記錄中，二者的比例似乎不相上下。他說：「巴唱吳歈盡可聽」、「吳歈巴唱恰宜秋」；並不認爲地方聲腔眞的不堪入耳、鄙俗難耐。〔註56〕只要戲曲中蘊有眞情，便是好的作品，也許聲腔不如崑腔悅耳動聽，文詞不如崑曲典雅華贍，但那些都已是次要問題了！

不過除了眞情之外，唐英對戲劇做的要求，似乎還強調戲曲教化問題。

清史藝文志》，頁 268，所著錄者，爲《固哉草堂集》（商務印書館，民國 57
年 6 月初版），不知何者爲是？
〔註53〕見《陶人心語續選》卷六，頁 16〈西湖漁唱序〉。
〔註54〕見《陶人心語》卷二（古柏堂刻本，乾隆十一年）。
〔註55〕《陶人心語》卷四。
〔註56〕見《陶人心語續選》卷七，頁 44、及卷九，頁 36。

他在《天緣債》第一齣標目中便提到：

打梆子唱秦腔笑多理少，改崑調合絲竹天道人心。〔註57〕

這是為了使精采熱鬧、生動引人的地方戲曲，不僅僅只是博君一笑，更要能合乎天道人心。他在《梁上眼》、《蘆花絮》、《三元報》等作品，也都提及了天心人道、教化等問題。〔註58〕但這樣的觀念，不是正好與命名為《鐙月閒情》的用意相衝突了嗎？他在《轉天心》自序中說：

燈明月朗，塵緣紛雜之際，偕即墨、管城諸君，搬演一棚無聲無形傀儡，聊自娛悅，非敢持贈世人也。〔註59〕

如果只是要「聊自娛悅」，唐英又何必發出「笑多理少」的感慨呢？唐英的十七種劇作中，又為何有那麼多強調忠、孝、節、義，合天理、順人心的作品呢？其實，唐英對於劇作命為《鐙月閒情》的作法，似乎有點自我解嘲的意味！

在本章第一節提到，唐英詩作中，表露出懷才不遇的缺憾。唐英一直想好好施展一下經世濟國的抱負，以報答皇上的恩典，但時不我予。唐英只是個督陶榷關的內務府官員，並非代天巡狩的御史，也不是掌管人民生殺大權的知府。唐英雖盡心於陶務之上，以報皇恩；但心中卻耿耿於不能牧民的缺憾。和陶匠接觸的經驗，唐英知道戲曲感人之深、教化功能之大，於是他在戲曲創作時，便想到了戲曲教化的功能，於是將他牧民的理想，寓於劇作之中。我們從他十七種劇作，有著超過半數以上的作品，直接提及教化問題，便可證明唐英此舉，乃刻意為之。一些嬉笑鬧罵的地方劇作，經過他的改編，也成了主題嚴正、合乎天理的作品。〔註60〕

如果我們仔細看看唐英劇作中的縣官形象：既顢頇、昏昧且貪婪，更可知道唐英將仕宦生涯的不順遂，轉化為文字上的譏諷。慨嘆於不適任的官吏比比皆是，而我唐英乃恤民愛民之人卻有志難伸。綜合以上幾點的分析，唐英將劇作命為《鐙月閒情》，似乎是「正言若反」。其實唐英作劇的用意並不只是要寄情翰墨、聊以自娛；唐英更多希望是：把教化的觀念，推廣到一般百姓身上。若能在其位、謀其政，那該多好？但事與願違，所以也只能在戲

〔註57〕唐英《古柏堂戲曲集》（上海古籍出版社，西元1987年10月初版），頁397。
〔註58〕《傭中人》、《清忠譜正案》等劇作，亦有教化意義。詳見第四章第一節：主題思想。
〔註59〕見《轉天心》自敘。
〔註60〕詳見第四章：〈唐英劇作評析〉。

劇中現身說教，寄抱負於筆墨！這也是爲什麼他名之爲「閒情」，卻又在劇作中要求「合天理、喚人心」的原因了！

　　唐英的文學觀是源自於他的際遇而產生的。由於他與陶人相處，以陶人自居，所以他以「眞」來看待萬事萬物，對詩作、對戲曲，他都抱持「眞情足以傳世不朽」的觀念；但也由於唐英不能牧民的缺憾，所以他將滿腔抱負轉移在戲曲的創作上，不僅要眞，而且要能喚醒人天、教化群眾。如果說唐英的詩作，所展現的文學觀是：眞；那麼唐英劇作所呈現的文學觀，便是除了「眞」之外，還包涵了教化的意義。

圖 1-1　《蝸寄》印記　　　　圖 1-2　「盛世陶人」印記

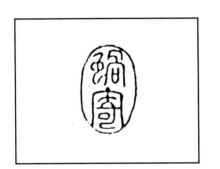 

第二章　唐英戲曲創作的時代背景

　　唐英一生，跨康熙、雍正、乾隆三朝。他對戲曲的涵養，當在康熙一朝養成；而雍正六年至乾隆十九年的這段期間，是唐英戲曲創作的時代。〔註1〕在這樣一個崑劇本身面臨嬗變的時代裡，〔註2〕演劇活動的狀況為何？皇帝對所謂的「俗樂」〔註3〕態度如何？政治的因素是否影響到戲曲的發展？演出性質及演出地點是否異於明末？家樂的影響力如何？職業戲班活動的情況呢？此時演出的劇作、花雅消長的情形、崑腔是否仍保有一片江山……這些問題，都是考察此一時期戲曲活動狀況不可忽略的部份。而當時戲曲的活動狀況，足以影響唐英戲曲的創作。

第一節　政治力量影響戲曲發展

　　清康熙～乾隆朝，政治對戲曲活動的影響，用「只准州官放火，不許百姓點燈」這十二字來形容再恰當不過。康熙、乾隆兩位皇帝對戲曲的愛好，使得戲曲活動大肆活躍；然而基於政治的考量，對此時民間的戲曲活動，卻又百般阻撓，禁令之多，前所未有。本節即從皇帝的愛好帶動戲曲蓬勃發展，及控制戲曲活動的禁令兩方面，來談政治力量對此時戲曲活動的影響。

〔註1〕唐英戲曲的創作時間，前（第一章第二節）已有說明。
〔註2〕青木正兒在《中國近代戲曲史》中，稱明天啟至明清康熙初年，為「崑曲極盛時代（後期）」（第十章）；稱康熙中葉至乾隆末葉為「崑曲餘盛時代」（第十一章）。周貽白在《中國戲曲發展史》中，稱乾隆朝為「崑曲衰落的前後」。（第七章第廿三節）陸萼庭在《崑劇演出史稿》中則稱天啟至康熙末葉為「競演新戲的時代」（第三章）；乾嘉之際為「折子戲的光芒」（第四章）。
〔註3〕見《皇朝文獻通考》（西元 1975 年，鼎文書局，原版影印）卷一百四十七，樂考二十，頁 6375。

一、皇帝的愛好帶動戲曲發展

　　康熙、乾隆二帝對戲曲的愛好，遠遠超過前朝的君王。而且對戲曲的喜好表現在許多方面。

（一）修定律呂、設局改劇

　　康熙曾御撰《律呂正義》，定律呂以「三分損益法」爲之。《清史稿·樂志》中，更有：「帝妙挈鍾律，……五十二年，遂詔修律呂諸書，……所與編校者，皆淹雅士，而蘭生學獨深，亦時時折中於帝，遇有疑義，親臨決焉。」〔註4〕乾隆也曾敕令編撰《律呂正義後編》，〔註5〕這還只是天下音律定於一的第一步而已。

　　在乾隆四十二年，弘曆又令伊齡阿在揚州設局，修改曲劇。這也是弘曆「關心」戲曲發展的一項措施。〔註6〕

（二）宮中大戲的產生

　　《嘯亭續錄》卷一有「大戲節戲」條：

　　　　乾隆初，純皇帝以海內昇平，命張文敏製諸院本進呈，以備樂部演
　　　　習，凡各節令皆奏演。

　　這是宮中大戲的由來。詞臣共編纂了：《勸善金科》、《昇平寶筏》、《鼎峙春秋》、《忠義璇圖》等連本大戲，這是戲曲用於國家典禮的開始，在明代、清朝初年，戲曲還只限於閒暇筵宴，此時戲曲的地位有上升的趨勢。

　　雖然「大戲」之名起自乾隆，但在康熙時，就已有此種類似大戲的劇作產生。在懋勤殿舊藏《聖祖諭旨》中有：

　　　　《西遊記》原有兩、三本，甚是俗氣。近日海清覓人收拾，已有八
　　　　本，皆係各舊本內套的曲子，也不甚好。爾都改去，共成十本，趕
　　　　九月內全進呈。

　　宮中大戲的產生，除說明宮廷內演劇風氣興盛外，尚有另一層意義：即

〔註4〕見《清史稿》卷九十四，頁 2739～2740。

〔註5〕見《重修清史藝文志》，頁30，樂類中有《律呂正義後編》（民國57年6月初版，商務印書館）一百二十卷，下有小註：「乾隆十一年敕撰」。

〔註6〕見《揚州畫舫錄》新城北錄下，頁107：乾隆丁酉，巡鹽御史伊齡阿奉旨於揚州設局修改曲劇。歷經圖思阿並伊公兩任，凡四年事竣。總校黃文暘、李經，分校凌廷堪、程枚、陳治、荊汝爲，委員：淮北分司張輔、經歷查建珮、板浦場大使湯惟鏡。

君主戲曲欣賞品味的改變。原本節慶時演劇的表演，皇帝們並不十分重視，因爲那只是氣氛烘托或必備儀式罷了！而今則開始對戲曲作「樂神」之外的「樂人」要求；並進一步要求戲曲的劇本、曲調等有關戲曲藝術性的問題！

（三）南府的設立、擴大

康熙朝時，南府已設立。〔註7〕南府之設立，是爲了專職承應內廷演劇活動，也就是將雅樂、俗樂的負責單位分開。康熙南巡時，曾帶回許多江南名角充當內府教習；〔註8〕並曾派弋腔教習葉國楨到蘇州，〔註9〕從這些情況看來，南府內能人不少，且直接影響了宮廷內的演劇水準。

到了乾隆朝，弘曆派太監到南府學戲，稱爲內學；並挑選江南優秀伶人入南府當差，充當民籍教習，並招收民籍學生學戲，稱之爲外學。南府並分爲：內三學、外二學、中和樂、十番學、錢糧處、跳索學、大差處等，規模不可謂不大。〔註10〕南府的日漸擴大，最主要的原因，便是乾隆擴大了慶典承應之戲的演出，此時俗樂的運用範圍也日漸擴大。當時南府的人數，約在一千四、五百人之譜，〔註11〕比之明代宮廷戲曲的極盛時期，超過一倍到兩倍，這可以說是清代宮廷演戲的極盛時期。

（四）招伶人萬壽節祝釐

康熙五十二年三月十八日聖祖六旬萬壽：「天下臣民赴京慶祝者，以億萬計，時上方幸霸州水圍，臣民擬自暢春園至神武，輦道所經數十里內，結綵張燈，雜陳百戲，迎駕燈殿受朝賀。」百戲之中，演劇綵樓共有廿二座。〔註12〕

〔註7〕見懋勤殿舊藏《聖祖諭旨》，收在《掌故叢編》檔：「問南府教習朱四美」（國風出版社，民國54年），頁44。關於南府設立時間，眾說紛紜，王芷章在《清升平署志略》中曾說：「南府得名，應在乾隆五年至十九年之間。」然清逸居士在《南府之沿革》中說：「內廷樂部原歸四十八處都領侍太監管理，後於康熙年間遷入南長街，始稱南府。」《清稗類鈔》戲劇類（西元1986年7月初版，北京中華書局），頁5041，也提到：「南府之名，始自康熙時」。

〔註8〕焦循《劇說》卷六（《中國古典戲曲論著集成》第八冊），頁201：〈王載揚書陳優事〉：「聖祖南巡，江蘇織造臣以寒香、妙觀諸部承應行宮，甚見嘉獎。每部中各選二、三人，供奉內廷，命其教習上林法部，陳特充首選。」

〔註9〕見《李煦奏摺》，頁4。

〔註10〕見《清代燕都梨園史料》下冊，頁912～913，《北京梨園金石文字錄·重修喜神廟碑記》。

〔註11〕見王芷章《清昇平署志略》（新文豐書局，民國26年版影印），頁40。

〔註12〕見《欽定四庫全書·萬壽盛典》初集，卷四十一，圖繪（見圖2-1至2-5）。

　　乾隆十六年，皇太后壽辰，「京師張燈設綵、結撰樓閣。每數十步間一戲台，南腔北調、侲童妙伎，歌扇歌衫，後部未竭，前部已迎」。〔註13〕乾隆廿六年、卅六年，皇太后的七旬、八旬萬壽，其鋪張之能事，更甚於皇太后六旬萬壽。

　　乾隆自己的八旬壽辰，也是鉅典繁盛：

> 乾隆五十五年秋八月，臣民恭舉慶典，自西華門至圓明園，輦道所
> 經數十里內，備綵飾、奏衢歌、陳百戲，十二日駕進大內受朝賀，
> 十三日八旬萬壽大慶禮成，十六日駕返圓明園。〔註14〕

戲班赴京慶壽的活動，實際上，給了戲班互相交流、切磋的最好機會；戲班也藉此機會進駐京師，帶入新聲。

　　爲何「臣民」招各地伶人進京祝壽？其實不過是「投主上之所好」的表現罷了！而清初各地伶人進京祝釐的盛況，是明代所無。

（五）宮中戲台的建造

　　康熙、乾隆除了命詞臣撰寫劇作、擴大演劇的負責單位——南府外，還在內府、苑圍、行宮建造了許多戲台。表演場所的建立，也意味著戲劇藝術的受到重視。在乾隆時，宮中、苑圍中供演出用的戲台計有：

1. 內　廷
   （1）壽安宮之三層大戲台（今已不存）
   （2）寧壽宮閱是樓之暢音閣戲台（見圖 2-15）
   （3）寧壽宮倦勤齋之室內小戲台
   （4）重華宮之漱芳齋戲台（見圖 2-16）
   （5）重華宮漱芳齋內風雅存室內戲台（見圖 2-17）
2. 圓明園
   （1）同樂園清音閣戲台（今已不存）
   （2）綺春園戲台（今已不存）
   （3）敷春堂戲台（今已不存）
3. 清漪園（即今日之頤和園）
   （1）聽鸝館院中戲台
4. 西苑（今北海、中南海）

〔註13〕見趙翼《簷曝雜記》（西元1983年，新興書局，初版）卷一慶典條。
〔註14〕見《欽定四庫全書・八旬萬壽盛典》卷七七、七八，圖繪（見圖 2-6 至 2-14）。

（1）漪瀾堂東側晴欄花韻院中戲台

（2）純一齋水池中之戲台（有康熙題匾）

5. **熱河行宮**（避暑山莊）

（1）福壽園之清音閣戲台（今已不存）

（2）煙波致爽戲台

（3）如意洲之一片雲戲台（殘）

6. **張三營行宮**

（1）雲山寥廓戲台

7. **盤山行宮**

（1）靜居山莊戲台

其中寧壽宮的暢音閣、圓明園之清音閣、避暑山莊之清音閣，都是三層大戲台。這種「崇台三層」的戲台設計，就是配合宮廷大戲的演出而產生的。〔註15〕

戲台的建造，不僅僅止於內廷、行宮，在聖祖、高祖南巡時，各駐蹕之處，也都有戲台的建造：如揚州天寧寺行宮、高旻寺行宮、蘇州府行宮、龍潭行宮、江寧行宮、杭州府行宮、西湖行宮等處，皆備有固定之劇場。〔註16〕其中蘇、揚各有二處戲台，可能是因為此二處正為戲劇重鎮之故，皇帝於此正可多欣賞名班表演。

（六）南巡的推波助瀾

前面已提到皇帝南巡駐蹕行宮都設有戲台，由此可見皇帝對戲曲的著迷程度。康熙的第一次南巡，一到蘇州就叫戲班，且一連看了廿齣戲，〔註17〕直到半夜；第二天早上說要到虎丘去玩，卻又看戲到中午。〔註18〕以後的幾次南巡，也都是日日進宴演戲。第六次南巡時，織造鹽務更招集名優組成

〔註15〕見朱家溍《清代內廷演戲情況雜談》，頁22。

〔註16〕見《欽定四庫全書・南巡盛典》卷八四，頁327、頁332，卷八六，頁346，卷八七，頁360、頁363。

〔註17〕這裡的「廿齣戲」當是折子，而非全本。

〔註18〕姚廷璘《歷年紀》上曰：「這裡有唱戲的嗎？」工部曰：「有」，立刻傳了三班進去，叩頭畢，即呈戲目，隨奉御目，親點雜出。……隨演〈前訪〉、〈借茶〉等廿齣，已是半夜矣。……次日皇爺早起，問曰：「虎丘在那裡？」工部曰：「在閶門外。」上曰：「就到虎丘去。」祁工部曰：「皇爺用了飯去。」因而就開場演戲，至日中後，方起馬。（未見原書，引自《崑劇發展史》）

戲班，以承應行宮。〔註19〕乾隆的六次南巡，盛況較康熙時有增無減。《揚州畫舫錄》載：

> 淮南北三十總商分工派段，恭設香亭，奏樂演戲，迎鑾于此。〔註20〕

蘇揚地區張燈演劇，沿途水次均設燈船戲船，或爭炫奇巧的水劇場。織造鹽務無不渾身解術；集秀班的產生，也是高宗南巡的產物。〔註21〕

所謂「風行草偃」，皇帝的喜好，足以令臣子仿效；負責接駕事務的官員，也必須投其所好的準備戲班，以備承應。所以才有「兩淮鹽務，例蓄花雅兩部，以備大戲。」的情況。〔註22〕康乾二帝的南巡，對戲曲活動的確起了推波助瀾的作用。

其他如內廷演劇排場之豪華、行頭砌末之講究，對清代戲曲的發展，都有著不可忽略的影響力。

二、控制戲曲活動的政令

雖說皇宮內廷，日日昇歌，既修築戲台，又編寫劇本；但對民間的戲曲活動，卻百般限制。

康熙十年，禁內城開設戲館，〔註23〕這條命令，是為防止惡棍藉端生事，乃從治安的觀點來處理問題。但此令一出，戲曲活動就被分為「城裡城外」，因此深宮內院或京師仕宦所觀之劇，就與外邊職業戲班所演之劇有差別了！

雍正並不是一個愛好戲曲的人，昭槤說他是「罕御聲色」，〔註24〕然而他對戲曲活動的限制也最多。在雍正二年四月，下令禁止八旗官員遨遊歌場、戲場。〔註25〕在同年十一月，又禁止喪殯演戲。〔註26〕這樣的詔令，使得戲班演出少了觀眾群，也減少了演出的場合。是年十二月十八日，又禁外官蓄

〔註19〕 書同註8，頁201。

〔註20〕 見《揚州畫舫錄》卷一，二五條，頁20。

〔註21〕 見龔自珍《龔定庵全集類編》卷十一〈書金伶〉（世界書局，民國49，11月初版），頁279。

〔註22〕 見《揚州畫舫錄》卷五新城北錄下，頁107。

〔註23〕 見《元明清三代禁毀小說戲曲史料》，頁20。

〔註24〕 見《嘯亭雜錄》卷一，頁12，〈仗殺優伶條〉。

〔註25〕 見《大清世宗憲皇帝實錄》卷一八（新文豐出版社，民國67初版），頁4，總頁280。

〔註26〕 同前書卷二十六，頁8，總頁392。

養優伶。〔註27〕這樣一來，使得才經過明末清初戰火洗禮、政治動盪而沈寂的家樂，更趨沒落。雍正三年四月禁盛京演戲，〔註28〕影響了盛京戲曲的發展。雍正五年四月，禁各省地方指稱萬壽聚集梨園。〔註29〕這使得雍正一朝的戲班，沒有互相比較、交流、同台較量、切磋技藝的機會。最值得注意的雍正三年下的詔令「禁止搬做雜劇律例」，這道禁令中，提到了戲曲教化的問題，不可以將演戲看成是娛樂，而該是要勸人為善。這是清廷正視到戲曲足以影響民風的問題。雍正十三年定律「如城市鄉村，有當街搭台懸燈唱演夜戲者，為首之人，得杖一百，枷號一月。」〔註30〕這條禁令，又使得職業戲班無法在草台搬演夜戲。

乾隆對戲曲的限制，多半依循著雍正時所下之禁令。禁旗人、需次人員出入戲園、禁演淫戲、禁喪葬時演劇、禁搭草台演夜戲等。但影響比較大的，是乾隆廿九年禁五城戲園夜唱〔註31〕及乾隆卅四年嚴禁官員蓄養歌童。〔註32〕禁止戲園的夜唱活動，無疑是打擊了戲曲蓬勃的發展；而嚴禁官員蓄養歌童，則對乾隆即位以來已有的家樂，一次沉痛的打擊；原本家樂的成員，只好到民間戲班討生活。

然而，戲曲活動最大的殺手，則莫過於乾隆四十五年十一月，下達刪改抽徹劇本的詔令。〔註33〕這道命令，使得許多劇本遭到查繳、銷毀的命運。這也是乾隆追隨雍正的腳步，認清了戲曲對匹夫匹婦的教化力量；只不過乾隆採取的措施又更積極、具體了。

從康熙、雍正到乾隆，這三朝皇帝，對於戲曲活動的限制，一個比一個嚴格；但對戲曲的喜好，其中卻以乾隆表現出最高的興緻。如果說其中有任何矛盾現象，也只能說是互為因果──演劇之風，因皇上的愛好而盛行；然更多的問題，也由此產生。戲劇的力量對一般大眾的影響，遠超過中央或地方的法令，戲劇所傳達的訊息，甚至可能挑起更多的民族仇恨、勾起反清復明的情緒；所以為政者，只好運用政治的力量，來解決這些問題。

〔註27〕 書同註23，頁28。
〔註28〕 書同註25，卷卅一，頁14，總頁467。
〔註29〕 書同註25，卷五十六，頁19，總頁876。
〔註30〕 見《大清會典事例》卷八二九，刑部刑律雜犯條。
〔註31〕 見《元明清三代禁毀小說戲曲史料》，頁42。
〔註32〕 見《大清高宗純皇帝聖訓》卷八四五，頁19，總頁12072。
〔註33〕 見《大清高宗純皇帝聖訓》卷一一一九，頁18，總頁16387。

　　唐英一生跨越康雍乾三個君主，政治力量左右著戲曲的發展，相信唐英也有體會。侍從康熙左右的唐英，因為康熙對戲曲的喜愛，對戲曲也必定有相當的涵養。雍正朝對戲曲活動的諸多限制，正可解釋為何在出任外官後的唐英，沒有在此一時期留下觀劇記錄。而乾隆朝蓬勃的戲曲活動，正好是唐英創作戲曲的大好時間；雖然乾隆朝有不少對戲曲發展具有殺傷力的禁令，但那時唐英早已不在人世了！

第二節　異於明末的演劇活動

　　戲曲原本就不是供於案頭，一定得「按拍中節、粉墨登場」。然而演劇的場所、演出的性質往往影響戲劇的發展。在清初康熙到乾隆的這一段期間，內廷演劇風氣之盛，是超過前朝的；宮廷內三層大戲台的建立、戲曲搬演用於正式典禮、南府眾多的學生、竭盡誇耀、炫奇之能事的宮中大戲……都是明朝內廷所無法比擬的（詳見本章第一節）。內廷之外的城鄉，演戲風氣也同樣盛行；不過與明末的演劇情況比較起來，卻有許多不同的地方。

一、家庭戲班漸趨衰落

　　明代萬曆以來，許多豪富士大夫，皆蓄養家樂，教習曲文。然而對戲劇方面有興趣的家樂主人，不僅精於鑑賞，而且往往親自教習，而又訓練嚴格。〔註34〕有的家樂主人，甚至就是有名的劇作家；〔註35〕家樂往往搬演主人的作品，備受好評後，才流傳開來，成為戲場劇目。再加上這些家班，藝術水準都很高，〔註36〕而且家樂的成員，與外間的戲班互相交流，因此對當時劇壇藝術水準的提昇，起了不小的作用。而今可查的一些有名的家樂主人，如張岱、包涵所、祁豸佳、阮海圓〔註37〕、申時行〔註38〕、何良俊〔註39〕等，

〔註34〕見張岱《陶庵夢憶》卷七，頁69、70〈過劍門〉：小卿曰：「今日戲氣色大異，何也？」小卿曰：「坐上坐者，余主人。主人精鑑賞，延師課戲，童手指千俁僅到其家謂『過劍門』為敢草草！」〈冰山記〉中則言張岱能寫、改劇本。
〔註35〕如阮大鋮即是。
〔註36〕在《陶庵夢憶》卷三，頁13〈朱雲崍女戲〉條中，便可知朱雲崍教的家樂，未學戲之前，先學琴、琵琶、提琴、弦子、簫管、鼓吹、歌舞。
〔註37〕見《陶庵夢憶》卷四、卷三、卷四及卷八。
〔註38〕見《潘之恆曲話》上編〈吳劇〉，頁56。

對家樂的要求，不論是發聲、咬字、表情等等都非常注重，而且對戲曲之關目、情理、筋節也非常講究；平日以家樂招待賓客，除了娛樂的效果外，還有炫耀的心理。家樂也隨着主人四出獻藝，〔註40〕並且藉由文人彼此的討論、意見的交換，達到精益求精的效果。〔註41〕

　　然而入清之後，家樂則顯著減少。影響家樂存在的第一個原因，是發生在順治末、康熙初的「江南奏銷案」。這次的案子，使得江南的一些士紳，如吳梅村、徐元文、韓菼、汪琬、彭孫遹等人都牽連在內。因為原本江南的士紳、豪富、常常積欠錢糧（類似今日所得稅之類的賦稅），當地的縣官，卻也莫可奈何。然而到了順治時，嚴加催繳，且毫無轉寰的餘地：

> 江南、浙江、江西三省漕糧，改折收銀，恐有雜派，乞嚴飭撫按，
> 痛除積弊。〔註42〕

又有：

> 今後經管錢糧各官，不論大小，凡有拖欠參罰，俱一體停其陞轉，
> 必待錢糧完解無久，方許題請開復陞轉，爾等即會同各部寺，酌立
> 年限，勒令完解。如限內拖欠錢糧不完，或應革職，或應降級處分，
> 確議具奏。如將經管錢糧未完之官陞轉者，拖欠官，并該部，俱治
> 以作弊之罪。〔註43〕

> 順治十八年六月庚辰：「江寧巡撫朱國治疏言：蘇、松、常、鎮四
> 府屬并溧陽縣，未完錢糧文武紳衿共一萬三千五百一十七名，應
> 照例議處……。得旨：紳衿抗糧殊為可惡，該部照例嚴加議處。」
> 〔註44〕

許多鄉紳都因繳交不出積欠已久的錢糧，而被杖、受刑。〔註45〕十餘年的積

〔註39〕見《劇說》卷一（《中國古典劇曲論著集成》冊八），頁89。

〔註40〕見《陶庵夢憶》卷一〈金山夜戲〉、卷四〈不繫園〉、〈嚴助廟〉皆是明證。

〔註41〕見《陶庵夢憶》卷七〈冰山記〉頁20：「……余為刪改之，仍名《冰山》。……是秋攜之至袞為大人壽。一日宴守道劉半舫，半舫曰：『此劇已十得八九，旨不及內操菊宴及逼靈犀與囊收數事耳。』余聞之，是夜席散，余填詞督小僕強記之，次日至道署搬演，已增入七齣，如半舫言。」

〔註42〕《大清聖祖仁皇帝實錄》卷一，頁15。

〔註43〕同前書，頁17。

〔註44〕見《大清聖祖仁皇帝實錄》卷三，頁3。

〔註45〕見《清朝野史大觀》（小橫香室主人編，西元1981年6月，上海書局，初版）卷五清人逸事〈陸清獻勸早完錢糧〉條，頁77，及〈記江南清查事〉條，頁139。

欠，一旦要還清，的確是沉重的負擔。而這些鄉紳之中，不少人擁有家庭戲班；在這種自身經濟都發生困難的情況下，自是無力蓄養家班。

第二個原因是雍正朝禁止外官蓄養優伶的禁令。〔註46〕雍正在禁令中指稱「家有優伶，即非好官。」而且是連一、兩個家優都不許蓄養。其原初用心，可能是怕官員因蓄伶觀劇而影響了正事；且容易被屬員鄉紳所賄賂，甚至貪贓枉法。再加上雍正原本對戲曲也沒太多的興趣，〔註47〕而戲曲活動又帶來了許多麻煩，〔註48〕所以乾脆禁止，一勞永逸。但這個禁令一下，使得原本有能力負擔家樂的朝廷官員，也不能蓄養家樂了！

「江南奏銷案」使得江南一帶的鄉紳無力蓄養家樂；雍正的禁令一下，使得外官無法蓄養家樂。在這樣的情況下，飽受明末戰火洗禮的家樂組織，在清初好不容易才恢復元氣，正要力圖振作時，卻又遭到這般嚴重的打擊，於是私人家樂便大量萎縮，剩下有能力蓄養家樂的，大概只剩兩淮鹽商了。政治因素使得私人家班大量減少，相形之下，蓄有家班的劇作家就更少，許多沒有家樂的劇作家，他們的作品就得「值其時、遇其人」，才能搬上舞台了！〔註49〕缺少家樂的實踐，文人劇作走向案頭的可能也就大於明末。

家樂的減少，使得家樂伶人對外邊戲班的交流比例降低；由於家樂主人的性質異於明末，相對的，對家班的要求也就不如從前，影響力自然也大不如前。

〔註46〕 見《雍正上諭內閣》雍正二年十二月：「外官蓄養優伶，殊非好事，朕深知其弊，非倚仗勢力，擾害平民，則送與屬員鄉紳，多方討賞，甚至借此交往，夤緣生事。二三十人，一年所費不止數千金。如按察使白洵終日以笙歌為事，諸務俱已廢弛。原任總兵閻光煒將伊家中優伶，盡入伍食糧，遂遂張桂生等有人命事。夫府道以上官員，事務繁多，白日皆當辦理，何暇及此。家有優伶，即非好官，著督撫不時訪查。至督撫提鎮，若家有優伶者，亦得互相查訪，指明密擢奏聞。雖養一二人，亦斷不可徇隱，亦必即行奏聞。其有先曾蓄養，聞此諭旨，不敢存留，即行驅逐者，免其具奏。既奉旨之後，督撫不細心訪察，所屬府道以上官員，以及提鎮家中尚有私蓄者，或因事發覺，或被揭參，定將本省督撫照徇隱不報之例從重議處。」
〔註47〕 見《嘯亭雜錄》卷一，頁12〈杖殺優伶〉條：「世宗萬幾之暇，罕御聲色。」
〔註48〕 見《大清世宗憲皇帝實錄》卷十八。雍正二年四月〈禁止八旗官員遨遊歌場戲館〉、卷卅一。雍正三年四月〈禁盛京演戲〉、卷五十六。雍正五年四月〈禁各省地方稱〉、卷卅一。雍正三年四月〈禁盛京演戲〉、卷五十六。雍正五年四月〈禁各省地方稱萬壽聚集梨園〉等。
〔註49〕 見夏綸《惺齋五種曲》自序。引自《中國古典戲曲序跋彙編》，頁1741。

二、戲園的普遍設立

在康熙十年，曾下詔：

> 京師內城，不許開設戲館，永行禁止。〔註50〕

從這個禁令中，可以得到一個訊息：也就是康熙朝時，戲園已大量且普遍的存在。康熙朝，北京專為演出而設的知名戲園就有：月明樓〔註51〕、查家樓、太平園、四宜園、孫公園。〔註52〕戲園的設立，代表營利性演劇場所的固定。在以往的演劇活動中，演戲的場合不外是廳堂及廟宇廣場兩種。廟宇廣場的演戲活動與社會大眾有密切的關係，這種歲時節令的表演，帶給農忙閒暇、日常生活的娛樂。〔註53〕而廳堂演戲，則多為豪富或文人士大夫宴樂之用，地點則在廳堂之中，鋪上紅氍毹便成舞台。〔註54〕然而這兩種演劇場所，有的雖舞台固定，但非日日演劇於上；〔註55〕有的雖時常進宴演劇，卻無專用固定之舞台。

康乾時家樂的減少，戲園的演劇活動，便代替了原本在士紳廳堂的戲劇演出，戲園也就成為公宴、小集的地方。此時宴會的戲曲表演，似乎只是一種財富、地位的象徵。〔註56〕聘班演戲為的是排場擺闊。這和明末家樂，以技藝高超、新劇搬演做為演出的原因，大異其趣。因此明末家樂藝術表演、自娛娛人的演劇活動，到了清朝，就成了士紳交際的應酬方式；前者觀劇是主要目的，後者觀劇，則已淪為次要的配角了！

做為營利性的戲園演劇，基本上是不分日夜的。這種情況到了清末民初依

〔註50〕引自《元明清三代禁毀小說戲曲史料》，頁21。
〔註51〕見《清代燕都梨園史料》《夢華瑣簿》，頁348。
〔註52〕見徐珂《清稗類鈔》，戲劇類（中華書局，西元1986年7月初版），頁5053、頁5043。
〔註53〕見《陶淵夢憶》卷四〈楊神廟台閣〉頁32，及〈嚴助廟〉頁33；《清嘉錄》卷七，頁122～123，〈青龍戲〉。
〔註54〕見圖2-18至2-20。
〔註55〕見《揚州畫舫錄》卷五，頁106，新城北錄下：「天寧寺本官商士民祝釐之地。殿上敬設經壇，殿前蓋松棚為戲台，演仙佛麟鳳太平擊壤之劇，謂之大戲，事竣拆卸。迨重寧寺構大戲台，遂移大戲于此。」
〔註56〕張宸《平圃雜志》（鼎文書局，收入《叢書集成三編》之一三部），頁1：「近世士大夫日益貧，而費用日益侈。世祖皇帝時禁筵宴饋送，當時以為非所急；及禁弛，而追嘆為不可少也。壬寅（康熙元年）冬，余奉使出都，相知聚會，止清席用單束。及癸卯冬還朝，則無席不梨園鼓吹，無招不全束矣。梨園封賞，初止青蚨一二百，今則千文以為常矣；大老至有紋銀一兩者。統計一席之費，率二十金。」

然存在。〔註 57〕不過，在乾隆廿九年，卻禁止了一些城市夜唱的活動。〔註 58〕

為了供公宴、小集之用，戲園有時會情商某班演某戲，當然除了酒資昂貴外，〔註 59〕戲班的纏頭封賞數目也非常驚人。〔註 60〕

戲園的普遍設立，演戲活動對一般民眾而言，便不只有在迎神賽會才可以觀看得到了！職業戲班也因為有了固定的演出場所，及更多的演出機會而競相產生。而大量的演戲場所及演戲班社的形成，使得戲曲活動與一般市民生活關係密切，並左右了社會大眾的喜好！

三、職業戲班的蓬勃興起

由於政治的因素使得家樂沒落，而戲園的普遍存在，則提供了許多演劇的空間。在天時、地利的配合下，職業戲班的成立，正好彌補了家樂的空缺。

《菊莊新語》記王載揚〈書陳優事〉中提到：

> 時郡城之優部以千計，最著者惟寒香、凝碧、妙觀、雅存諸部。衣冠讌集，非此諸部勿觀也。〔註 61〕

也許「優部以千計」的說法過於誇張，然足以顯示當時的職業戲班一定為數不少。從康熙朝到乾隆朝，光在北京一處的戲班就有：內聚班、聚和班、三也班、可娛班、南雅小班、景雲班（據孔尚任《孔尚任詩文集》及《長留集》，以上屬康熙朝）。雍正朝有：大成班、和成班、惠成班、瑞祥班、紫林班、桂林班、桂雲班、永興班、玉成班、公府班、紫英班、寶成班、紫成班、玉秀班、裕和班、嘉成班、秀雅班（據立於雍正十年的《梨園館碑記》）。乾隆朝有：大成班、慶成班、萃慶班、王府大部、保和班、宜慶班、太和班、餘慶班、永慶班、集慶班、宜成班、大春班、雙慶班、端瑞班、吉祥班、慶春班（據《燕蘭小譜》）、雙和班、戩穀班、裕慶班、王府新班、和成班、壽春班、

〔註 57〕見蘇州崑曲傳習所紀念室所存的報紙廣告，引自周傳瑛口述的《崑劇生涯六十年》，頁 37～38。

〔註 58〕乾隆廿九年《禁五城戲園夜唱》見《元明清三代禁毀小說戲曲史料》，頁 42。

〔註 59〕書同註 56。

〔註 60〕據王應奎《柳南隨筆》（鼎文書局，收入《百部叢書集成初編》之四八部），頁 24，卷六：「康熙丁卯、戊辰間，京師梨園子弟以內聚班為第一。時錢塘洪太學昉思昇著《長生殿》傳奇初成，授內聚班演出。聖祖覽之稱善，賜優人白金二十兩，且向諸親王稱之。于是諸親王及閣部大臣，凡有宴會，必演此劇。而纏頭之賞，其數悉如御賜。先後所獲殆不貲。」

〔註 61〕見焦循《劇說》卷六（《中國古典戲曲論著集成》冊八），頁 199。

集成班、萃芳班、景和班、新和班、和合班、金環班、金慶班、金銀班、金成班、貴成班、太成班、寶成班、玉成班、永祥班、祿和班、松壽班、大德盛班、慶齡班等（據乾隆五十年《重修喜神祖師廟碑誌》）。其餘蘇州、揚州、南京尚有許多知名的職業戲班。

這些日益增多的戲班，與家樂的被禁應有連帶關係。由於家樂的被禁，是發生在雍正朝，〔註62〕所以職業戲班的成立，在雍正朝時，如雨後春筍般蓬勃興起，並在乾隆朝更趨繁盛。

對於職業戲班的伶人，一般士紳與之並無主僕關係，所以文人士大夫對職業戲班的伶人影響不大，也不能對他們做什麼要求。在《燕蘭小譜》中有記載：

　　劉二官……性頗驕蹇，與豪客時有抵牾。〔註63〕

職業戲班的伶人，也不似家樂優伶，爲討好主人、以供耳目之娛而演戲；但卻要爲「生存」問題，而在聲腔、技藝、扮演上精益求精。因此伶人們挖空心思、絞盡腦汁，以期使觀眾留步。

然而達官顯貴或知識份子觀劇的心態，卻有「重色不重藝」的傾向。如《燕蘭小譜》、《日下看花記》、《片羽集》等，所評列者，皆爲旦色；《眾香國》在凡例中還明白標出：「徵歌必先選色」。眞正抱持欣賞態度在觀劇的，反而是一些市井小民、販夫走卒。如《夢華瑣簿》載：

　　貴游來者皆在中軸子之前，聽中軸子片刻爲應酬之候。有相識者，
　　彼此互入座周旋，至壓軸子畢，鮮有留者。其徘徊不忍去，大半市
　　井販夫走卒。然全本首尾，惟若輩最能詳之。蓋往往轉徙隨入三、
　　四戲園，樂此不疲，必求知其始訖，亦殊不可少此種人也。〔註64〕

此書雖記道光年間事，但與戲園興起後的情況，所去當不遠。

這些屬於平民階層的觀眾群，對於那個戲班，那個人擅長那種角色，也是瞭若指掌。這種半品鑑式的愛好，甚至可以超過神的旨意。在《揚州畫舫錄》中，即有這樣的記載：

　　黃班三面顧天一，以武大郎擅場，通班因之演《義俠記》全本，人
　　人爭勝，遂得名。嘗于城隍廟演戲，神前鬮《連環記》，台下觀者大

〔註62〕乾隆卅四年還有一次，見《大清高宗純皇帝實錄》卷八百四十五，頁19、乾
　　　　隆卅四年十月己丑，頁12072。
〔註63〕見《燕蘭小譜》卷二〈劉二官〉條。
〔註64〕引自《清代燕都梨園史料》，頁354～355。

> 聲鼓噪，以必欲演《義俠記》。不得已，演至〈服毒〉，天一忽墜台
> 下，觀者以爲城隍顯靈。〔註65〕

戲班的風格走向，便在這種情況下受到觀眾喜好的左右。如果觀者「聞歌而散」，職業戲班的伶人，恐怕沒有下一次登台的機會了！像徐孝常爲張堅《夢中緣》作序中有「聞歌崑曲，輒鬨然散去。」〔註66〕在一歌崑曲，觀眾便鬨然散去的情況下，戲班伶人當然只好改歌弋腔，迎合大眾的口味了！所以不斷了解觀眾的口味，演出適合一般大眾欣賞的劇目，是職業戲班受到觀眾群的影響，而做的改變。然而另一方面，職業戲班的伶人，在聲腔、裝扮、角色的詮釋上，也使民眾欣賞戲曲的品味受到改變。〔註67〕

　　唐英身處於家樂影響力大不如前，職業戲班掌握群眾嗜好的時代裡，雖然他的作品，可交付家樂演唱，但在劇壇主流已非家樂的情況下，他的作品，搬上舞台的機會本來就不大。而友人與他共同觀劇的時候，似乎也如清朝士人宴集一般，將觀劇當成次要的角色，是一種風氣或酬應的必備品，對於唐英劇作躍上職業戲班舞台，並沒有任何幫助。

第三節　花雅爭勝方興未艾

一、花雅名稱的提出

　　首先提出「花」「雅」名稱的，是《燕蘭小譜》中例言所提：

> 元時院本，凡旦色之塗抹、科諢、取妍者爲花，不傅粉而工歌唱者
> 爲正，即唐雅樂部之意也。今以弋陽、梆子等曰花部，崑腔曰雅部，
> 使彼此擅長，各不相掩。〔註68〕

在《燕蘭小譜》成書後十年，《揚州畫舫錄》中也提到了「花」「雅」兩部：

> 兩淮鹽務，例蓄花雅兩部，以備大戲。雅部即崑山腔，花部爲京腔、
> 秦腔、弋陽腔、梆子腔、羅羅腔、二簧腔，統謂之亂彈。〔註69〕

〔註65〕《揚州畫舫錄》卷五第二十六條，頁124。
〔註66〕見《中國古典戲曲序跋彙編》，頁1692。
〔註67〕魏長生以秦旦入京而哄動一時、梳水頭、踩蹻、顧天一的武大郎、周德敷的鐵勒奴、楚霸王成爲「典型」，皆是此類。
〔註68〕見《清代燕都梨園史料》，頁6。
〔註69〕見《揚州畫舫錄》卷五，新城北錄第一條。

兩書都將崑腔稱爲「雅部」，崑腔以外的聲腔，歸之於「花部」。然崑腔由明中葉盛行以來，爲何到了乾隆朝末年，會將「花」「雅」兩部並舉？又爲何到了乾隆末年，竟以政治力量，禁止花部戲曲的發展？花部聲腔在康乾之時，流傳情況爲何？花雅聲腔的消長，對唐英戲曲創作有何影響？這是本節討論的課題。

二、發展過程

　　崑山腔自明代中葉以後，普遍受到大眾（尤其是文人）歡迎，除了弋陽腔在民間仍保有一定勢力之外，海鹽、餘姚等腔皆不是其敵手。入清以後，當崑腔被視爲「不失梨園之正音」的聲腔代表普遍流行時，代表地方聲腔勢力的弋陽腔，不僅活躍在民間，似乎也同樣被內廷所接受。我們從李煦在康熙卅二年六月就任蘇州織造不久後，即挑選一批女子，準備送進宮中去表演，苦無好教習，而皇帝特派葉國楨南下訓練一事看來，便可知當時宮中演劇所用聲腔除崑腔外，尚有弋陽腔。他說：

> 念臣叨蒙豢養，並無報效出力之處，今尋得幾個女孩子，要教一班戲送進，以博皇上一笑。竊想崑腔頗多，正要尋個弋腔的好教習，學成送去，無奈遍處求訪，總再沒有好的。今蒙皇恩，特著葉國楨前來教導，此等事都是力量做不來的。如此高厚洪恩，眞竭頂踵未足盡犬馬報答之心。今葉國楨已於本月十六日到蘇，理合奏聞，並叩謝皇上大恩。〔註70〕

盡管弋腔教習「遍處求訪，再沒好的」，但必定宮中也不排斥弋腔，李煦才會做此考慮。即使到了乾隆朝，張文敏所制的承應大戲，如《鼎峙春戲》、《昭代簫詔》、《勸善金科》等，也都還名之爲「崑弋本戲」。南府檔案《穿戴題綱》第一冊封面橫寫「節令開場、弋腔、目蓮大戲」，第二冊寫「崑腔雜戲」也是宮中演戲，包括崑弋兩腔的明證。〔註71〕由於弋腔與崑腔同屬古老的聲腔，皆爲曲牌聯套體，且二腔大都可用同一本傳奇的本子，而不需另行改編。因此屬於雅、俗代表的崑、弋兩腔之間，互相爭勝的情況，並不尖銳，倒也能和平共處。

〔註70〕見《李煦奏摺》，頁4。
〔註71〕此處所指南府檔案《穿戴題綱》爲北京故宮收藏之物，未見原本，引自朱家溍在1979年第4期《故宮博物院刊》《清代的戲曲服飾史料》（見圖2-21）。

　　不過從其餘的花部聲腔，卻努力的在劇場上展露頭角。劉廷璣在《在園雜志》中的記載，正顯示了此一現象：

> 西江弋腔、海鹽浙腔猶存古風，他處絕無矣！今且變弋陽腔為四平腔、京腔、衛腔甚且等而下之為梆子腔、亂彈腔、巫娘腔、瑣哪腔、囉囉腔矣。愈趨愈卑，新奇疊出，終以崑腔為正音。〔註72〕

接著地方聲腔首先攻陷崑曲在京中的地盤。作於乾隆九年的《夢中緣》序就說：

> 長安梨園稱盛，管弦相應，遠近不絕，子弟裝飾，備極靡麗。台榭輝煌，觀者疊股倚房，飲食者吸鯨填壑，而所好者惟秦腔囉弋，厭聽吳騷，聞歌崑曲，輒閧然散去。故漱石嘗謂：「吾雅奏不見賞時也」。或有人購去，將以弋腔演出之。漱石則大恐，急索其原本歸，曰：「吾寧糊瓿。」〔註73〕

花部戲曲的興盛，也遍及大江南北，以唐英在乾隆三年至乾隆十二年的觀戲記錄而言，觀賞「巴唱」的次數，並不少於「吳歈」，而且每次都將之並列。〔註74〕唐英屬於崑腔擁戴者的文人階級，此時廳堂演劇，竟已到花雅兼容並蓄的情況。

　　成書於乾隆六十年的《揚州畫舫錄》，提到了「兩淮鹽務例蓄花雅兩部，以備大戲。」既是「例蓄」，就表示並非始於乾隆六十年。兩淮鹽務蓄戲班的最主要原因，是為了「恭迎聖駕」以備承應之用。康熙愛好戲曲，南巡駐蹕江南時，幾乎日日進宴演劇。〔註75〕乾隆的行宮，也都設有戲台。我們也許不必將例蓄花雅兩部的時間推溯到康熙之時，但最遲在乾隆第二、三次南巡時（即乾隆二十年左右），兩淮鹽務所蓄戲班，就不只崑腔一種了！應該還包括了京腔、秦腔、弋陽腔、梆子腔、囉囉腔、二簧腔，這些統稱為亂彈的花部聲腔。

　　屬於崑腔發源的江蘇，在乾隆卅五年左右，崑腔勢力也岌岌不保。《綴白裘》第六編及第十一編收錄了眾多的「梆子腔」劇目，便是忠實的反映了花部戲曲在蘇州舞台上日漸受群眾歡迎的情況。焦循在《花部農談》中的記載，也顯現出此一狀態：

〔註72〕《在園雜志》卷三，頁109。
〔註73〕見《中國古典戲曲序跋彙編》，頁1692。
〔註74〕詳見第一章第一節。
〔註75〕見本章第一節。

> 余憶幼時隨先子觀村劇，前一日演《雙珠・天打》，觀者視之漠然。
> 明日演《清風亭》，其始無不切齒，既而無不大快。鐃鼓既歇，相視
> 蕭然，周有戲色；歸而稱説，浹旬未已。彼謂花部不及崑腔者，鄙
> 夫之見也。〔註76〕

焦循生於乾隆廿八年，此處所載，正是乾隆卅五、六年左右，江蘇農村的演
劇情況。

　　成書於乾隆五十年的《燕蘭小譜》，在例言中便明白指出「雅旦非北人所
喜」，書中所收錄的名角，花雅之比為四十四比二十，且習崑腔諸伶，多兼習
亂彈。如果再配合乾隆四十五年十一廿八日上諭：

> 茲據伊齡阿復奏：「派員慎密搜訪，查明應刪改者刪改，應抽掣者抽
> 掣，陸續粘簽呈覽。再查崑腔之外，尚有石牌腔、秦腔、弋陽腔、
> 楚腔等項，江、廣、閩、浙、四川、雲貴等省，皆所盛行。請敕各
> 督撫查辦。」等語，自應如此辦理。著將伊齡阿原折，抄寄各督撫
> 閱看，一體留心查察。但不須動聲色，不可稍涉張惶。〔註77〕

由此我們可以知道：乾隆年間的花雅之爭，才如火如荼地展開。花部首先攻
陷崑劇在北京劇壇霸主的地位；然後悄悄地將觸角擴及大江南北，並與當地
方言結合，遠至四川、雲貴，都有它們的足跡；接著向崑腔重鎮蘇州邁進。
在乾隆中葉（乾隆三、四十年），花部聲腔已威脅到崑腔的舞台活動，而與崑
腔分庭抗禮了。乾隆五十年的禁令：

> 嗣後城外戲班，除崑弋兩腔聽其演唱外，其秦腔戲班，交步軍統領
> 五城出示禁止。現在本班戲子，概令改歸崑、弋兩腔。如不願者，
> 聽其另謀生理。倘于怙惡不遵者，交該衙門查拿懲治，遞解回籍。
> 〔註78〕

這就是花部戲曲嚴重影響到崑腔的生存，所以清廷不得不以政治的力量來干
預的明證。（康熙、乾隆朝流行的花部聲腔，參見附錄二、三）

三、花雅爭勝的結果

　　花雅競爭的第一個時期，應是康熙到乾隆初年的這一段時間，代表花部勢

〔註76〕見《中國古典戲曲論著集成》冊八，頁229。
〔註77〕書同註33。
〔註78〕見《欽定大清會典事例》。

力的是弋陽腔。這一時期的互相競爭，似乎旗鼓相當，平分秋色，清朝內廷，也不曾採取任何政治干預，甚且內廷還采用「崑弋並奏」的方法，編撰宮廷大戲。〔註79〕也就是不論在北京內廷或京城之中，崑弋兩腔是共同存在於舞台之上。但如果換一個角度來看，原本為「全國性流行聲腔」的崑腔，此時已讓出了京師一部份的舞台。第二次的花雅之爭，時間延續著第一次的餘緒；開始真正引人注目，則在乾隆中葉之時，而這時代表花部的聲腔，已由弋腔，改為梆子腔。起因則是秦腔名旦魏長生的入京。〔註80〕梆子腔咄咄逼人的攻勢，使得不論是京師、揚州的戲班，不得不京秦二腔合台共演。〔註81〕這時的崑腔，似乎要與京秦二腔「和平並存」都很困難了！乾隆五十年的禁令，正是秦腔在舞台上大獲全勝的最佳證明。至於崑曲的根據地——蘇州的情況如何呢？嘉慶三年所立的《蘇州翼宿神祠碑記》給了我們一個明確的答案：

〔註79〕 高腔又稱京腔，是由弋陽腔變化出來的聲腔。李調元《劇話》云：「『弋腔』始弋陽，即今『高腔』，所唱皆南曲。又謂『秧腔』，秧即弋之轉聲。京謂『京腔』，粵俗謂之『高腔』，楚、蜀之間謂之『清戲』。」也就是說：當時所稱的「弋腔」、「高腔」、「京腔」，其實都是一樣的聲腔，只不過各地有不同的稱呼（見《中國古典戲曲論著集成》冊八，頁41）。不過，這裡流傳於京中，被「世俗亂道」的弋腔，卻不是內廷宮中所演唱的弋腔。在《新定十二律京腔譜》中（有康熙廿三年序）說：「夫崑弋既已並行，而弋曲之板既無傳，腔多乖紊，予心惄焉。而忍令其蕩廢如是乎？爰操三寸不律管，而矻矻焉從事于不容已也。……是譜也，不謂之弋腔譜而謂之京腔譜者，言非世俗之腔所可同年語也。」在同書凡例中也提到：「江浙間所唱弋腔，何嘗有弋陽舊習？況盛行于京都者，更為潤色，其腔又與弋腔迥異。……尚安得謂之弋腔哉？今應顏之曰京腔譜，以寓端本行之意，亦以見大異于世俗之弋腔者。足見弋腔有『京腔』之稱，由來已久，但『御製』的京腔譜卻與一般流行的弋腔又有不同。」
〔註80〕 見《嘯亭雜錄》卷八，頁237～238：「魏長生，四川金堂人。行三，秦腔之花旦也。甲午夏入都，年已逾三旬外。時京中盛行弋腔，諸士大夫厭其囂雜，殊乏聲色之娛，長生因之變為秦腔。辭雖鄙猥，然其繁音促節，嗚嗚動人，兼之演諸淫褻之狀，皆人所罕見者，故名動京師。」另外《燕蘭小譜》中也有：「京班多高腔，自魏三變梆子腔，盡為靡靡之音矣。」（見《清代燕都梨園史料》），頁45，可知此處指梆子腔就是所謂的秦腔。
〔註81〕 見《揚州畫舫錄》卷五〈新城北錄下〉，第四十三條，頁130～131，「京腔本以宜慶、萃慶、集慶為上。自四川魏長生以秦腔入京師。色藝蓋於宜慶、萃慶、集慶之上。于是京腔效之，京秦不分。迨長生還四川，高朗亭入京師，以安慶花部，合京秦兩腔，名其班曰三慶。而囊之宜慶、萃慶、集慶遂湮沒不張。郡城自江鶴亭徵本地亂彈，名春台；為外江班，不能自立門戶，乃徵聘四方名旦如蘇州楊八官、安慶郝天秀之類。而楊、郝復採長生之秦腔，并京腔中之尤者如《滾樓》、《抱孩子》、《賣餑餑》、《送枕頭》之類。于是春台班合京秦二腔矣。」

蘇州、揚州，向習崑腔，近有厭舊喜新，皆以亂彈等腔爲新奇可喜，

轉將素習崑腔拋棄，流風日下，不可不嚴行禁止。〔註82〕

明顯地，第二回合的花雅之爭，崑腔一敗塗地。但這次花雅較量，卻也將中國古典戲曲的發展，帶入了新的里程，由曲牌聯套的作曲方式，演變成了板腔體制的譜曲模式。

　　而唐英戲曲的創作時間，正好是在第一次花雅爭勝的時期。各地蓬勃興起的花部聲腔，影響了一般群眾欣賞戲曲的角度，以「陶人」自居的唐英接觸到花部戲曲的機會，也就比同時期文人接觸的機會來得大。也由於這一時期的花部戲曲，是與崑腔和平並存，並未受到政治力量的干預，所以身爲朝廷官員的唐英，才能將地方戲曲的故事、腔調吸收進自己的劇作中。特別是他將曲牌聯套體式與板式變化體融合在同一齣劇作中，打破了原有傳奇劇作譜曲的曲牌聯套方式，這和花雅互競的時代環境有密切關係。

第四節　新編崑劇難於搬演

　　康乾時期，特別是唐英創作戲曲的乾隆朝，舞台上流行搬演那些劇目？這些劇作是出自何人之手？當時的文人劇作家所寫之劇，是否能在舞台上搬演，並爲一般觀眾所接受？職業戲班接受新劇作的情況如何？都是本節探討的重心。

　　收錄康熙至乾隆年間演出劇作的集子有：

1. 《醉怡情》：時代並不明確，但據林鋒雄所著《舶載書目所收錄綴白裘全集釋義》中，則考定此書應最遲在康熙中葉至雍正初年間已風行，故列於此處。〔註83〕

2. 《綴白裘》：乾隆四十二年校訂重鐫本。〔註84〕

3. 《燕蘭小譜》：作於乾隆五十年。

〔註82〕見《江蘇省明清以來碑刻資料選集》，頁295～296。

〔註83〕見《舶載書目所收錄綴白裘全集釋義》，天理大學學報第一百四十輯，1983年9月，頁11。本文採用清初古吳致和堂刊本，學生書局影印，屬《善本戲曲叢刊》第四輯。

〔註84〕據《舶載書目所收錄綴白裘全集釋義》，頁10，則謂《綴白裘》的戲曲選集，早在錢沛思輯刊寶仁堂版《綴白裘》之前，《綴白裘》已屢有選編、翻刊。此處所指之「乾隆四十二年校訂重鐫本」爲玩花主人編選、錢沛思續選，鴻文堂梓印，凡十二集四十八卷本。

4. 《納書楹曲譜》：乾隆五十九年刊刻。〔註85〕

5. 《消寒新詠》：成於乾隆六十年。〔註86〕

6. 《揚州畫舫錄》：成書於乾隆六十年。〔註87〕

其中《燕蘭小譜》、《消寒新詠》專為記人而作，《揚州畫舫錄》則記載維揚之風土人情，書成之因，皆非專為收錄當時演出劇目而作。雖記載當時伶人所擅之劇目，但收錄較少。《納書楹曲譜》為無科白、角色之曲譜；《醉怡情》、《綴白裘》同為選集。然三書之輯，皆為收錄當時流行於舞台上的劇目。〔註88〕因此本節由這些書籍所收（提）之劇目，來探討康乾時劇場所流行之劇目。〔註89〕

這些劇作的作者，屬於清代的有：李玉、姚子懿、洪昇、朱雲從、孔尚任、朱素臣、朱佐朝、丘園、陳二白、袁于令、李漁、薛既揚、張心其、吳石渠、容美田、黃石牧、葉稚斐、吳士科、楊潮觀、蔣士銓、吳炳及一些無名氏。〔註90〕這些作家，又多為康熙朝或康熙朝之前的劇作家，屬於乾隆時期者，僅：黃石牧（西元1668～西元1748年）、楊潮觀（西元1710～西元1788年）、蔣士銓（西元1725～西元1785年）。〔註91〕然而，這六部書中，除《醉怡情》刊刻時間不確定之外，其餘都刊刻於乾隆中期之後。為什麼乾隆朝其他的劇作家所寫之劇作，不曾收錄在這些書中？是乾隆朝的劇作家太少？還是這些劇作並沒有流行於舞台之上？答案似乎是後者。在乾隆朝叫得出名號

〔註85〕 葉堂編梓之《納書楹曲譜》分正、續、外集及補遺。其中正、續、外集在乾隆五十七年刊刻；補遺在乾隆五十九年刊刻。

〔註86〕 《消寒新詠》內有：「鐵橋山人、問津漁者、石坪居士聚蘇、揚、安慶諸童子之萃者，比之花鳥，史以其名。始於甲寅冬至，成於乙卯春分。」（見《清代燕都梨園史料續編》），頁1005。

〔註87〕 有自序作於乾隆六十年十二月。見《揚州畫舫錄》，頁9，自序。

〔註88〕 《醉怡情》扉頁有：「使演習者揣摩曲至，旁觀者聞聲起舞。」《綴白裘》七集序・朱祿建撰有：「故每集出，梨園無不奉為指南，誠風騷之餘事也。」《納書楹曲譜》王文治序及自序皆言：「循世俗所通行者，廣為二集。」

〔註89〕 見表2-1。

〔註90〕 其中容美田《古城記》一劇，僅見於《今樂考證》，且容氏僅此一劇，而生平、年里皆不詳，幾與無名氏無二。

〔註91〕 《雷峰塔》一劇在《今樂考證》、《曲考》、《曲海目》、《曲錄》俱列入無名氏。但乾隆間方成培、黃圖珌也有《雷峰塔》傳奇改本，揚州內班有名藝人陳嘉言父女，改黃圖珌本，為梨園演出本。然而《綴白裘》所收之〈水漫〉、〈斷橋〉、《納書楹曲譜》中之〈法海〉皆非黃本或方本。故此處未將二人列入。

的劇作家，爲數並不少：〔註92〕張照、夏綸、張堅、楊潮觀、蔣士銓、董榕、唐英、沈起鳳、桂馥、黃圖珌、周書、夏秉衡、孫埏、張梅新、徐燨、韓錫胙、崔應階、吳恆憲、鈍夫、金兆燕、徐昆、劉阮山、宋廷魁、宮敬軒、傅玉書、胡業宏、黃振、方成培、查揆、錢維喬、張九鉞、程枚等人，都有不少的劇作，且至今仍有傳本。但是這些人的劇作，除前列三人外，似乎甚少有被職業戲班搬上氍毹演出的記錄。爲什麼乾隆朝諸家的劇作，不能像順治或康熙朝的劇作家一樣與實地演出的劇目相結合呢？原因是：

一、折子戲的盛行

　　仔細觀察此六部書所收藏的齣目，便可發現，沒有一本劇作是從頭到尾被收錄的；〔註93〕有的劇作，甚至只收錄一齣、二齣。〔註94〕這正可以反映出當時劇場所流行的演折子風氣。〔註95〕這種演折子的風氣，當在康熙朝已普遍流行。康熙廿三年，第一次南巡時，便看了〈前訪〉、〈後訪〉、〈借茶〉等二十齣戲。〔註96〕按〈前訪〉、〈後訪〉出自《浣紗記》，〈借茶〉爲《水滸記》中之一齣，前已云「雜齣」，且所舉的三齣就包含了兩本戲；再加上如係全本，演二十齣戲，演個三天可能還演不完，所以這裡所指的二十齣雜戲，應是折子戲。職業戲班的選點戲目，以雜齣行之，並可在御前承應，卻不會被視爲不敬，由此可知演折子的風氣在此時一定相當盛行。《儒林外史》、《紅樓夢》二書中對演劇情況的描寫，或多或少也可反映康熙、雍正時流行演折子戲的情形。〔註97〕

〔註92〕據《中國古典劇曲序跋彙編》整理。

〔註93〕所錄者，很可能是已被藝人刪改過的演出「全本」，但對原作者而言，並非全本。

〔註94〕如《綴白裘》所收之《白羅衫‧井遇》、《一文錢‧拾財》、《西川圖‧蘆花蕩》，《納書楹曲譜》所收《一捧雪‧祭姬》、《鳴鳳記‧寫本》等。

〔註95〕演折子的情形明末已有，在《陶庵夢憶》卷四，頁34，〈嚴助廟〉條，有：「天啓三年，余兄弟攜南院王岑，老串楊四，徐孟雅，圓社河南張大來輩往觀之。到廟蹴踘，張大來以一丁泥、一串珠名世，球著足，渾身旋滾，一似黏寠有膠、提掇有線、穿插有孔者，人人叫絕。劇至半，王岑扮李三娘，楊四扮火工竇老，徐孟雅扮洪一嫂，馬小卿十二歲扮咬臍，串《磨房》、《撇池》、《送子》、《出獵》四齣，科諢曲白，妙入筋髓，又復維歸。戲場氣奪，鑼不得響，燈不得亮。」

〔註96〕書同註18。

〔註97〕見《儒林外史》第十、廿五、卅、四十九回。《紅樓夢》第十、廿二、四十四

　　由於折子戲的流行，藝人們便致力於表演藝術的加工；發展各家門的特色；並大力裁剪增刪原本劇作，使內容更加緊湊；並勇於放棄群眾不喜歡的本子，而在一些受觀眾喜愛的片段上精益求精。後來《審音鑑古錄》的產生，即是總結這一時期的經驗。

　　由於藝人關注的焦點，是在原有的基礎上，充實與改進，所以保留了許多當時觀眾耳熟能詳的故事精采片段。相較於故事情節不為人所熟知的新劇，自然佔盡優勢，除非是特別突出、特別優秀的新作品，否則登上戲場的機會，真的是微乎其微。

二、地方聲腔流行

　　除了折子戲的流行，影響了乾隆朝諸家的作品搬上舞台的機會外，當時地方戲的蓬勃興盛，也是不可忽略的因素。除《醉怡情》未錄花部戲曲外，其餘五書，皆收錄了許多花部聲腔的劇作。〔註98〕甚至在《燕蘭小譜》的例言中有：

　　　　雅旦非北人所喜。吳、時二伶兼習梆子等腔，列于部首，從時好也。
這表示崑腔在京中的地位，已嚴重動搖。《燕蘭小譜》中所收的花部名角，就遠超過雅部之數。〔註99〕這種情況，還不只北京如此。在崑腔重鎮蘇州，也普遍流行着亂彈、梆子之類的花部戲曲，在《翼宿神祠碑記》即有：

　　　　諭旨……及近日倡有亂彈梆子弦索秦腔等戲，聲音既屬淫靡，其所扮
　　　　演者，非狹邪媟褻即怪誕悖亂之事，于風俗人心，殊有關係。此等腔
　　　　調，雖起自秦皖，而各處輾轉流傳，競相仿效。即蘇州、揚州，向習
　　　　崑腔，近有厭舊喜新，皆以亂彈等腔為新奇可喜，轉將素習崑腔拋棄。
　　　　流風日下，不可不嚴行禁止。嗣後除崑弋兩腔，仍照舊准其演唱；其
　　　　外亂彈梆子弦索秦腔等戲，概不准再行唱演。所有京城地方，着交和
　　　　珅嚴查飭禁，并着傳諭江蘇、安徽巡撫、蘇州織造、兩淮鹽政，一體
　　　　嚴行查禁。如再有仍前唱演者，惟該巡撫、鹽政、織造是問。〔註100〕

　　　　等回。
〔註98〕《綴白裘》第六編及第十一編收錄的梆子腔，《納書楹曲譜》外集、補遺的時
　　　　劇，《燕蘭小譜》將名優分為花雅二部。
〔註99〕《燕蘭小譜》收錄花部旦色四十四人，雅部二十人。
〔註100〕見《翼宿神祠碑記》《江蘇省明清以來碑刻資料選集》，頁295～296，此碑立
　　　　於嘉慶三年三月。

足見花部勢力之龐大，使得朝廷不得不以政治的力量來阻止其繼續發展。

　　隨着花部聲腔的盛行，伴隨而來的地方戲曲，也一同與崑腔折子戲同台較量。發展於地方小戲基礎上的花部戲曲，雖體製短小精簡，但故事完整。對於當時已習於欣賞折子戲的觀眾而言，乾隆諸家的作品，雖與花部戲曲同為新戲，但花部戲曲佔了聲腔、劇情上慷慨激越、質直易懂的優勢，所以較易為大眾所接受，因此乾隆諸家的長篇巨帙，只得敗陣下來。

三、文人劇作日漸走向案頭

　　除了外在環境的因素，作品本身也有很大的問題。許多文人的作品，原本就非為登場而設，只不過是為了抒發情緒、自寫懷抱或馳騁翰墨罷了！徐爔在《鏡光緣》的凡例中便說：

> 此十六齣，俱止生、旦、貼三腳色所演，其餘或一偶見，則不成戲
> 矣。此本原繫案頭劇，非登場劇也。〔註101〕

王魯川也說張堅明知劇作太長，但卻是「文章行乎不得不行」，而且也說：「是編詞曲之妙，乃案頭文章，非場中劇本」。〔註102〕這時劇作的流行，往往是文人士大夫之間彼流傳，在燈下「讀之」，而非在梨園之中「觀之」。〔註103〕劇作的案頭化，使得乾隆諸家的作品，在戲曲舞台上的空間越來越小。

　　如果這時候的劇作家，能迎合時代潮流，將自己的劇作，與花部聲腔結合，或許尚有可為，但文人似乎不太能接受這種激越熱鬧的聲腔。張堅的反應，是最激烈的。當他知道有人將《夢中緣》買去，準備要以弋腔演出時，他急急忙忙地把書要回來，並說──「吾寧糊瓿」；〔註104〕劉廷璣也稱這些聲腔「等而下之」、「愈趨愈卑」。〔註105〕文人以崑腔為正宗的心態，使乾隆諸家，堅持劇作不能被「俗優」改調歌之，以免落得「宮商錯亂、村俗陋惡」的下場。於是此時文人的劇作，就離舞台愈來愈遠了！

　　從上面的分析，我們可以知道，在清初康熙之前的文人劇作家，他們的

〔註101〕引自《中國古典戲曲序跋彙編》，頁1836，《鏡光緣》凡例。

〔註102〕書同註101，頁1698，《夢中緣》王魯川跋。

〔註103〕如「顧詒燕之『讀』《鏡光緣》」（書同註101，頁1836）、「符月亭之『讀』《南陽》新劇」（頁1764）、「周鳳歧知《漁村記》為人『承示』」，頁1851、「方苞『得閱』《介山記》」（頁1917）皆是此類。

〔註104〕書同註101，頁1692，徐孝常作《夢中緣》序。

〔註105〕見《在園雜志》卷三，頁109。

劇作，還與劇場密切結合；但到了乾隆朝時，除了極少數優秀的劇作，還能出現在梨園之上，其餘大多數的劇作，都只成爲文學作品不同類型的表現，而難於搬上氍毹，作爲戲曲活動的腳本。這樣的環境背景，對唐英劇作的演出及流傳，是極爲不利的。

第五節　小　結

　　仔細考察康熙、雍正、乾隆三朝，也就是唐英戲曲涵養期及劇作完成期的戲曲活動情況，我們可以發現：政治的影響力遠遠超過明代。此時清廷對戲曲活動，發出了政令的干涉，禁令之多、控制範圍之大，前所未有；然而此時皇帝對這種「聲色耳目之娛」的戲曲活動，其愛好、炫奇、誇耀的程度，也非前朝君王所及。

　　此時的演劇活動，也異於明代。戲園的出現，使得職業戲班有了固定的演出場所；由於環境的改變，家樂明顯減少，其影響力，也大不如前了；欣賞戲曲由以往宴客的主要目的，轉變爲助興、烘托氣氛的次要地位；此時的戲曲觀眾，幾乎全爲職業戲班所掌握，但又足以左右戲曲活動的發展。

　　花雅爭勝的情況，此時方興未艾、越演越烈。崑劇雖有優美的身段、婉囀的唱腔，然而秦腔藝人挾着色藝兼俱的優點及新奇的聲腔，立刻引起廣大群眾的認同；崑腔的勢力，不得不敗陣下來，並逐次喪失了它的地盤，由全國性的劇種，退回到少數幾個據點！

　　康乾之際的劇作數量，並不亞於前代，但真正流行於歌場之上的，只有極少數的劇作；由於當時演折子的風氣已形成，藝人加工於傳統劇作的唱腔、身段，並重新賦予戲曲新生命，所以對當時文人作品，並未特別留心；再加上劇作家新作，缺少家樂實踐，難以得知演出效果，因此無法加以改進、流入戲場；於是文人之作，逐漸步向案頭。

　　唐英身處這樣的時代，對他的戲曲創作，有不少的影響：

　　（一）皇帝的愛好戲曲活動，使得唐英培養了極佳的戲曲素養；但也因　　　　　爲政治的因素，所以使得唐英劇作搬上氍毹的時間延遲了最少六　　　　　年以上。〔註106〕

　　（二）職業戲班的蓬勃興起，使得唐英觀劇的活動頻仍，而且花雅並容。

─────────────

〔註106〕自唐英任外官的雍正六年，到雍正末。

（三）花部的嶄露頭角，使得唐英劇作大量吸收了花部戲曲的故事（詳見第三章：唐英與地方戲），並加強了曲牌聯套中的板式變化，加入一些屬於板腔體制之類的聲腔。這是一種頗為創新的作法。

（四）由於戲曲環境的影響，唐英劇作雖有家樂演出記錄，但似乎不受主導戲曲風氣的職業戲班所青睞。影響了唐英劇作的流傳。

表 2-1　《醉怡情》等六書劇目比較簡表

各書以其首字簡稱：「醉」表《醉怡情》，「綴」表《綴白裘》，「燕」表《燕蘭小譜》，「納」表《納書楹曲譜》，「消」表《消寒新詠》，「揚」表《揚州畫舫錄》。「ˇ」表示提及或收錄。

編號	戲名	醉	綴	燕	納	消	揚
001	西廂記	ˇ	ˇ	ˇ	ˇ	ˇ	ˇ
002	占花魁	ˇ	ˇ		ˇ	ˇ	ˇ
003	金鎖記	ˇ	ˇ		ˇ	ˇ	ˇ
004	琵琶記	ˇ	ˇ		ˇ	ˇ	ˇ
005	爛柯山	ˇ	ˇ		ˇ	ˇ	ˇ
006	水滸記	ˇ	ˇ		ˇ	ˇ	ˇ
007	鳴鳳記	ˇ	ˇ		ˇ	ˇ	ˇ
008	西樓記	ˇ	ˇ		ˇ	ˇ	ˇ
009	療妒羹		ˇ	ˇ	ˇ	ˇ	ˇ
010	牧羊記	ˇ	ˇ		ˇ	ˇ	ˇ
011	紅梨記	ˇ	ˇ		ˇ	ˇ	ˇ
012	牡丹亭	ˇ	ˇ		★	ˇ	ˇ
013	翠屏山	ˇ	ˇ		ˇ	ˇ	
014	一捧雪				ˇ		ˇ
015	玉簪記	ˇ	ˇ		ˇ	ˇ	
016	長生殿		ˇ	ˇ	ˇ	ˇ	
017	連環記	ˇ	ˇ		ˇ		ˇ
018	千金記	ˇ	ˇ		ˇ		ˇ
019	漁家樂		ˇ		ˇ	ˇ	ˇ
020	浣紗記	ˇ	ˇ		ˇ	ˇ	

021	釵釧記	v	v		v	v	
022	獅吼記		v		v	v	v
023	幽閨記	v	v		v	v	
024	金雀記	v	v		v	v	
025	孽海記	v	v		v	v	
026	焚香記	v	v		v	v	
027	邯鄲夢	v	v		★		v
028	荊釵記		v		v	v	
029	尋親記		v		v		v
030	金鎖記	v	v		v	v	v
030	繡襦記	v	v		v		
031	永團圓	v	v		v		
032	千鍾祿		v		v	v	
033	彩毫記		v			v	v
034	白兔記	v	v		v		
035	義俠記	v	v				
036	八義記	v	v		v		
037	雙冠誥		v		v	v	
038	人獸關		v		v		v
039	祝髮記	v	v		v		
040	蝴蝶夢	v				v	v
041	翡翠園		v			v	v
042	雷峰塔		v		v	v	
043	醉菩提		v		v		v
044	躍鯉記	v	v		v		
045	百花記	v		v		v	
046	漁樵記				v	v	v
047	三國志		v		v		
048	白羅衫		v		v		
049	一文錢		v		v		
050	後尋親		v		v		

051	金印記		✓		✓		
052	精忠記	✓	✓				
053	雙珠記	✓	✓				
054	鐵冠圖		✓		✓		
055	雁翎甲		✓				✓
056	昊天塔		✓		✓		
057	倒精忠		✓		✓		
058	十五貫		✓		✓		
059	滿床笏		✓		✓		
060	風雲會		✓		✓		
061	虎囊彈		✓		✓		
062	彩樓記		✓		✓		
063	節孝記	✓	✓				
064	鸞釵記		✓				✓
065	宵光劍		✓		✓		
066	豔雲亭		✓		✓		
067	風箏誤		✓		✓		
068	盤陀山		✓		✓		
069	麒麟閣		✓		✓		
070	萬里緣	✓			✓		
071	紅梅記		✓		✓		
072	黨人碑	✓	✓				
073	清忠譜		✓		✓		
074	四節記	✓	✓				
075	葛衣記		✓		✓		
076	馬陵道	✓			✓		
077	燕子箋	✓			✓		
078	青塚記	✓				✓	
079	吟風閣				✓	✓	
080	一種情				✓	✓	
081	紫釵記				★	✓	✓

082	西川圖		∨				
083	望湖亭		∨				
084	金貂記		∨				
085	兒孫福		∨				
086	百順記		∨				
087	慈悲願		∨				
088	吉慶圖		∨				
089	安天會		∨				
090	鮫綃記		∨				
091	九蓮燈		∨				
092	衣珠記		∨				
093	水泊記		∨				
094	香囊記		∨				
095	望湖亭	∨					
096	荷花蕩	∨					
097	金丸記	∨					
098	教子記	∨					
099	氣英布				∨		
100	紅梨花				∨		
101	兩世姻緣				∨		
102	古城記				∨		
103	單刀會				∨		
104	蓮花寶筏				∨		
105	不伏老				∨		
106	雍熙樂府				∨		
107	東窗事犯				∨		
108	桃花扇				∨		
109	眉山秀				∨		
110	太平錢				∨		
111	唐三藏				∨		
112	天皇遺事				∨		

113	西遊記				∨		
114	鬱輪袍				∨		
115	紅拂記				∨		
116	琥珀匙				∨		
117	珍珠衫				∨		
118	雙紅記				∨		
119	牟尼合				∨		
120	春燈謎				∨		
121	江天雪				∨		
122	金不換				∨		
123	蕉帕記				∨		
124	殺狗記				∨		
125	俗西遊記				∨		
126	蘇武還朝				∨		
127	南西廂				∨		
128	明珠記				∨		
129	疊花閣				∨		
130	玉合記				∨		
131	四才子				∨		
132	四弦秋				∨		
133	如意珠				∨		
134	虎符記				∨		
135	寶劍記				∨		
136	乾坤嘯				∨		
137	金瓶梅					∨	
138	萬香樓					∨	
139	綠牡丹					∨	
140	四聲猿						∨
141	貨郎旦				∨		

★爲葉堂另刊刻《玉茗堂四夢》曲譜，故《納》書未錄。詳表請見附錄四

圖 2-1　康熙六旬萬壽伶人祝釐演劇情況

圖 2-2　康熙六旬萬壽伶人祝釐演劇情況

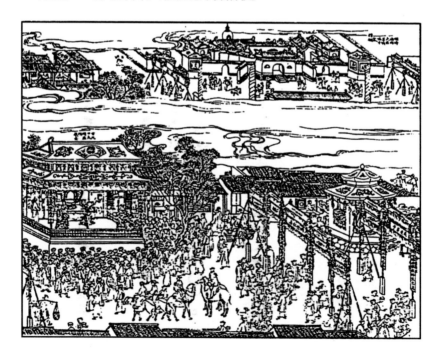

圖 2-3 康熙六旬萬壽伶人祝釐演劇情況

圖 2-4 康熙六旬萬壽伶人祝釐演劇情況

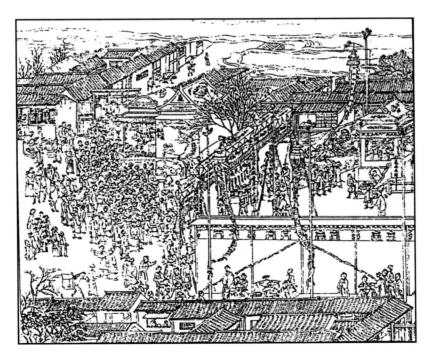

圖 2-5　康熙六旬萬壽伶人祝釐演劇情況

圖 2-6　乾隆八旬萬壽伶人祝釐演劇情形

圖 2-7　乾隆八旬萬壽伶人祝釐演劇情形

圖 2-8　乾隆八旬萬壽伶人祝釐演劇情形

圖2-9　乾隆八旬萬壽伶人祝釐演劇情形

圖2-10　乾隆八旬萬壽伶人祝釐演劇情形

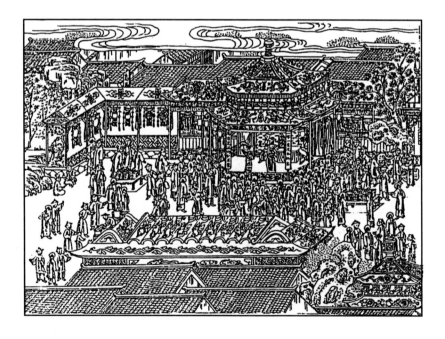

圖 2-11　乾隆八旬萬壽伶人祝釐演劇情形

圖 2-12　乾隆八旬萬壽伶人祝釐演劇情形

圖 2-13　乾隆八旬萬壽伶人祝釐演劇情形

圖 2-14　乾隆八旬萬壽伶人祝釐演劇情形

圖 2-15　北京故宮寧壽宮閱是樓暢音閣大戲台

圖 2-16　北京故宮重華宮漱芳齋戲台

圖 2-17　北京故宮重華宮漱芳齋風雅存室內戲台

圖 2-18　《龍山宴》盛明雜劇二集插圖

圖 2-19 　《同甲會》盛明雜劇二集插圖

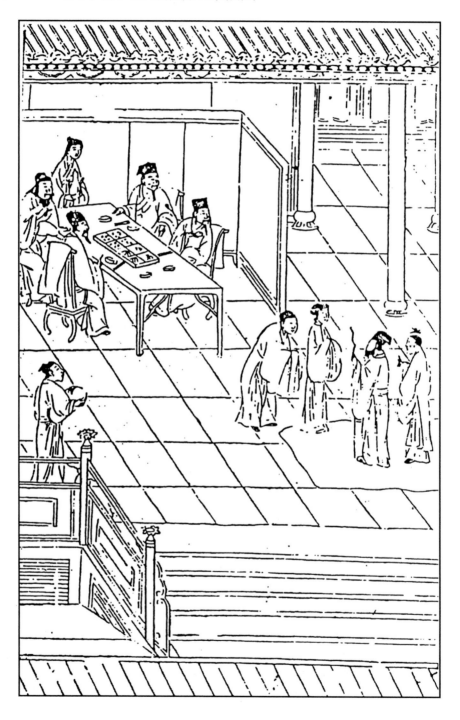

圖 2-20　《還魂記》明代版畫選初輯

圖 2-21　清宮南府《穿戴題綱》

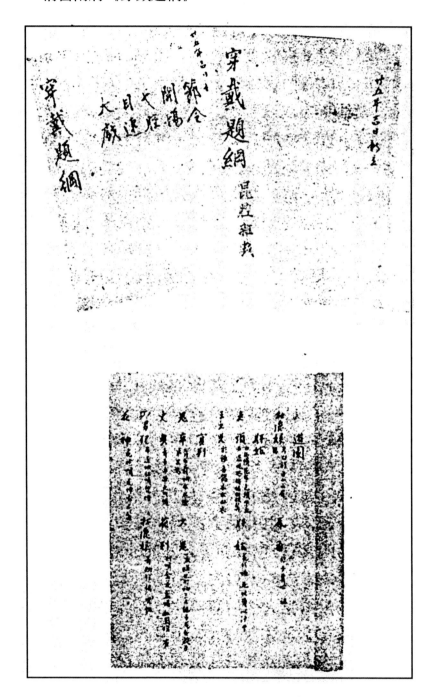

第三章　唐英與花部戲曲

　　如前所述，唐英所處的時代，正是花雅爭勝而雅部漸趨落敗之際。而唐英並未像一般擁護崑曲的文人一樣，只消極的排斥花部；反而是以更直接更具體的方式，面對這場戲劇史上的大爭戰。在唐英的劇作中，有許多與花部戲曲關係密切的作品。例如：《天緣債》、《麵缸笑》和《梅龍鎮》三劇，便和當時流行的亂彈戲《借老婆》、《打麵缸》、《戲鳳》題材相同（詳見後文）。而我們必須解決的問題是：先有花部劇作，然後唐英才依照花部劇作而改編成崑劇？或先有唐英劇作，才有花部戲曲的流傳？本章先就唐英作品中所透露出的訊息，配合其他資料作為佐證，先判斷唐英劇作是否改編自花部戲曲？如果結果是肯定的，再進一步推斷唐英改編的理由為何？他對花部戲曲的態度如何？而他改編過後的劇本是優？是劣？改編後的劇作流行情況如何？同時也將唐英劇作與《綴白裘》中同樣題材的作品作一比較，以判斷唐英改編劇作的優劣。

第一節　唐英劇作與花部戲曲的關係

一、與花部戲曲有關的劇作

　　唐英劇作與花部亂彈有關者計有以下幾種：

　　1.　《天緣債》：演張骨董借老婆事。董偉業的《揚州竹枝詞》云：

　　　　豐樂、朝元又永和，亂彈戲班看人多。

　　　　就中花面孫呆子，一齣傳神借老婆。

　　《綴白裘》收有《借妻》、《回門》、《月城》、《堂斷》四折。《綴白裘》雖成書

於乾隆卅九年，但所收錄的劇目則是反映在此之前舞台上已流行的劇作。而《揚州竹枝詞》有鄭板橋在乾隆五年所作的序，可知早在乾隆五年之前，花部《借老婆》一劇，早已流行。通過第一章的分析，我們可以確定唐英戲曲創作的時間，約在乾隆初年，最早也不會超過雍正六年。如果從以上三個年代來判斷作品的先後，顯然不夠周延。所以必須從唐英劇作本身找出一些線索，才能具體判斷。細讀《天緣債》可發現以下兩條證據，一是：

> 打梆子唱秦腔笑多理少，改崑調合絲竹天道人心。〔註1〕

二是：

> （副）是崑腔？是高腔？（丑）是梆子腔。（副）你們可有《借老婆》那出戲嗎？（丑）這是我們班裡第一齣首戲，最是好看的，除此之外，再沒有好似他的。〔註2〕

足見此劇原是花部亂彈，但唐英嫌它「笑多理少」，故改爲崑腔，以合絲竹。

2. 《麵缸笑》：演周蠟梅從良，張才打缸事。也是由花部戲曲改編而成。最直接的證據是第四齣〈打缸〉中的〔清江引〕一曲：

> 好笑好笑真好笑，梆子腔改崑調。〔註3〕

《綴白裘》中收《打麵缸》一齣，唱梆子腔、西調、吹腔。唐英保留了《打麵缸》的全部情節外，又加了〈鬧院〉、〈勸良〉二部份，且在劇中保留了〔梆子腔排律〕的音樂。

3. 《梅龍鎮》：演正德戲鳳事。在第四齣〈封舅〉有〔清江引〕一曲：

> 梅龍舊戲新翻改，重把排場擺。《戲鳳》唱崑腔，《封舅》新時派，
> 那些亂談班呵！就出了五百錢，這總綱也沒處買。〔註4〕

顯然此劇亦是改編自亂彈戲，而《綴白裘》正收有《戲鳳》一齣，唱梆子腔；比對劇情，發覺唐英的確是以《戲鳳》爲基礎，但加重了李龍打更、封舅之事，故有「舊戲新翻，排場重擺」之句。

4. 《巧換緣》：演老少配事。也是改編自花部戲曲的作品，在最後一齣〈壽圓〉的〔尾聲〕有：

> 燈窗雪夜閒情寄，《巧換緣》新詞舊戲。問周郎比那梆子秦腔那燥脾？

〔註1〕 見唐英撰、周育德校點《古柏堂戲曲集》，上海古籍出版社，1987年10月初版，頁397。

〔註2〕 同前書，頁473。

〔註3〕 同前書，頁197。

〔註4〕 同前書，頁171。

〔註5〕

既是「舊戲」，可知原有所本，新詞要與「梆子秦腔」互競，足見梆子腔也有此劇。

5.《雙釘案》：原名《釣金龜》，演包公勘雙釘奇案事。此劇也是根據花部戲曲改編而成。〈雙婚〉一齣的〔尾聲〕：

> 雙釘舊劇由來久，不似排場節奏。要唱得那梆子秦腔盡點頭！〔註6〕

足見唐英此劇改自花部戲曲，不過他改動了排場節奏。

6.《三元報》：演秦雪梅吊孝不歸，撫孤成人事。唐英在〈榮歸〉一齣最後尾聲中，有「曲翻新、排場異」〔註7〕之語，故可知此劇原有所本。明人有《商輅三元記》，〔註8〕由於唐英的《三元報》雖也以商輅故事爲內容，但重要情節與《商輅三元記》有頗大出入，因此唐英所本應非傳奇，而是花部戲曲才是。

7.《十字坡》：演武松打店事。唐英此劇之描寫，與《水滸傳》不盡相同。《綴白裘》中有《殺貨》、《打店》二齣，唱梆子腔，唐英之作與此題材相同；第一支曲子〔一串鈴〕與《殺貨》中之〔梨花兒〕的唱詞幾乎完全相同。〔註9〕今同州梆子有《武松打店》，京劇、川劇、漢劇、湘劇、清平劇、秦腔、河北梆子、大弦子戲等，均有此劇目，可知唐英此劇與花部戲曲有密切關係。

8.《梁上眼》：演魏打算目擊蔡鳴鳳被殺事。此劇在最後〈義圓〉一齣，唱了一支〔姑娘腔〕、一支〔梆子腔〕。〔註10〕此劇可能也改編自花部戲曲，唐英或在吸收其題材的同時，還保留了兩支原有的曲調，可惜並無更直接的證據以證明。《綴白裘》也未收錄和《梁上眼》劇情內容相關的花部亂彈戲；今京、湘、祁、桂、楚等劇有《串珠記》、《殺蔡鳴鳳》、《蔡鳴鳳辭官》，與《梁

〔註5〕 同前書，頁390。
〔註6〕 同前書，頁570。
〔註7〕 同前書，頁42。
〔註8〕 明人有兩本《三元記》。
〔註9〕 〔一串鈴〕：「奴奴青春年二八，鬢邊斜插海棠花。拉硬弓，騎劣馬，流星拐棒當頑耍。好喫人肉孫二娘，江湖綽號『母夜叉』！」；〔梨花兒〕：「奴奴青春年二八，鬢邊斜插海棠花。拈弓箭，騎大馬，手拿鞭鐧當頑耍，好吃人肉孫二娘，江河上綽號母夜叉。」《綴白裘》，頁4519。
〔註10〕 見唐英撰、周育德校點《古柏堂戲曲集》，上海古籍出版社，1987年10月初版，頁614。

上眼》題材相同，然應非改編自唐英劇作，而是直接由花部亂彈劇本衍化而成。

這些劇作中，唐英自己都明白的指出「曲翻新、排場異」(《三元報》)、「梅龍舊戲新翻改，重把排場擺」(《梅龍鎮》)、「好笑好笑真好笑，梆子腔改崑調」(《麵缸笑》)、「《巧換緣》新詞舊戲，問周郎比那梆子秦腔那燥脾？」(《巧換緣》)、「打梆子唱秦腔笑多理少，改崑調合絲竹天道人心」(《天緣債》)、「雙釘舊劇由來久，不似這排場節奏。要唱得那梆子秦腔盡點頭！」(《雙釘案》)，由此可知與花部戲曲有關的唐英劇作都是先有所本，然後才加以改編，並非唐英的獨創。也就是這些與唐英劇作題材相同的花部戲曲，是在唐英劇作之前，就已流行；所以是唐英吸收了花部戲曲的題材，而非這些花部劇作改編自唐英戲曲。

將花部亂彈改編為崑劇，在中國戲曲史上，唐英可能是第一人，因此他對花部的態度，自然成重要問題。

二、唐英對花部戲曲的態度

唐英雖然對花部聲腔採納包容的態度，不論文人士大夫欣賞的雅樂崑腔，或是流行於市井的花部戲曲，都能接受。他說：「巴唱吳歈盡可聽」、「吳歈巴唱恰宜秋」、「胡旋爨弄聊從俗」。〔註11〕因此只要是戲曲中，真情流露，或事關風化，足以勸世易俗；不論是以什麼聲腔演唱，唐英認為那不是最重要的問題。但是他的作品中，並未發現他向其他人推薦花部戲曲、或正面肯定花部戲曲；反倒是他不斷地表示花部戲曲的劇作內蘊還要加強。如他在《天緣債》中說：「打梆子唱秦腔笑多理少，改崑調合絲竹天道人心。」；在《梁上眼》中：「就是說出來，重重絮絮，翻翻覆覆，好像那亂談梆子腔的戲文一樣，嘮叨個不停，有什麼好看？」；〔註12〕《巧換緣》中：「燈窗雪夜閒情寄，《巧換緣》新詞舊戲。問周郎比那梆子秦腔那燥脾？」；《天緣債》：「你饒了我罷！我好好的一個張骨董，被他們這些梆子腔的朋友們到處都是借老婆，弄得個有頭無尾，把我妝扮的一點人味兒都沒有了！糟蹋了我一個可憐！」〔註13〕這些出現在他文章中的

〔註11〕 這裡的「俗」，指的應是一般市井之愛好，而非文人士大夫之間流行風氣。因為此時的張堅，其劇作寧糊瓿也不願被改為弋腔歌之。
〔註12〕 書同註10，頁596。
〔註13〕 書同註10，頁473。

話語，在在都顯示出他雖然不排斥花部聲腔，但對花部戲曲的內容，卻還是有許多不滿之處。詩作中的「恰宜秋」、「盡可聽」、「聊從俗」，還是帶着品評意味。

唐英身為內務府官員，雖然因為督陶工作的關係，曾與陶匠同食共寢，接受陶人的歲序、喜怒、娛樂，並也以「陶人」自居；且將自己的集子命名為《陶人心語》，取其真實質樸、真情流露，並反對文人的雕琢刻鏤、獺祭之風。但他在面對花部戲曲時，卻也未曾真正放下士大夫的身段；在他對戲曲要求「教化」的同時，正顯示出唐英不脫文人「以戲為教」的心態。

站在唐英對戲曲的要求上來看，這些描寫市井小民所發生故事的花部劇作，自然是符合「真」的要求；但唐英對戲曲的另一個本質上的要求——「教化」，這些花部戲曲，就達不到了！這些感情真摯、又輕鬆可喜的劇作，卻不能達到「風化」的要求，不正是「不關風化體，縱好也徒然」了嗎？唐英對此採取了積極的作法——改編劇作、翻新排場，重新賦予深意。

在「吸收」和「鄙視」花部戲曲之間，唐英內心的掙扎可想而知。他有着以「陶人」自居的心態，但又無法拋棄以崑曲為正宗的文人觀念；他喜歡欣賞情節動人、富生命力的花部戲曲，但又不能忘記「以戲為教」的教化責任；他能「接近」花部戲曲，卻又不能完全接納花部戲曲。雖然處在兩難的情況下，但唐英文人的心態終究戰勝了一切。因此他將花部戲曲改編成崑劇。

三、將花部戲曲改成崑腔的原因

（一）不改文人以崑腔為正宗的觀念

唐英之所以會異於當時一般文人，而願意接近花部，源於他以「陶人」自居的心態；因為唐英有與陶匠共同生活的經驗，他接受陶人的食衣住行及育樂觀念，加上江西是個花部戲曲非常流行的地方，所以他才有機會接近花部戲曲，用較包容的態度對待花部，也因此才有不同於當時文人對花部亂彈的態度。不過唐英態度上雖然能接受「急管繁弦」的花部戲曲，實際上，卻還是不改文人以崑腔為正宗的觀念。

在《天緣債・標目》中：

> 打梆子唱秦腔笑多理少，改崑調合絲竹天理人心。

所表達的意見，正可以證明唐英對於花部戲曲，不論是內容或形式，都有許多意見。然而花部戲曲的結構與傳奇的冗長熟套，大異其趣，唐英將之改編為崑劇，自然吃力不討好。

（二）將戲曲視為傳達道德教化的工具

唐英改編花部戲曲的最主要的理由，是戲曲必須能宣傳道德教化。他說：

> 第學士葆爾秉彝，或可涵融自盡；奈愚忽於天性，必需感發乃堅。

〔註14〕

他認為這些流傳的花部戲曲，缺少深刻的內容，且對人物的刻劃，也常常失真，因此改編花部劇作。就以張骨董借妻事而言，唐英藉着《天緣債》中張骨董之口說出了他的心聲：

> 我好好的一個張骨董，被他們這些梆子腔的朋友們到處都是借老婆，弄得個有頭無尾，把我妝扮的一點人味兒都沒有了！糟蹋了我一個可憐！

唐英認為戲曲中的主角必須是「善有善報」，如此方能稱得上是合天理，應人心。也正因為唐英是「有心世道者即游戲作菩提，藉謳歌為木鐸也」。故劇作中常出現「說教」場面，如：《雙釘案》中，包公最後那一段義正辭嚴的訓戒〔註15〕、《三元報》中史觀璧對秦雪梅貞潔行為的一再推崇、《蘆花絮》閔啓賢最後的吊場，都是為「教化」而設。

唐英為教化而作劇的觀念，正是崑劇作家所一貫秉持的信念。從《琵琶記》的「不關風化體，縱好也徒然」開始、到《桃花扇》的「警世易俗，贊聖道而輔王化」〔註16〕都是如此。再加上唐英又將抱負寄託於筆墨之間，故要戲劇負起牧民之責的心態，是可以理解的。不過，以這樣的心態來改編花部劇作，卻徒然使自己陷入尷尬之境罷了！因為由民間創作的花部戲曲，原本就與教化無關，其所要傳達的，也許只是人生的百態；唐英強行為他加上教化的制服，反而把花部戲曲弄得不倫不類。

（三）崑劇體制，順手熟悉

從明代中葉起，崑腔取得壓倒性勝利之後，文人對戲曲的創作，雖多有爭議，但無不以崑腔為主；直到清初，不論縉紳雅集、內廷供宴、觀賞，也都以崑腔為主。唐英在內廷長達三十年之久的時間，對崑劇的接觸不可謂不多。而他所能看到的明人傳奇，也都可以用崑腔歌之，所以也對於崑腔是再熟悉不過的了！加上崑腔劇本的作法，不論是宮調選取、曲牌聯套、角色家

〔註14〕見《蘆花絮》題辭，頁45。
〔註15〕見《古柏堂戲曲集》，頁568～570。
〔註16〕見《桃花扇》小引。

門安排……大都有規則可尋，不似花部諸腔在地方小曲的基礎上發展，無固定體制，且音樂運用為新興之板腔體。所以唐英雖然接觸地方戲曲，但卻將之改寫成崑劇，除了他以崑劇為正宗的心態外，應該是他對於崑腔劇作的體制最拿手、最熟悉。甚至我們可以推測：如果要唐英用花部諸腔來寫劇作，也許他根本無從下手。因為他所熟悉的戲曲體制，並不是花部戲曲模式。所以頂多只能在劇中引用一、兩支花部聲腔的〔姑娘腔〕、〔梆子腔〕，增加劇作在音樂上的變化，而不能全劇都用這樣的方式來寫作。畢竟欣賞和創作之間還是有段距離的。

（四）酒畔排場，姑且從「眾」

唐英之所以將花部劇作，改寫成崑曲唱腔，另一個可能，便是因為唐英的劇作可供酒筵讌樂演出之用。既是讌集，就不只唐英一人。但除唐英外，似乎沒有人對「囉弋巴唱」有什麼好感。特別是曾為唐英幕僚的張堅，對地方聲腔頗為厭惡。再加上江西的崑腔戲班本來就少，如果唐英的家樂還唱的是花部聲腔，那些以崑腔為正宗的文人雅士，怎麼可能在「囉弋巴唱」之中歡宴談笑呢？有了這一層考慮，唐英就不可能將自己的劇作寫成唱花部諸腔的作品了！所以此處的「眾」，指的是與唐英結交的地方士紳、文人雅士。

其實不要說是原來未經改編的花部諸劇，就是這些唐英以崑腔改調歌之的劇作，似乎也沒能在這些文人讌集中演出過。這到底是因為這些改編過的劇作，在題材上不適合於一般的讌樂？抑或這些劇作也同樣的在這些文人的聚會上演出，只不過現今我們看不到資料，就不得而知了！

然而唐英是否已看到崑腔的式微，而試着以「舊瓶新酒」的方法——改編地方劇作成為崑腔作品——得以延續崑曲的生命？這似乎並不是唐英的目的。唐英之所以對地方戲曲發生興趣，最主要是他自己以陶人自居的心態及榷關督陶工作正好位於花部蓬勃的九江、景德鎮一帶。也就是說：唐英並不是刻意去接觸、吸收地方戲劇，以充實日漸衰微的崑腔劇作。我們甚至可以說：在唐英創作戲曲時，他並沒有意識到花部聲腔的勢力將會凌越崑腔雅部。所以唐英的劇作中，有許多改編自地方戲曲，我們只能說這是唐英「因緣際會」所及。改編花部戲曲，最主要是崑腔正宗及以戲為教的問題；與意識到崑腔的江河日下，而力挽狂瀾，有計劃的改造崑曲無關！不過，他能「接近」花部、吸收其題材，仍是有異於當代文人的！

正因為唐英不是自覺性的替崑腔注入新血，而同時的其他文人劇作家，

也一直沉湎在曼妙舞姿、婉囀的唱腔之中，忽略了一般職業戲班所掌握的觀眾群，早已不再垂青崑腔，而要「聞之則闃然散去」了。所以崑腔的雅部正宗，畢竟敵不過花部聲腔的蓬勃生命，而一敗塗地，最後終於力不可挽，幾近失傳了！

第二節　《綴白裘》諸劇與唐英劇作比較

　　唐英劇作吸收了許多當時流行的花部戲曲，然而，今日欲窺當時花部劇作，則難上加難，《燕蘭小譜》、《揚州畫舫錄》、《消寒新詠》等書，雖提及花部劇目，卻不見劇本。在乾隆朝，保留了當時花部戲曲的劇本，只有《綴白裘》一書。〔註17〕雖然目前使用的是乾隆四十二年的重新刊刻本，但選輯於乾隆卅九年的《綴白裘》第十一集，其中收錄的〈殺貨〉、〈打店〉、〈借妻〉、〈回門〉、〈月城〉、〈堂斷〉、〈戲鳳〉、〈打麵缸〉，是目前能找到最接近唐英觀劇時代的花部戲曲劇本。故本節就此與唐英劇本作一比較（見表 3-1），以明瞭唐英劇作吸收了花部戲曲的那些部份，與花部劇作有那些差異！

表 3-1　唐編崑劇與《綴白裘》收錄之梆子腔劇作之比對

唐英劇作	《綴白裘》收錄之梆子腔劇作
《十字坡》	《殺貨》
	《打店》
《麵缸笑》	
〈鬧院〉	
〈勸良〉	
〈判嫁〉	
〈打缸〉	《打麵缸》
《梅龍鎮》	
〈投店〉	
〈戲鳳〉	《戲鳳》
〈失更〉	
〈封舅〉	

〔註17〕《納書楹曲譜》雖同樣收錄所謂的「時劇」，但僅有曲譜，缺少科白，故非完整劇本，僅為曲譜性質。

《天緣債》	
〈標目〉	
〈卻貸〉	
〈遇友〉	《借妻》
〈借妻〉	
〈拜親〉	《回門》
〈雨合〉	
〈奔闈〉	《月城》
〈堂斷〉	《堂斷》
〈歸盦〉	
〈上路〉	
〈炒嫁〉	
〈定親〉	
〈掄士〉	
〈販棗〉	
〈遇騙〉	
〈投驛〉	
〈夢捷〉	
〈舟遇〉	
〈歸試〉	
〈償圓〉	

　　唐英劇作與地方戲有關的共有八本。然除《綴白裘》收錄的《殺貨》、《打店》、《借妻》、《回門》、《月城》、《堂斷》、《戲鳳》、《打麵缸》諸劇可與唐英劇作中的《十字坡》、《天緣債》、《梅龍鎮》、《麵缸笑》比對外，其餘四本，皆苦於無法找到同時代可相對應之花部劇本。故本節僅能就《十字坡》等四劇作比較，而不及其他劇作。

　　唐英改編這些花部戲曲的重要原因是：梆子秦腔笑多理少！也就是花部亂彈無關乎天道人心，不能產生風化作用，故將之改編。但仔細比對這四本劇作：在《戲鳳》中不曾提及教化問題，改編過後的《梅龍鎮》依舊沒有。《打麵缸》無關風化體，唐劇《麵缸笑》也沒在劇作中增添什麼益於世道人心的思想。《殺貨》、《打店》，在劇中，對「替天行道」的定義是：孫二娘在十字坡開黑店，有傷天理，故將之打殺：

你在十字坡開黑店，傷天理，俺怎肯便饒伊！〔註18〕

然而到了《十字坡》中，「替天行道」卻是孫二娘的謀財害命：

吏好貪、商狡獪命財總要。非是俺殘忍貪饕，也是爲替天行道。〔註19〕

改編過後的「替天行道」，一點都說不通，既不合情，也不合理。孫二娘以蒙汗藥藥倒來往客商，主要目的是爲劫取金銀；因此，只要生人進門，只有死魂出門的份。這與武松除害的方式是不同的。孫二娘害的人，也不見得都是窮兇惡極之徒，必定有一些無辜小民，魂斷十字坡。這樣的改編，也絲毫看不出任何符合天道人心的地方。也許唐英用的是寫作技巧中的「反諷」（Irony），以孫二娘口中說出自己是「替天行道」，實則指責孫二娘的傷天害理。但這樣的筆法，也無法凸顯何種作爲才是「替天行道」。所以改編後的《十字坡》依然沒有任何「合天理」的地方，反而是孫二娘不曾受報應，甚至連口頭申誡都沒有，不僅無關道義，反而有礙天理。至於《借妻》等四齣中的張骨董爲義好俠，卻落得妻子的有去無返；在《天緣債》中，則被唐英改編成：李成龍與沈賽花的結合，實在是天意，〔註20〕張骨董雖失妻，但在李成龍的大力扶持下，終於另娶妻房，誤會冰釋。這樣的改編的確將花部戲曲欠缺的「天道人心」標舉出來，讓張骨董熱腸人善有善報。然而這樣的改編，也許符合唐英自己所說的「天道人心」。但事實證明這依舊只是唐英一廂情願的作法——一個原本具有表現貧困小民悲酸命運的劇作，卻因爲唐英硬加上「道德教化」的外衣，而變成可笑的圓滿大結局！而且，雖然唐英再三強調戲曲必須要「合天道人心」，並視花部諸作爲笑多理少的鬧劇，所以才進行改編。然對比之後，四劇中，竟也只有一劇是勉強合乎自己的要求。〔註21〕

如果再就戲曲的題材而言，就更能證明並不是適合在每一個劇本中提及「天理人心」。《打店》突顯的主題是武松的正義及英勇：

〔風入松〕俺在景陽崗上打死白額虎，陽谷縣探望哥。他娶了淫婦潘家女，把毒藥灌死我的哥。一時忿怒把奸夫淫婦屠！〔註22〕

〔註18〕見《綴白裘》十一集，頁4536。

〔註19〕見唐英撰、周育德校點《古柏堂戲曲集》，上海古籍出版社，1987年10月初版，頁145。

〔註20〕唐英將李成龍、沈賽花過夜不歸的原因，寫成是「雨落天留」，同前書，頁413。

〔註21〕唐英劇作吸收花部戲曲題材者，還包括《三元報》、《巧換緣》、《雙釘案》等，這些戲，似乎含有較深之「教化」意味。

〔註22〕見《綴白裘》，頁4536。

　　《打麵缸》從大老爺、王書吏的騷擾，凸顯出妓女從良的苦處；《戲鳳》將酒大姐的機智、風情展露無遺；《借妻》等四齣，以荒唐的借妻方式，表現貧困小民的悲酸命運；「笑多理少」的鬧劇表現，其實是對人生、對命運提出最強烈的抗議或最有力的反駁，如果一定要在其中加入什麼順天理應人心的思想，反而有點格格不入，降低了原本花部劇作所要凸顯的問題，而且更暴露出文人迂腐的心態罷了！

　　唐英在他改編的劇作中，常常強調「曲翻新、排場異」、「重把排場擺」、「雙釘舊案由來久，不似這排場節奏」唐英沾沾自喜於自己將原來的花部戲曲，在情節上做了修正。〔註23〕《十字坡》濃縮了《殺貨》、《打店》二齣的情節，但《十字坡》中，卻少了一個武松路過十字坡的原因。這個情節的缺少，使得武松的英勇，只建立在打倒孫二娘、張青及眾伙計之上，而沒有襯托的背景；因而武松的英雄氣概，少了兩筆可刻劃處（即景陽崗打虎及陽谷縣殺死奸夫淫婦）。《麵缸笑》較《打麵缸》多出來的情節是〈鬧院〉、〈勸良〉二齣，着重在周蠟梅之所以要從良的原因，開啓了後二齣的端緒。這和《打麵缸》直接由周蠟梅從良、判嫁寫起，多了故事主題的交待，倒也合情合理。《梅龍鎮》在內容上〈投店〉、〈戲鳳〉是依照《戲鳳》而來，〈失更〉及〈封舅〉則是唐英新增的情節。〔註24〕然而〈失更〉、〈封舅〉的安排，分散了戲劇的主題，這在結構中要求的「減頭緒」〔註25〕是互相抵觸的！當人們注意到丑角李龍的突梯滑稽時，似乎早忘了酒大姐如何應付不良客人的智慧了！《天緣債》中的〈卻貸〉、〈遇友〉、〈借妻〉是《綴白裘》書中《借妻》的情節，〈拜親〉即《回門》，〈雨合〉、〈奔關〉是《月城》，〈堂斷〉即《堂斷》；第一齣〈標目〉為傳奇體制姑且不論，然第九齣以後的情節，全為唐英所增。

〔註23〕所謂的「排場」原本指的是場次安排及舞台調度，因為在傳奇的寫作技巧上，可將故事的高潮起伏依不同的分場方式，如：大場、正場、短場、過場、文場、武場等，來表現（參見張敬《明清傳奇導論》及曾永義「說排場」一文，《漢學研究》，西元1988年6月第六卷第1期）。由於唐英的劇作，並非全為傳統的傳奇體制，而是長長短短、篇幅不一的劇作，所以「排場」來對比唐英劇作與《綴白裘》諸劇，並不恰當。在《天緣債》中第二十齣〈償圓〉中有：「若仍是舊日的排場，不敢領教，求免了罷！」，見《古柏堂戲曲集》，頁473，這裡的「排場」基本上即是指因崑劇，亂彈不同的聲腔、體制而展現出不同的戲劇效果。排場即為交待情節而設，故此處以情節代替之。

〔註24〕〈封舅〉是可以說是由《戲鳳》《尾聲》：「封爾父為皇國丈，爾母為皇岳娘，你的哥哥為國舅。」敷衍而來。

〔註25〕見李漁《閒情偶寄》卷一，頁31。

為什麼花部戲曲只用四齣就可以演完的戲，而唐英卻用二十齣？為的就是給張骨董一個合理的交待，所以增添了許多情節，把張骨董塑造成一個具肝膽義氣的善良人物。基於這個前提，就必須讓他得善報、有結果，於是又冒出了喇叭花，並且安排張骨董販棗、遇騙，最後藉李成龍之手，讓他與喇叭花得成婚配；如此張骨董有妻，李成龍人情也得以償還。最後的「欲效管鮑」安排，使劇作流入「大團圓」的俗套之中。比起花部戲曲在《堂斷》的戛然而止，在笑聲中落幕，卻留下了許多問題給人深思，戲劇的張力顯然較原作弱得多。

相較於花部戲曲而言，唐英改編的劇作，排場也許新奇，但卻使戲曲結構鬆散、頭緒增多，這在演出的效果上，一定大打折扣！

唐英也認為花部戲曲中的人物，沒有一點「人味」。〔註26〕所以唐英在改編花部戲曲時，也特別重視了人物的塑造。《天緣債》反反覆覆就在強調張骨董的熱腸、義氣：「倒把我這『張熱腸』三個字都埋沒了。」〔註27〕、「想兄弟們死生訂交，何不將山妻暫借閨中俏？」〔註28〕、「廣交海內人傾倒，張骨董誰人不曉？你比那一諾千金的義更高！」〔註29〕、「可憐他割恩全義，可憐他為友拋妻。」〔註30〕、「總是你義氣過人天不虧」〔註31〕、「欲效那管鮑雷陳千古垂」，〔註32〕而且在沈賽花的形象上強加「貞潔」：

> 呀！相公之言差矣！人之所以異於禽獸者，不過一點天理良心。從來男婚女嫁，月老司權；陰錯陽差，冰人繫足。當日你和張骨董平空創造出這「借老婆」的一段新聞來，並非妾身所知，私心所願。再三不去，無奈極力逼迫。若當日一去即回，旁人不疑，兩心無媿。妾既允從于前，何致變節于後？怎奈風雨作祟，男女聯床。到這個地位，不惟你我口舌萬分難辯，就是斬頭瀝血，那個肯來相信？所以妾身籌之再四，與其白圭致玷，不如就皂染青。乃是「良臣擇主，

〔註26〕 見《天緣債》第二十齣〈償圓〉：「我好好一個張骨董，被他們這些梆子腔的朋友們到處都是借老婆，弄個有頭無尾，把我妝扮的一點味兒都沒有了。糟蹋了我一個可憐。」，頁473。
〔註27〕 見《天緣債》第三齣〈遇友〉，頁401。
〔註28〕 同前齣〔玉交枝〕，頁404。
〔註29〕 同前齣〔尾聲〕，頁405
〔註30〕 第十八齣〈舟遇〉〔太師引〕（前腔），頁465。
〔註31〕 同前齣〔歸朝歡〕，頁467。
〔註32〕 第十九齣〈歸試〉〔尾聲〕，頁471。

良禽擇木」，一誤不肯再誤之意也。今既在李門作婦，已非張姓之人，還有什麼舊事前情牽不斷之處！所可憐者，張骨董乃是少算無謀愚蠢之輩，他當日反能重友輕妻，相公今日竟不肯思恩施惠？我想：張骨董固是個混帳無知之輩，天下後世人都可譏笑輕慢得他，惟獨相公你，該破格感激他纔是。你乃如此行為，可見你們讀書的人，每日價談經說道，總皆口是心非，將那「天理良心」四字，置之腦後。今妾身所言，實為情理起見，你乃反動疑團，嫚加誹刺。如此看來，不獨辜負了張骨董當日相與你的一片熱腸；連妾身忍恥包羞，仰望終身的痴念，也都灰冷了。相公嗄！我係女子，尚有人心；你乃丈夫，全無天理！罷罷罷！寧為雞口，不為牛後。跟了你這樣的丈夫，與那張骨董有何分辨？求李老爺開籠放鳥，容薄命妾削髮空門，作個後半世的清淨皈依，懺悔那以前的孽障罷！〔註33〕

經過唐英的刻意改編，張骨董的重義、沈賽花的貞潔，雖然符合了唐英自己的要求：表白了張骨董的肝膽義氣，〔註34〕但卻忽略了張骨董貧苦小民的角色，對沈賽花的要求也過高。在種情況下，人物很可能成為某種特質的扁型人物，而非活生生的人。因此《天緣債》中的張骨董，就傳達不出花部戲曲中，身為市井小民的張骨董那種無助、無奈、無辜的感情。

唐劇《十字坡》中的武松，只是個武藝高超的犯人，若沒有水滸故事作為背景，一點也突顯不出他的英雄氣概。而花部《打店》中的武松，由於孫二娘一再追問，所以他自道身世：

俺在景陽崗上打死白額虎，陽谷縣探望哥。他娶了淫婦潘家女，把毒藥灌殺我的哥。一時忿怒把奸夫淫婦屠！因此上發配孟州府，從此地過。〔註35〕

利用這一段補敘，烘托出武松的英勇及正義，這段補敘，使得在《打店》中武藝高超的武松，在此之前更有不平凡的事蹟。唐英改編過後的《十字坡》其中對武松英勇的刻畫，就比不上屬於花部戲曲的《打店》了！

《戲鳳》中的李鳳姐，雖是酒大姐，卻天真無邪。當正德喬扮的軍人，在打量鳳姐時，鳳姐說：

〔註33〕見第十九齣〈歸試〉，頁 470～471。
〔註34〕同前齣。
〔註35〕見《打店》〔風入松〕。

> 愛看，請看。（生）看你。（貼）看你家娘！可惜我是個女孩兒家。（生）
> 住了，若是男娃子便怎麼？（貼）若是男娃子，我就把你家娘──
> （生）娘什麼？（貼笑下）

雖俏皮，但不掩小女兒的嬌羞，且心無非份之想，而唐英《梅龍鎮》中的李鳳，就多了一點複雜：在第二齣〈戲鳳〉中有：

> （小旦）人人都說我將來還有皇宮內院的福分，我哥哥還有頂紗帽
> 戴哩！（生）這卻倒容易，只看你的造化如何。（小旦）我的造化大
> 多着哩！

雖說是爲了安排後邊情節發展，做伏筆運用，但這時對古代連當地地方官都見不着的情況下，提起皇宮內院，更是天涯海角，可望不可及。唐英讓這句話由李鳳口中說出，似乎不合乎她單純的世界。而且這位酒大姐還打算誆人銀子：

> 且住，這是個獃瓜傻子，我不免誆他這一個元寶過來。〔註36〕

並且有些「狗眼看人低」：

> 下等麼，三錢也可，二錢也可，就是接待你們這些戶長、馬頭軍的。
> 〔註37〕

這裡的鳳姐，已經多了許多「市儈」的習氣。

《打麵缸》的周蠟梅，在從良後受到騷擾時，不論是四老爺或是大老爺，都給予言語上的譏諷，而且是毫不留情的，當四老爺唱道：

> 小兄弟，你生得好個模樣，身材嬝娜，真像嬌娘，口香兒常在腰間
> 放；金吹臂，帶在白臂膀。我看了你，惹得我魂飄蕩。一百個錢今
> 夜和你打個風流賬。

而周蠟梅立刻反唇相譏：

> 老面皮！不想你是個什麼東西！嚼舌根，討我的便宜，且照管自己
> 的妻。和尚道士，還有那小魔子，走來走去在你門前嬉，看你的嬌
> 妻，燥他的皮！烏龜號，只怕今朝輪到你。

唐英的《麵缸笑》中，則刪除了這個幾乎是「指著和尚罵禿驢」的潑辣場面。然而周蠟梅的不向「惡勢力」低頭的精神，便顯現不出了！

唐英改編的劇作，相較花部戲曲，其中的人物性格，似乎都不及原作的

〔註36〕同前。
〔註37〕同前。

鮮活，往往許多重要的特質，在唐英改編的劇作中流失掉了！

　　唐英所謂的「曲翻新」、「打梆子唱秦腔笑多理少，改崑調合絲竹天道人心」、「梆子腔改崑調」，都指的是將這些原本屬於花部聲腔的戲曲作了音樂上的修正。由於唐英運用的是崑曲體制，所以必須顧及到曲牌聯套的格式。雖然在唐英創作戲曲的時代，曲牌的安排更爲自由。〔註38〕但每個人物上場時，都也唱上一段，而且還得照顧到曲牌聯套的引子、尾聲；相形之下，花部戲曲的《梆子腔》可長可短、彈性運用，就使得情節進行輕快。如《打麵缸》中，周蠟梅的從良判嫁是在對白中交待的：

　　　　（淨）你今日願從良？（貼）正是，情願從良。（淨）周蠟梅，我如
　　　　今堂中替你配個人罷！（貼）如此甚好，多謝老爺，（皂）小的沒有
　　　　妻子，賞與我罷。（淨）嚇！不好。有了！張才是個能幹人，喚張才
　　　　過來。（眾）叫張才。（末上）來了。老爺有何吩咐？（淨）張才，
　　　　我把周蠟梅配你，可念我老爺一點好心。（末）多謝老爺！

而《麵缸笑》中的這一個情節是：

　　　　（旦）老爺聽稟：念蠟梅呵！（唱）〔風入松〕風塵隸籍已多年，去
　　　　日苦多淹蹇。酸甜苦辣皆嚐遍，終身有誰留戀？陳情惘望爺爺可憐，
　　　　批執照覓良緣。（淨）哦！原來你要從良麼？聽本縣道——（唱）〔前
　　　　腔〕你平康名擅已多年，消受些錦衾湘簟，因何把芳心變，忍撇下
　　　　管絃庭院？從良事說來甚難，恐去後又思前。（旦）不瞞老爺說，從
　　　　良之念實出本心，並無後悔。（唱）〔急三槍〕：思量透，煙花寨，無
　　　　結果，心灰冷，不重燃。……

光是一個周蠟梅情願從良的過程，就唱了三支曲了，雖然都是節奏較快的過曲，但與《打麵缸》用兩句對白交待過去的情況相比，《麵缸笑》就太過囉嗦了！而且爲了曲牌聯套的關係，唐英不得不在花部戲曲已有的曲詞外，再增加大量的曲文，如：《天緣債‧雨合》一齣，一共唱了十一支曲子（張骨董唱兩支〔縷縷金〕：李成龍、沈賽花各唱〔二郎神〕、〔集賢賓〕、〔黃鶯兒〕、〔貓兒墜〕一支，並合唱〔尾聲〕一支）；這與《月城》一齣，只唱四支曲子，相較之下，〈雨和〉進展的節奏就太慢了！唐英曾嘲笑過梆子腔，認爲梆子腔的戲文，重覆且嘮叨：

〔註38〕南北合套、一齣内用幾個可互轉的宮調等音樂安排，在傳奇曲調運用上，都
　　　　是被允許的。

　　就是說出來，重重絮絮，翻翻覆覆，好像那亂談梆子腔的戲文一樣，嘮叨個不了，有什麼好看？〔註39〕

然而互相比較之下，卻發現這些唐英口中嘮叨反覆的亂彈梆子腔戲文，顯然是比唐英改編後的劇作簡潔，反而是唐英的劇作，才是「重重絮絮、翻翻覆覆」！

　　花部戲曲的優點，原來在於聲腔令人耳目一新、語言質樸、故事的生動可喜、劇情節奏明快、結構自由、人物自然鮮活、富民間氣息。而唐英在改編的過程中，用文人的眼光，強加於花部戲曲上：首先是要這些花部戲曲肩負教化的責任，並用曲牌聯套安排音樂，用傳奇分場表現情節，並加入大量的唱詞表現人物的內心情態，或以個人獨白的方式強調人物特質，有時還咬文嚼字一番。這些作法，並不一定不對或不好；但如果運用在花部戲曲之上，似乎就把它原有的一切優點，全部抹殺了！原本的真切感人，也就消失無蹤！站在文學作品的合理性而言，唐英的劇作也許照顧到故事前後的連貫；然而就演出效果而言，唐英改編的劇作，是不及原來的花部戲曲。

　　不過，唐英改編劇作雖然失敗了！卻正好凸顯出置身於花雅爭勝這樣特殊時代環境中的文人心態：花部民間創作原與教化無關，強行扣上教化的大帽子並加以改編，只是自陷尷尬之境罷了！

第三節　唐英改編劇作流行狀況及影響

　　《打麵缸》、《借妻》等的花部亂彈戲，在乾隆朝原已流行一時，而唐英改編後的崑劇新作，其流傳搬演的情況又是如何？對當時舞台上的戲曲活動是否有所影響？唐英修改的劇作是否受到藝人的青睞？抑或仍只是高置案頭的文人劇作？這是本節所要探討的重點。

　　同一題材的故事，不論是中國的古典小說或戲曲，常通過許多不同作家的創作而呈現多種不同面目。如明無名氏有《金蘭誼》傳奇，袁于令、薛旦也都有《戰荊軻》，同敘羊角哀、左伯桃事；又如白蛇故事，明陳六龍有《雷峰塔》傳奇，清方成培、黃圖珌也有《雷峰塔》傳奇；一個西廂故事，便生出《南西廂》、《翻西廂》、《西廂印》。雖然題材相同的劇作很多，卻必須能經得起考驗，才能流傳下來、活躍於舞台之上。就以今日崑劇所演的西廂諸折，如〈拷紅〉、〈佳期〉、〈惠明〉、〈跳牆〉，則出自《南西廂》為吳門李日華手筆。

〔註39〕見《梁上眼》第六齣〈堂證〉，頁596。

而《雷峰塔》中常演的〈水漫〉、〈斷橋〉，則既非陳六龍之作，也非黃圖珌、方成培手筆。因此，同一個時期也許有許多題材相同的劇作，然而，搬上戲台，受到觀眾重視，並留傳下來的，可能只有一本。由於目前唐英所處的時空環境已不復存在，再加上不論是當時的記載或是唐英自己的作品，都不曾提及過這些被唐英改調歌之的劇作演出狀況。因此，只能就現在流行的戲曲中，往前推溯，以判斷唐英改編劇作的演出情況！

與唐英改編的花部劇作題材相同，且流傳至今的地方戲有：

1. 《三元報》：梆子、高腔、徽劇均有此戲；呂劇、豫劇有《秦雪梅吊孝》；京劇有《雙吊孝》。

2. 《蘆花絮》：贛劇、湘劇有《蘆花休妻》；漢劇、楚劇、倒七戲、同州梆子均有《打蘆花》；秦腔、晉劇、河北梆子有《蘆花計》；豫劇、高腔為《推車接父》；粵劇有《閔子御車》；京劇叫《鞭打蘆花》又名《蘆花記》。

3. 《十字坡》：同州梆子有《武松打店》；京劇、川劇、漢劇、湘劇、清平劇、秦腔、河北梆子、大弦子戲等，均有此劇目。

4. 《梅龍鎮》：今徽劇、湘劇、京劇、漢劇、川劇均存此劇，名《游龍戲鳳》；豫劇、秦腔、河北梆子亦有此劇目；京劇又名《下江南》；粵劇有《酒樓戲鳳》。

5. 《麵缸笑》：京劇名《打麵缸》，一名《周蠟梅》；川劇、漢劇、滇劇、揚劇，同州梆子、河北梆子均有此劇目；桂劇有《煙花女告狀》。

6. 《巧換緣》：京劇中的《老少換》與此劇內容接近。

7. 《天緣債》：漢劇、楚劇、徽劇、河北梆子均有《張骨董借妻》；同州梆子有《甕城子》；湘劇有《張苦懂》又名《賣棉紗》；滇劇有《借親配》；川劇有《借妻配》；京劇名《一匹布》，有時也叫《張古董借妻》。

8. 《雙釘案》：原名《釣金龜》，今梆子、皮黃系統的各種劇，皆有此劇。川劇、秦腔、河北梆子、湘劇都叫《包公判雙釘》。京劇《雙釘記》（又名《白金蓮》）及《釣金龜》（又名《孟津河》、《張義得寶》）、《行路哭靈》（又名《行路訓子》）等都與此劇有關。

9. 《梁上眼》：京劇有《串珠記》；湘劇、祁劇、桂劇、楚劇、黃梅採茶戲、南昌採茶戲、湖北花鼓戲、湖南花鼓戲都有《殺蔡鳴鳳》或《蔡鳴鳳辭店》。京劇又名《蔡鳴鳳》、《循環報》，為「清朝八齣」之一。

至於本節爲何採用京劇劇本與之對照，而不以其他的劇本作對比呢？原因有三：

一、京劇與崑曲的關係較爲密切

京劇以徽劇爲基礎，且徽劇曾與京腔、秦腔、崑腔同台競藝，並博采眾長，吸收了這些當時流行在舞台上的各種劇種的特色。故京劇有許多劇目，更是不加修改就直接繼承，然後流傳至今。因此用京劇劇本及當今京劇的演出情況，來推溯唐英劇作的流傳情況，是比較恰當的。

二、京劇劇本較易取得

由於京劇被視爲「國劇」在推廣及保存，因此目前所能見到收錄京劇劇本的著作較多也較完整。而且目前在台灣觀看京劇的機會也較多，不似其他地方戲在劇本的取得上較困難（且多爲西元 1949 年後的改編本），演出的機會也少，因此採用京劇劇本而不採用湘劇、豫劇等地方劇作與之比對。

三、京劇戲碼與唐英改編的劇作關聯較多

在現存的許多地方戲曲中，與唐英改編劇作題材相同者，所在多有，但都不及京劇劇碼來的多。如《雙釘記》、《釣金龜》、《串珠記》、《遊龍戲鳳》、《打麵缸》、《一匹布》、《十字坡》都是目前京劇可以演出的戲碼。因此本節以京劇劇本爲準。

四、京劇是全國性劇種

從清道咸年間，一直到民國，京劇一直有他不可忽視的地位。

目前可找到劇本的有：

1. 《游龍戲鳳》：《戲考》、《國劇大成續》收，內容均同。
2. 《張古董借妻》：《戲考》、《國劇大成續》均收錄，但內容上有些差異。
3. 《打麵缸》：《戲考》、《國劇大成續》收，內容均同。
4. 《釣金龜》：《戲考》、《國劇大成續》收，內容均同。
5. 《行路哭靈》：《戲考》、《國劇大成續》收，內容均同。
6. 《串珠記》：《戲考》、《國劇大成續》收，內容均同。

7. 《雙釘記》:《戲考》收。

如果互相比對,我們可發現,今日京劇中的《游龍戲鳳》與唐英的《梅龍鎮》並不是一個系統下來的。因為《游龍戲鳳》中,沒有唐英沾沾自喜的〈封舅〉,也沒有〈失更〉這一齣,甚至從頭到尾,李龍就沒出現過。《游龍戲鳳》中出現的「啞謎」——即李鳳姐要酒錢的對話,為《梅龍鎮》所寫。正德要召妓陪酒,在唐劇中用的是「裙拖六幅湘江水,鬢挽巫山一段雲」;要取桌上元寶則說「蒼蠅包網巾」「蚊子穿靴兒」。在京劇中,卻是「紅梅結著白羅卜,脂粉佳人美嫦娥」及「可曾看見一幅古畫」。而《游龍戲鳳》中正德說自己住在「北京城內,大圈圈裡頭有個小圈圈,小圈圈裡頭有個黃圈圈,我就住在那個圈圈裡面。」的情節,也是唐劇所無。所以京劇目前演出的《游龍戲鳳》絕對不是唐英的創作。如果再將《綴白裘》收錄的《戲鳳》與之對比,不論在情節上,或是排場上,都比較接近,因此京劇目前的演出本,似乎比較接近當時花部戲曲的系統。

《綴白裘》中所收的《借妻》、《回門》、《月城》、《堂斷》四齣,無論在情節、人物、場次,甚至賓白,與京劇《一匹布》非常雷同;特別是在主角張古董性格的刻劃上,有明顯相似處,都帶點小聰明及屬於市井小民的貪心。然而到了唐英劇中的張古董,卻成了一個重義熱腸的人。《一匹布》也如同《綴白裘》所收錄的花部戲曲一樣,在《堂斷》的笑聲中落幕,卻寓諷世之深心。而《天緣債》卻又多了二十齣戲,來表彰重義熱腸之人,必得善果。《天緣債》第九齣以後的〈掄試〉、〈販棗〉、〈遇騙〉、〈歸試〉等情節,都是京劇《一匹布》所沒有的;當然,由這些情節而衍生出的人物,也都付闕如。由此看來,今日所演之京劇《一匹布》似乎一點都沒受到唐英《天緣債》的影響,反倒是受到《綴白裘》諸劇影響的可能性較大。

唐英的《麵缸笑》共有四齣〈鬧院〉、〈勸良〉、〈判嫁〉、〈打缸〉,可是京劇中的《打麵缸》一開始,即是從周蠟梅欲從良,大老爺判嫁張才開始;顯然二者的場次、情節安排都有差異。《打麵缸》也如同前所說的兩齣戲一樣,比較接近《綴白裘》所收的花部劇本;在音樂上,兩齣《打麵缸》的關係也比較接近;京劇《打麵缸》全劇幾乎都唱「吹腔」,而《綴白裘》中的《打麵缸》也唱了一支吹腔。兩劇都從判嫁開始,主要情節相同,場次相同,甚至連人物都一樣,不像《麵缸笑》還多了皂、馬、廚、轎四人及四老爺。顯而易見的《麵缸笑》與今日京劇《打麵缸》之間,是有段差距的。

　　《釣金龜》、《行路哭靈》都只是唐英《雙釘案》的一部份情節而已。值得注意的是《雙釘案》似乎還融入了京劇《雙釘記》的情節。也就是唐英的《雙釘案》，最少包含了京劇三齣戲：《釣金龜》、《行路哭靈》、《雙釘記》的劇情。而這三齣戲究竟是取材唐英劇作而獨立？抑或別有源流？由於目前並沒有當時的花部戲曲可供比對，因此不能肯定的下斷語。不過比對《雙釘記》與《雙釘案》的〈創謀〉一齣中，其中雖同是謀害親夫，但原因不同，人物也不同。《雙釘記》中的白金蓮先與人私通，才謀殺胡能手，而且主要原因是胡能手太窮了；〈創謀〉一齣中，苟氏則是爲了阮定宕的癆傷不起，且生性淫蕩，才殺了這第十九任丈夫，劇中還多一個互兒。由於不止是主角名稱不同，連情節也不同，因此《雙釘記》出自《雙釘案》的可能性甚低。〔註40〕《釣金龜》與《雙釘案》中的〈釣龜〉、〈別母〉，《行路哭靈》與〈抵署〉、〈夢訴〉的情節大致上相同，但在場次的安排、情節發生的先後次序上都不一樣。因此《釣金龜》、《行路哭靈》是從唐劇《雙釘案》獨立出來的可能性也不大。〔註41〕

　　《串珠記》是與唐英改編花部戲曲諸劇中，不論是在人物、場次、情節各方面，都最接近的一齣，雖然其中可能有一點點的差別（如在唐英劇中的蔡鳴鳳是崑山人，太太叫朱薔薇，而《串珠記》中的蔡鳴鳳是山西太谷人，太太叫祝玉蘭；不過祝、朱差別只在聲調，玉蘭、薔薇皆是花名。京劇《串珠記》中有個紹興師爺，以紹興話在劇中分析案情；《梁上眼》的師爺，則是個聰明睿智的角色。），但《梁上眼》比較起《串珠記》的劇情節奏而言，《梁上眼》頭緒多且節奏慢。因此《串珠記》還是比較接近花部戲曲的風格（見表3-2）。

　　從以上的分析比較，不難發現：與唐英改編劇作題材相同的京劇劇作，幾乎都還保留着節奏明快、人物鮮明、場次精簡的花部戲曲特點；與唐英改編的劇作，在風格上有明顯的差異，反倒是這些京劇劇作與《綴白裘》所收的梆子腔等花部戲曲較爲接近。換句話說，與唐英劇作體材相同的京劇劇作，基本上是承花部一系而來，但卻沒有受到唐英改編劇作的影響。也就是說，目前這些京劇劇作《游龍戲鳳》、《打麵缸》、《一匹布》等，是在乾隆朝已流行的花部戲曲的基本模式上，再進行加工改良，流傳至今。

〔註40〕雖然劇本稱《雙釘記》，但在這折故事中，只有一根釘子，據題要，知本劇尚有後本。

〔註41〕此處人物名稱不一，倒不是最大問題，因爲張、江，仁、藝，義、芋韻母均同。

表 3-2 唐編崑劇、《綴白裘》收錄梆子腔諸劇及京劇劇作主要情節比較

劇名以唐英劇作爲準。

劇 名	唐編崑劇劇作情節	京劇諸劇之情節	綴白裘諸劇之情節
梅龍鎮	1 正德投宿李龍酒店。 2 正德調戲鳳姐，鳳姐機智應對。後知喬扮軍人，乃當今天子，鳳姐求封。 3 李龍失更。 4 李龍封舅。	正德調戲鳳姐，鳳姐機智應對。後知喬扮軍人，乃當今天子，鳳姐求封。	同前。
天緣債	1 李成龍向岳父母借貸不成。 2 李成龍路遇張骨董，而有借妻之議。 3 張骨董將妻借予李成龍。 4 李成龍與張妻沈賽花到李之岳家，因雨而留宿。 5 張骨董甕城生悔恨，李、沈假戲眞做。 6 張骨董大鬧王家。 7 公堂對簿，將沈賽花判與李成龍。 8 王家資助李成龍赴京趕考。 9 李成龍途遇諸人。 10 喇叭花吵嫁。 11 張骨董與喇叭花訂親。 12 李成龍入考場。 13 張骨董販棗得金。 14 張骨董遇騙失金。 15 張骨董流落充夫役。 16 沈賽花夜夢張骨董登科，	李天龍路遇張古董有借妻之議。 張古董將妻借予李天龍。 李天龍與張妻到李之岳家，被周員外留宿。 張古董城甕洞中生悔恨，李天龍、張妻假戲眞做。 張古董至周家，眾人公堂對簿，張妻願隨李天龍。	李成龍路遇張骨董有借妻之議。 張骨董將妻借予李天龍。 李成龍與張妻到李之岳家，被周員外留宿。 張骨董月城生悔恨，李成龍、張妻假戲眞做。 張骨董大鬧王家。 公堂對簿，將沈賽花判予李成龍。

		醒來知乃一場大夢，而後李成龍捷報傳來。		
	17	李成龍舟遇張骨董，恢復兄弟情，除卻夫役名。		
	18	李成龍試探沈賽花，沈自白表心跡。		
	19	張骨董與喇叭花好事得諧。		
麵缸笑	1	惡客鬧妓院，周蠟梅遭辱打，起尋死意。		
	2	嬷娘勸周蠟梅從良。		同前
	3	周蠟梅求從良，縣令將她嫁給張才。	周蠟梅求從良，縣令將她嫁給張才。周蠟梅機智應付眾人，張才破缸，大老爺現形，得了錢鈔。	
	4	周蠟梅機智應付眾人，張才破缸，大老爺現形，得了錢鈔。		
雙釘案	1	江芸別母入京應試。		
	2	海賊文波瀾興兵造反。		
	3	江芸登科修書接母。		
	4	江芸妻王氏匿報自赴任。		
	5	苟氏謀害親夫阮定宕，拖油瓶互兒門外窺見此毒行。	雙釘記 白金蓮與賈有禮私通，謀害親夫。	無
	6	江芋釣魚得金龜，得知江芸任祥符令。	釣金龜 張義釣魚得金龜，得知張仁任祥符令。張義別母尋兄。	
	7	江芋別母尋兄。		
	8	王彥齡貼治病招帖。		
	9	江芋揭招救王二小姐。		
	10	王家許婚，欲嫁二小姐予江芋爲妻。		
	11	狄青祭海。		
	12	龍王助狄青征勦。		
	13	仗龍王之助，狄青擒拿文波瀾。		
	14	江芋祥符縣會兄，痛責兄嫂，江芸奉旨勘東鄉水災。		

	15 江芸妻王氏設宴爲江芊接風被辱，又見江芊有寶，起謀叔意，互兒獻計，釘死江芊。		
	16 江芸獲弟亡之訊。		
	17 江芊地府陰控，得知此事因果。		
	18 江母康氏自淮抵豫，責長子、哭次子。	行路哭靈 張母康氏至祥府，責張仁、哭張義。	
	19 康氏夜夢江芊哭訴。	康氏夜夢張義哭訴。	
	20 康氏城隍廟向包知府訴冤，包公審案驗屍，忤作丁不三查不出死因。		
	21 苟氏叫丁不三檢驗屍體腦門頂心。		
	22 驗出死因，在鬼神之助下，兩案得破，南華仙長下凡救江芊。		
	23 王彥齡詣署，得知事情經過，包公欲做冰人，使王家姐妹，嫁予江氏兄弟。		
	24 兩雙四美婚議定。		
	25 拜堂成親，包公堂上說孝悌。		
串珠記	1 蔡鳴鳳自山東欲歸崑山，途遇竊兒魏打算。	1 蔡鳴鳳自奉天欲歸山西太谷，被竊兒魏打算跟蹤。	
	2 蔡鳴鳳回鄉拜見岳父母。	2 祝玉蘭與屠戶宋標私通。	
	3 蔡妻朱薔薇與屠夫鄭打雷私通，蔡鳴鳳歸家，被朱薔薇害死，偷兒魏打算在梁上將事情經過看得一清二楚。魏打算被巡夜人捉拿。	3 蔡鳴鳳回鄉拜見岳父母。	無
	4 朱薔薇誣告其父圖財害命，崑山縣令回後堂請教師爺，細剖案情。	4 蔡鳴鳳歸家被祝玉蘭害死，偷兒在帳後將事情經過看得一清二楚。	
	5 魏打算監中知冤情，欲上堂做證。	5 祝玉蘭控父圖財害命，縣令回後堂與師爺細剖案情。	

6 魏打算堂上訴詳情，朱茂卿冤屈得洗雪，奸夫淫婦判斬，堂斷魏打算成朱氏夫妻義子。	6 魏打算獄中知冤情，欲堂上做證。
7 奸夫淫婦處斬示眾。	7 魏打算堂上訴詳情，祝有德冤屈得洗雪。
8 義女茄花配義子朱打算一家四口團圓和樂。	8 奸夫淫婦處斬，堂斷魏打算成祝氏夫妻義子。

以京劇曾是流傳一時的全國性劇種，這種題材相同的劇作，都不曾受到唐英改編過的崑腔傳奇影響；那麼，其他屬於地方性極強的地方戲，接觸到唐英崑腔劇作的可能性就更小了！

如此說來，唐英改編自花部戲曲的創作，很可能在當時，並沒有任何職業戲班搬演過，即便是曾搬上紅氍毹，但影響力一定是微乎其微。所以如今在崑腔劇中，沒有留下痕跡；在地方戲曲中，也沒有絲毫影響力。（見圖 3-1）

第四節　唐英對花部戲曲的貢獻

唐英改編自花部的崑腔劇作，雖然有其劇作上的缺陷，但在劇作故事的前因後果及前後呼應上，卻較花部戲曲仔細；而其劇作不能流傳的原因，最重要的，還是得放在時代環境來考慮。雖然唐英劇作改編花部戲曲並不成功，但唐英劇作中，卻保留了非常多當時花部戲曲活動的狀況、流行的劇目、及聲腔特質。而且，這些資料，對清初地方戲發展的狀況的了解，有很大的助益。

一、劇目保存

在《天緣債》中〈借妻〉一齣，賓白提到了「亂談梆子腔」裡的大戲：

　　（副）我就說與你聽，那《肉龍頭》全本上，趙匡胤鬧街盤殿裡頭，那曹二相公的嫂嫂張氏，在街市金殿上，不知叫了趙匡胤多少本丈夫！（屈指介）這不是一個？那《鬧沙河》全本上，《戲路思春》裡面，高將軍和那胡少爺，替換着與那公主相會。這不會又一個？（旦）這些故事，都出在那上頭？（副）如何？我說你眼孔子小嗎？連這些故事也不曉得！實對你說了罷！這都是亂談梆子腔裡的大戲。〔註42〕

〔註42〕《古柏堂戲曲集》，頁 409。

雖《綴白裘》中收錄清初花部劇作,然爲數不多且多爲散齣,而這裡正好提供了「亂談梆子腔」的大戲名稱:《肉龍頭》、《鬧沙河》。

由《三元報》第四齣〈榮歸〉的〔尾聲〕:「曲翻新、排場異」〔註43〕、《梅龍鎮》的第四齣〈封舅〉〔清江引〕:「梅龍舊戲新翻改,重把排場擺。《戲鳳》唱崑腔,〈封舅〉新時派,那些亂談班呵,就出五百錢,這總綱也沒處買!」〔註44〕、《天緣債》第一齣〈標目〉〔鳳凰台上憶吹簫〕後下場詩:「打梆子唱秦腔笑多理少,改崑調合絲竹天道人心。」〔註45〕、《雙釘案》第廿六齣《雙婚》的〔尾聲〕:「雙釘舊劇由來久,不似這排場節奏,要唱得那梆子秦腔盡點頭。」〔註46〕可知在當時,有題材與《三元報》、《梅龍鎮》、《天緣債》、《雙釘案》等劇相同的花部亂彈戲!特別是《三元報》、《雙釘案》,都是在《綴白裘》中沒有收錄的劇作。

二、花部戲曲的活動狀況

(一)花部戲曲在乾隆初已非常盛行

《麵缸笑》第三齣〈判嫁〉中有:

> 不敢瞞老爺,實回了罷,小的們是一起梆子腔的串客,攢了個班子,
> 腳色都全了。今日花串祭老郎,所以公求賞假。〔註47〕

連一般衙役都可以當梆子腔的串客,顯然梆子腔在當時已非常流行;若不普及,這些衙役又怎麼會成爲串客呢?同一本戲的〈打缸〉中,王書吏也說:

> 好極好極!我最愛的是梆子腔。

沒有欣賞的機會,又怎麼談得上喜好?沒有浸淫其中及遍觀比較,又怎麼稱得上「最」?《天緣債》中,李成龍找來的戲班子,也是梆子班。〔註48〕《梁上眼》中第八齣〈義圓〉,茄花也提到:

> 咱這村莊上,每年唱高台戲。近來都興那些「梆子腔」,那腔調排場,
> 我也在行。〔註49〕

〔註43〕書同註42,頁42。
〔註44〕書同註42,頁171。
〔註45〕書同註42,頁397。
〔註46〕書同註42,頁570。
〔註47〕書同註42,頁188。
〔註48〕書同註42,頁473。
〔註49〕書同註42,頁614。

同前齣，魏打算則說：

> 你兒子在山東，每日聽的都是些「姑娘戲」。〔註50〕

都說明了花部戲曲在乾隆初時，活躍且深入民間的情況。

（二）梆子、亂談（彈）名異實同

研究戲曲史的人，常常會弄不清許多花部聲腔到底指的是什麼，在唐英的劇作中，正好可以將梆子、亂談之間的關係弄清楚。唐英在劇中時常將亂談、梆子合稱（詳見前所舉之《天緣債》、〈借妻〉賓白），這種梆子、亂談不分的說法，正是後人解釋二者很長時間是名異實同的證據。〔註51〕

（三）梆子、亂談（彈）戲一樣有大戲

一般總以為花部起於二小、三小戲，再加上《綴白裘》中收錄的花部戲曲，皆為散齣，很容易讓人誤會為花部戲曲沒有像崑曲一樣的長篇巨帙；其實在乾隆時，已有人物多、情節繁之大戲。在《天緣債·借妻》中，便提到了《肉龍頭》、《鬧沙河》等梆子腔的大戲，證明花部戲曲並非都只是單折或數折的小戲而已。

（四）聲腔競爭的情況

《天緣債》中的〈償圓〉一齣提到李成龍備有戲班：

> （副）你們是什麼班？（丑）舉笏班。（副）是崑腔？是高腔？（丑）
> 是梆子腔。

這裡提到了崑腔、高腔（即弋腔）及梆子腔，可知此時流行的戲曲聲腔大約可分成這三種。如果再參照其它史料，及花雅競爭情況，唐英之言不差矣！

三、聲腔特色

（一）梆子腔為整齊的七字句

《梁上眼》茹花唱的〔梆子腔〕為整齊的七字句，《麵缸笑》中，周蠟梅唱〔梆子腔排律〕，也是七字句。如果再對照《綴白裘》中的梆子腔諸劇，可

〔註50〕書同註42，頁613。

〔註51〕梆子腔一詞，原本統稱凡是用硬梆子作打擊樂器以按節拍的劇種，如秦腔（陝西梆子）、山西梆子、河南梆子、河北梆子、山東梆子等雜劇。也曾廣泛的用以指稱清朝除崑腔、高腔以外的花部聲腔。亂彈在唐英的劇作中寫作「亂談」，有文人鄙意蘊於其中，指一般的花部戲曲為胡說亂談。原本廣義的「亂彈」也指崑腔、高腔以外的聲腔，但有時又僅指梆子腔。

知在乾隆初年，梆子腔已流行七字格了！

（二）姑娘腔伴奏問題

《梁上眼》中的魏打算唱了一支〔姑娘腔〕，若和《鉢中蓮》傳奇〈調情〉中的〔山東姑娘腔〕〔註52〕及《綴白裘》第七集《反牢》一齣的〔姑娘腔〕相對照，〔註53〕至少可證明所謂「唱姑娘，齊劇也。亦名姑娘腔。」〔註54〕的說法。關於姑娘腔的音樂伴奏，李聲振說：「以嗩吶節之」，李調元說：「音似弋腔，而尾聲不用人和，以弦索和之」。但《梁上眼》的〈義圓〉中，茄花和魏打算卻是「你唱找幫腔，我唱你幫腔」。〔註55〕這其中，便有值得研究之處了！

唐英的劇作，也許改編花部戲曲不夠成功，但對後人研究清代，特別是清初地方戲的發展，提供了寶貴的資料。

圖 3-1　**唐英劇作與花部戲曲的關係圖**（箭頭代表傳承關係）

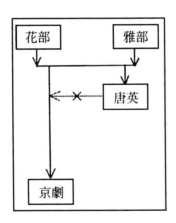

〔註52〕參見《明清戲曲珍本輯選》，頁 11。
〔註53〕參見《綴白裘》，頁 2887～2888。
〔註54〕見李聲振《百戲竹枝詞》。
〔註55〕書同註 42，頁 614。

第四章　唐英劇作評析

　　元代，是中國古典戲劇發展的第一個高潮期。由於元雜劇的發展迅速，對戲劇的研究與記錄也因而勃然興起。然而這時期對戲劇原理及戲劇本質的探討，尚屬闕如。《唱論》強調的是演唱原則、《中原音韻》是對聲律及北曲創作技法的研究、《青樓集》是演員生活的記錄、《錄鬼簿》是雜劇作家及劇目的記載，喬吉雖然提過結構方面的見解，但卻非針對戲曲創作。〔註1〕

　　明代由於戲曲的蓬勃興盛，對於戲劇原理、戲劇本質的探討，也較元代完備。《太和正音譜》已論及戲曲體製、流派的問題。〔註2〕何俊良《四友齋叢說》中，提到了曲詞的「本色」問題，涉及到戲曲理論。湯顯祖在《宜黃縣戲神清源師廟記》，提到了戲曲具有不可抗拒的感人力量，〔註3〕並把「言

〔註1〕 喬吉稱：「作樂府亦有法，曰鳳頭、豬肚、豹尾，六字是也，大概起要美麗，中要浩蕩，結要響亮，尤貴在首尾貫穿，意思清新。苟能若是，斯可以言樂府矣。」見陶宗儀《輟耕曲錄》（《新曲苑》第一冊，任中敏編，台灣中華書局，民國59年8月台一版），頁25右。

〔註2〕 朱權在《太和正音譜》中，就戲曲的內容，分為《雜劇十二科》這是屬於戲曲體制的問題；而他又根據作品的語言風格進行分類，成為丹丘體等十五種，即是風格流派的分析。

〔註3〕 清康熙刊本《玉茗堂集》文集之七：「使天下無人故而喜，無故而悲，或語或嘿，或鼓或疲，或端冕而聽，或側弁而咍，或闚觀而笑，或市湧而排。乃至貴倨弛傲，貪嗇爭施。瞽者欲玩，聾者欲聽，啞者欲歎，跛者欲起。無情者可使有情，無聲者可使有聲。寂可使喧，喧可使寂，饑可使飽，醉可使醒，行可以留，臥可以興。鄙者欲豔，頑者欲靈。可以合君臣之節，可以浹父子之恩，可以增長幼之睦，可以動夫婦之歡，可以發賓友之儀，可以釋怨毒之結，可以已愁憒之疾，可以渾庸鄙之好。然則斯道也，孝子以事其親，敬長

情」視爲戲曲創作的重要特徵；〔註4〕萬曆朝的沈璟，特別講究曲律問題。然而有明一代大部份有關戲曲理論的著作，皆重「曲」而不重「劇」；要求宮調、曲情、詞藻，而較忽略了屬於「劇」的創作原理。直到王驥德《曲律》的出現，才將「劇」與「曲」結合，除了一向重視「曲」的部份外，也提及了屬於「劇」的問題，如結構、情節、賓白、科諢等。〔註5〕張岱的《陶庵夢憶》雖非劇論專著，卻有許多涉及演出活動及舞台藝術的部份。〔註6〕

到了清代，李漁可稱得上是中國第一個將戲曲原理做有系統研究及整理的人，他總結了此時期的戲曲創作經驗，並對有關戲劇的一切提出了明確的指引。他在《閒情偶寄》的《詞曲部》中，談到：結構第一、詞采第二、音律第三、賓白第四、科諢第五、格局第六。李漁所確立的戲曲創作理論，可說是到目前爲止，最重要的中國古典戲曲創作論。

然而不止是中國戲曲理論注意到了這些結構、音樂方面的問題，亞里斯多德也曾明列戲劇六大內容爲：情節（Plot）、人物（Character）、思想（Thought）、語言（Diction）、音樂（Music）、景觀（Spectacle），〔註7〕而這些戲劇的構成要素，也是歷來西洋劇作家，在戲劇創作時，非常留意的。

而娛死：仁人以此奉其尊，享帝而事鬼；老者以此終，少者以此長。外戶可以不閉，嗜欲可以少營。人有此聲，家有此道，疫癘不作，天下和平。豈非人情之大竇，爲名教之至樂哉。」

〔註 4〕 見《牡丹亭》題詞（《牡丹亭》，漢京文化事業有限公司，民國73年3月初版），頁1。

〔註 5〕 王驥德《曲律》卷三〈論戲劇第三十〉言：「……貴剪裁，貴鍛鍊，以全帙爲大間架，以每折爲折落，以曲白爲粉堊、爲丹艧。勿落套，勿不經；勿太蔓，蔓則局懈而優人多刪削；勿太促，促則氣迫而節奏不暢達；毋令一折不照應。傳中緊要處，須著重精神，極力發揮使透：如《浣紗》遺了越王嘗膽及夫人採葛事，紅拂私奔、如姬竊符，皆本傳大頭腦，如何草草放過？若無緊要處只管敷演，又多惹人厭憎，皆不審輕重之故也。又用宮調，須稱事之悲歡苦樂。如游賞則用仙呂、雙調等類，哀怨則用商調、越調等類，以調合情容易感動得人。其詞、格俱妙，大雅與當行參間，可演可傳，上之上也。詞藻工，句意妙，而不諧里耳，爲案頭之書，已落第二義。既非雅調，又非本色，掇拾陳言，湊插俚語，爲學究，爲張打油，勿作可也。」另有論賓白第卅四，並引蘇東坡之「行乎其所當行，止乎其所不得不止。」語，作爲作白之法。插科第卅五：強調插科打諢是「須作得極巧，又下得恰好」。（引自《中國古典戲曲論著集成》冊四），頁137、140、141。

〔註 6〕 見張岱《陶庵夢憶》（漢京文化事業公司，民國73年3月初版）卷四〈嚴助廟〉、卷五〈劉暉集女戲〉，及卷七〈過劍門〉。

〔註 7〕 引自《世界戲劇藝術欣賞》，頁51。

　　由於唐英自己也說他的劇作是「酒畔排場，莫認作案上文章」，[註8] 故本章從結構、思想、人物、語言、音樂、舞台表演各方面，來分析唐英劇作。

第一節　主題思想

　　若對唐英現存的十七種劇作進行歸納分析，大致可知唐英劇作可分為三類：一、教化之作；二、補恨之作；三、怡情之作。唐英既為「教化」、「補恨」而作劇，其中必定要表達一些思想及觀念，因此本節從這三個角度，來探討唐英劇作中的主題思想。

一、教化之作

　　李漁在《閒情偶寄・結構第一》的「戒諷刺」中，談到了：

> 竊怪傳奇一書，昔人代以木鐸，因愚夫愚婦識字知書者少，勸使為善，誠使勿惡，其道無由，故設此種文詞，借優人說法，與大眾齊聽，謂善者如此收場，不善者如此結果，使人知所趨避。是藥人壽世之方，救苦弭災之具也。[註9]

可見教忠教孝之劇，並非始自清代，早有久遠傳統。清朝有不少的文人劇作，很明顯的都是在表現教忠教孝的大道理，如夏綸之作，便於卷首開宗明義的指出了：「褒忠、闡孝、表節、勸義」。而唐英雖不若夏綸般於卷首明示，但他在劇作中所表現的教化意圖，也是非常明顯的。他在《天緣債》第一齣〈標目〉中，便明言：「打梆子唱秦腔笑多理少，改崑調合絲竹天道人心。」；在《轉天心》第一齣〈開場〉中有：「貴賤窮通有命，前因後果由天。怨天拗命定招愆，劫數輪迴可嘆！……天堂地獄寸心間，心格天心即轉。」，第卅七齣的〈豆圓〉也有：「動轉天心理不差」之語；《雙釘案・本因》：「起死回生，循環果報，既彰孝逆之人心，又助名臣之政績。此乃天道昭彰……」及《梁上眼・義圓》有：「禍淫福善因心轉，須知道生虧歉，死填還。無人見，昭昭神目明如電，上天入地難逃竄。」再再都顯示出唐英劇作中「順天理、應人心」的教化意圖。此外，他甚至還認為，即使是閒話，也要說個忠孝節義，讓人聽了做個榜樣才好。而不經之言，他認為是說不得的，如：

〔註8〕見楊恩壽《詞餘叢話》卷二（《中國古典戲曲論著集成》冊九），頁256。

〔註9〕李漁《閒情偶寄》卷一，頁6。

（外向副介）你前日說的是什麼新聞？（副）我說的《首陽山叔齊
變節》。（外）雖是閒話，也要說些忠孝節義的事，使人聽了做個榜
樣纔好。那些不經之言，說他怎的！（丑）伯伯，果然他們二位說
的不甚好聽。你今日講個忠孝節義，我們大家聽聽。〔註10〕

另外在《蘆花絮》的〈諫圓〉中，當劇情進行到閔啓賢一家和好如前時，原
可就此打住，但唐英尚安排了閔啓賢吊場說：

哈哈哈！可見那天下再也沒有不可感化的婦人，只要看做丈夫的
了！〔註11〕

然後更用以下四句爲下場詩：

德行高賢孝不同，至情天性感能通。試看場上蘆花絮，演出當年底
豫風。〔註12〕

這已明顯的點出了此劇之作，乃爲表彰閔子騫之孝行。《傭中人》則是褒忠之
作。湯之瓊臨死之前唱道：

做一個匹夫維持綱常，怕斷了忠烈種。

最後眾人唱：

潢池盜弄神京動，天上歸龍鳳。千官賣故君，一個村傭慟。想不到
菜畦中有真樑棟！鐵膽銅肝未肯鎔，須臾忍死賺元凶。明朝三百年
天下，忠烈先輸一菜傭。〔註13〕

《三元報》是崇節之作。商輅歌頌其母：

堅貞不似機頭斷，柔女綱常鐵漢！母親，孩兒日後倘得僥倖成名呵！
謹請着紫誥綸音把你奇節宣。〔註14〕

這樣的安排似乎有些奇怪。第四齣〈榮歸〉又安排史觀壁在場上一再強調秦
雪梅是個貞節烈婦，也破壞了劇情的進行。《清忠譜正案》則是刻意強調忠
義的作品，而且表現出天理昭彰、報應不爽。唐英這四劇作：《傭中人》、《蘆
花絮》、《三元報》、《清忠譜正案》，雖然不像夏綸的劇作在卷首標明其用意；
但實際上，依題材用意而言，正是：「褒忠、揚孝、崇節、尚義」之作。

其餘如《梁上眼‧警眾》的安排、《天緣債》中〈歸試〉讓沈賽花解說貞

──────────

〔註10〕見《古柏堂戲曲集》，頁210。
〔註11〕書同註10，頁69。
〔註12〕書同註10，頁69。
〔註13〕書同註10，頁80。
〔註14〕書同註10，頁34。

潔的一大段自白〔註15〕、《雙釘案・雙婚》中，包拯當場論孝悌二字，〔註16〕
都是唐英以道德教化寓於劇作中的刻意安排。在唐英劇中，更刻意的強調了
奸夫淫婦的沒有好下場。〔註17〕

　　唐英之所以要將教化觀念明顯的表現在劇作中，正是他體認到戲曲教化
群眾的功效：希望藉着戲劇的力量，讓群眾在觀戲之餘，得到教育。這種體
驗，除了得自前人之經驗外，更是因為唐英有着與陶人共同生活的親身體驗，
所以更能體會出戲曲感人之深、影響一般人力量之大。正像他在《轉天心》
第一齣〈開場〉說的：

　　　　野老豆棚，扯淡的幾句話，喚醒人天。〔註18〕

一般村夫村婦，沒有機會讀聖賢書，那裡談得上什麼天理人心、忠孝思想？
他們只求衣食無缺，便心滿意足了！但對唐英這樣一個具經世濟國之忧，卻
苦無牧民機會的知識份子而言，笑多理少的戲曲，是他不能忍受的，於是將
他的滿腔理想轉化於劇本之中。特別是一些改編自花部戲曲的劇本，如《天
緣債》、《雙釘案》、《梁上眼》等，唐英都讓這些只是嘻笑怒罵的作品，搖身
一變而成為主題嚴肅、且富含教化意味的劇作。

　　唐英在十七種劇作中，有着半數以上的作品，在劇中明顯地表達了戲曲
教化群眾的訴求。強調教化，可算是唐英劇作在思想上的一個重要特質。

　　然而唐英刻意在劇中安排「教化思想」，往往將角色劇劃成為「典型」
（Prototype）的全忠、全孝人物，令人覺得說意味過濃，甚至有些為教化而安
排的場面，破壞了全劇的戲劇張力。如《天緣債》中，唐英將花部戲曲的張
骨董改頭換面，並且安排了許多情節，影響了原來花部戲曲所要表達的嘲諷
及明快節奏。《三元報》中，史觀璧上場稱秦雪梅的賢孝，拖垮了緊湊的劇情；
而標舉「撫孤成立」、「節孝俱全」等劇情的一再重覆，更屬多餘。

二、補恨之作

　　明清以來的劇作，很流行依史實而鋪衍成劇，《長生殿》、《桃花扇》自是
箇中翹楚，《清忠譜》、《冬青樹》、《芝龕記》、《懷沙記》也是此類作品。但歷

〔註15〕書同註10，頁470。
〔註16〕書同註10，頁568～570。
〔註17〕如《梁上眼》之朱薔薇、鄭打雷，及《雙釘案》的苟氏。
〔註18〕書同註10，頁209。

史乃已成之事實，往往不能盡如人意，必是成者爲王、敗者爲寇，沒有所謂失敗的英雄，忠貞烈士也往往屈死。面對這種歷史事實，文人往往在自己的劇作中，改變歷史既成之事實，成爲翻史補恨之作。像與唐英同時代的夏綸，其所作《南陽樂》便使諸葛孔明不死於五丈原，且滅魏、吳，使天下歸蜀。而集翻案補恨之大成者，要算周樂清的《補天石》傳奇，一口氣改變了八件歷史事實。〔註19〕

　　唐英劇作中，也表現了這樣的補恨思想，但他的安排，卻非眞的「翻史」，而是「補恨」以表心意罷了！《清忠譜正案》中，死者已矣，但在唐英心裡，卻不能平，然事實是無法推翻的，於是只有在劇中，將眾人的忠心表諸上帝，上帝憐憫他們的正直忠清，於是周順昌成了蘇州城隍；五義——顏佩韋、楊念如、周文元、馬傑、沈揚成了殿前力士；魏大忠、楊漣成爲東岳考查善惡司主，而奸臣逆黨，俱淪入畜生道。如此安排，大快人心，頗能符合天理昭彰、獎善懲惡、報應不爽。又像歷史上失敗的英雄項羽，唐英也對之寄予無限同情；雖然項羽兵敗垓下、命喪烏江，但唐英不以成敗論英雄。他不僅在《虞兮夢》中，替項羽這「眞英雄」辯駁，指其不肯使陰耍詐，所以才會功敗垂成；而且安排項羽成爲烏江渡口之神，保佑着鄉民旱澇無憂、歲稔年豐、順雨調風。

　　像這樣已成歷史事實的人物，唐英補恨的方式，便是讓他們死後成爲鬼神，同樣的保國衛民；使得千古傷心事，終能昭雪揚眉！百代後若有效法者，亦能視死如歸、義無反顧了！

　　至於《長生殿補闕》，也可歸入此類作品中。《長生殿》是清朝極爲流傳的作品，唐英自不陌生。但他對於《長生殿》力寫楊妃、明皇的愛情，而將梅妃一節在〈絮閣〉一齣以暗場交待，似乎也不滿意，因此明白標題爲《補闕》，補《長生殿》遺漏梅妃的部份，也算是特別爲梅妃「伸張正義」，而暗示楊妃的專擅蠻橫。

　　從唐英這些「補恨」之作看來，唐英對於歷史人物的評價，有他自己獨到的看法及關注，所以才有這些補恨作品的產生。雖然這些補恨作品較之他所有的劇作，所佔比例並不大，但卻頗能表現出唐英作品的思想特質！

〔註19〕參見沈惠如〈中國古典戲曲中的「翻案補恨」思想〉（《小說戲曲研究》第二集，聯經出版公司，民國78年8月初版），頁300。

三、怡情之作

　　唐英還有些作品，既不是爲了補已成史實之恨；也沒有什麼天理人心、忠孝節義蘊於其內。因此這一類的作品，可能只是唐英爲了馳騁翰墨、自抒情懷，動筆敷衍而成。所以將這類作品稱之爲唐英的怡情之作。

　　《笳騷》是這一類作品中最佳的代表，他在題辭中說：

> 予悲姬之遭際，喜其能逼肖當年之形神心事……爰更擬其當年之形神心事，鎔鑄其十八拍之節調遺音，不枝不蔓，敷衍引申。笳吹騷動，騷譜笳傳。使文姬有知，未必不笑啼首肯於筆尖腕下也。[註20]

　　《巧換緣·壽圓》一齣〔尾聲〕中，也有：「燈窗雪夜閒情寄」之語，[註21] 正因爲有所感懷，故形諸筆下，一爲展露文才，一爲家班演出所用。

　　像《女彈詞》的改編，在《二轉》以下，幾乎與原作《長生殿》中的〈彈詞〉一齣毫無差異，這樣的作品，肯定沒有多少創意在其中，其主要的用途也只是供家伶演唱，做爲怡情娛樂之用。

　　又如《十字坡》、《梅龍鎭》、《麵缸笑》這些改編自地方戲的劇作，即使經過了唐英改調歌之，我們也從其中瞧不出什麼天理人心、忠奸善惡；依舊是「好笑好笑眞好笑」。[註22] 這樣的劇作，若要硬說它具有闡忠褒孝的內涵，或是翻案補恨的作用，可能就太過牽強了！

　　但唐英爲什麼要寫這樣的劇本呢？特別是《十字坡》、《梅龍鎭》、《麵缸笑》都算是當時頗爲流行的梆子腔劇目，唐英又何必大費周章改編，卻又不增入教化或其它的意義呢？原因很可能是前文已提及的：唐英雖然能以「陶人」之心，接受巴唱囉弋，但與他所交往的文人雅士，卻不是跟唐英有相同的看法。而唐英劇作既然供家樂演出，做爲讌樂之用，便不能也唱著巴唱囉弋，且唐英根深蒂固的文人觀念，也始終不能忘懷。唐英發現有如此生動可喜的劇作，當然希望平日在家也可欣賞，因此一展文藻，改調歌之。[註23]

　　於是，唐英就有不少的劇作，是沒有教化意味，沒有補恨思想，而純粹爲了抒發心情或是供家樂表演，以享耳目之娛的作品。這便是唐英作品中，另一類不傳達任何思想特質的作品。

〔註20〕書同註10，頁3。
〔註21〕書同註10，頁390。
〔註22〕見《麵缸笑·打缸》一齣〔清江引〕，書同註10，頁197。
〔註23〕詳見第三章第一節。

第二節　關目情節

唐英今存劇作十七種，從關目情節方面來探討，大約有三個特性：一、情節起伏強烈對比；二、兩條脈絡縱橫其間；三、運用鬼神解圍（危）。

一、情節起伏強烈對比

唐英的劇作中，對於情節的安排，頗有其獨到之處，而且演來層次分明，極具戲劇震撼的效果。

《三元報》中〈弔孝〉一齣：商裕後不知是否要讓愛玉與秦雪梅見面，而商夫人在一旁說：

> 為什麼不見他？愛玉雖然是丫鬟，既已懷孕在身，將來生下一男半女，就是我家守節撫孤的媳婦了，與那秦小姐有什麼管轄？難道還怕他吃那望門寡醋不成？〔註24〕

而此時秦賢輔則在打算另選賢婿：

> 打疊玳煙東閣，龍乘鳳招，另自選賢豪。非再醮，怕誰嘲？〔註25〕

但沒想到秦雪梅卻是打算弔孝不歸、商門守寡了！這一決定，使得二人臉色驟變，不知該如何收拾。

又如《梅龍鎮》中〈封舅〉一齣：總巡檢正威風凜凜的盤拷李龍，並將他弔了起來；而下一幕就成了「李國舅」趾高氣昂地對著伏階叩頭的總巡檢冷嘲熱諷，並刁難一番。〔註26〕

《巧換緣》中〈途洩〉一齣：洪遇滿心盼望娶得的是那「姿容嫵媚，態度娉婷」的張氏女子，沒想到揭帕一看，尚是「鬆鬆蒜髮，枯瘠形骸」的鶴齡老嫗，這怎麼不會令他驚慌失措、驀地痴呆？〔註27〕

《天緣債》中〈遇騙〉一齣：不久前，張骨董還滿口大話，哈哈大笑說：

> 我想昨日那店主人說的那些拐子，何等的利害！他若趾着我張骨董這樣精細在行的人，也是他娘的晦氣，教他一千年也不開張發市！總說了吧！走江湖的人都能像我這樣，再沒有不發財不保重的了。〔註28〕

〔註24〕書同註10，頁22。
〔註25〕書同註10，頁23。
〔註26〕書同註10，頁170。
〔註27〕書同註10，頁339。
〔註28〕書同註10，頁451。

緊接着，卻是跌地大哭，急得全身冷汗似湯澆，七魄二魂驚掉。前後反應，判若兩人。

　　類似這樣的情節安排，在唐英劇作中，比比皆是：《蘆花絮》中李楠變二老，才在路上猛誇自己的女兒賢慧能幹，沒想到女婿邀他們，卻正是因為自己女兒對前妻之子兩般承看；《梁上眼》中朱薔薇奸夫淫婦正調笑嬉戲之間，蔡鳴鳳回來，立刻變得張惶失措；《虞兮夢》中諸人的賞花、童子的舞蹈、眾人的打搶，這樣熱鬧的場面，對應陶成居士醒來的空虛；《笳騷》中文姬的悲切流連，對應阿狗的歡天喜地；《天緣債·夢捷》中沈賽花夢見張骨董的高中，李成龍的落第；結果一夢醒來得知李成龍的高中……。

　　這樣強烈對比的安排，很容易在劇中突出主題，並將故事的發展帶入高潮，進而產生矛盾與衝突；也可因此突顯出人物的性格、特徵，塑造出藝術形象。唐英運用這樣的寫作技巧，表現在他的作品中，基本上是非常成功的；他往往藉由這樣的情節安排，使得劇情得以開展，並有波瀾起伏。正因秦雪梅的弔孝不歸，才能撫孤成人；有張骨董的遇騙，才有流落異鄉，及再遇李成龍的遭遇；如果不是蔡鳴鳳回家的時機，正巧撞上奸夫淫婦幽會，朱氏大概也狠不下心腸殺了蔡鳴鳳……。這些富戲劇性的場面安排，也是唐英着重演出效果所設計的；也正由於這樣富衝突性的情節安排，使得唐英劇作，充滿戲劇張力。

　　不過在有些劇作中，由於唐英的刻意宣傳教化，反使得戲劇的進行鬆散。如《三元報》中，商輅三元及弟，一門榮顯，接受冠誥後，全劇並未就此結束，唐英竟還安排了史觀璧出場，歌功頌德一番，未免有些蛇足了！《雙釘案》中江芸、江芋兩兄弟與王彥齡的兩個女兒拜堂完婚後，唐英又讓包公上場闡述「孝悌」之旨，也屬多餘。

　　大致說來，唐英在劇作情節的安排上，還算得上是妥當，特別是前後情節的對比，妙手寫來，前後呼應且針線不亂；對於故事的開端、發展、高潮、結局，都有不錯的安排。

二、兩條脈絡縱橫其間

　　仔細觀察唐英的作品，可知唐英擅長於運用一劇兩脈絡的寫作方式，來構成劇作的高潮起伏、互相糾葛、錯縱複雜。在他的幾種篇幅較長的劇作中，都運用了這樣的安排。

1. 《虞兮夢》：一為英雄失路，不得於時，一為陶成居士的愛花賞花，然後寫二人相遇，惺惺相惜之情。

2. 《梅龍鎮》：一寫李龍、一寫李鳳，暗合所謂「龍鳳祥端」。

3. 《轉天心》：一寫天心，一寫人力，全劇便在天心、人力彼此消長中，寫成了天心隨人心而轉的故事。

4. 《巧換緣》：一老一少皆為娶妻，由老妻換少妻、少妻變成老妻後發生的糾葛。

5. 《天緣債》：先寫張骨董與李成龍原為義兄弟，這是脈絡的起頭，次寫因〈借妻〉、〈雨合〉後的兩線發展，再寫〈舟遇〉之後的兩線合成一脈！

6. 《雙釘案》：由苟氏的一釘，江芸妻王氏的一釘，因互兒、忤作的穿針引線，交織成兩件互相牽扯的案情。〔註29〕

7. 《梁上眼》：偷兒的一線與朱氏因奸情弒夫誣父的互相貫串。

這幾種劇作的劇情安排方式，都是分寫兩頭，可能兩者有關，也可能兩者無關；但無論如何，其中必有情節將二者連貫，並且有着圓滿的結局。就像《天緣債》裡的張骨董、《雙釘案》中的江芸、《梁上眼》的魏打算、《巧換緣》中的馬沖霄等，〔註30〕在劇情進行中，似乎他們都吃虧不小，不過，到了最後，一定會給他們一個公平合理的交待。所以這些所謂副線主題的角色所佔的戲份，並不較主線主題的角色為輕！

用兩條脈絡交織，來鋪衍故事，較之只用一線的敘述，增加了更多的衝突與矛盾。何處該濃墨重彩重點描寫，何處只需淡筆粗線勾勒；那裡該張，那裡該弛的筆法安排，正可看出作者功力！

唐英這六個劇本所做的兩線交織，是不是都很成功呢？似乎又不盡然。兩線交織的情節安排，優點是可藉此展開劇情；相反的，若運用不當，則顯得主題凌亂、不能將兩條脈絡照顧妥貼、不知如何以二合一。唐英的劇作有時就有這樣的毛病：《虞兮夢》中第一、二齣的誇讚項羽、悼惋霸王，與第四齣的〈神會〉前半部一直重覆；且莫名的又跑出不相干的王納，整個主題便

〔註29〕唐英劇作《雙釘案》由今所傳之京劇劇本考查，似乎本來就是合二為一的劇作。

〔註30〕此處是以傳奇生旦為主的格局來看，其實在花部戲曲中這些人才是主角；而《天緣債》的李成龍、《雙釘案》的江芸、《巧換緣》的洪遇才是副線人物。不過在唐英劇中，兩脈絡人物的戲份幾乎均等。

顯得有些凌亂。《巧換緣》中，馬沖霄因美妻半途被人所換，而耿耿於懷，故記恨於洪遇；因作者無法將二人〈旅換〉、〈雙斷〉後的互無瓜葛，再將二人合寫一處，故只好借「神力」將馬沖霄點醒。《雙釘案》中江芋的死而復生，也是因兩線交織後，江芋的死無法補救，於是借神鬼之力，前呼後應，使江芋得以重生。像這樣的地方，都是因為兩條脈絡的安排，而導致的結果。雖然有些問題沒有照應到，有些問題用「鬼神」之力，加以解決；不過大體上說來，唐英以兩條線索貫穿交錯的筆法安排，也都還能前呼後應，沒有顧此失彼的情況出現。

三、運用鬼神以解圍

　　較之其他文人的劇作，唐英的作品中，似乎運用了較多的鬼神。《清忠譜正案》、《虞兮夢》屬補恨型作品，自然是以這些人死後的世界在描寫；《巧換緣》、《雙釘案》也都少不了鬼神的穿插，以使劇情急轉直下或柳暗花明；《轉天心》寫的是人力與天心之間的故事，幾乎可說是神人劇。〔註31〕

　　在唐英劇作中的神、鬼又可分為兩類：一、先天神格；二、後天神（鬼）格。所謂先天神格，也就是在唐英劇中，原本就以神仙形態出現，而不是由劇中的凡人死後，才轉變成的神人。如《轉天心·投胎》中的土地、〈算命〉中的南斗星君、《巧換緣》中的月老等。而後天神格，則恰好相反；也就是在唐英劇作中的凡人，死後成神或成鬼，如《清忠譜正案》的楊念如、顏佩韋、馬傑、沈揚、周文元、周順昌、《虞兮夢》中的項羽、《雙釘案》中的江芋等。

　　作為非人類角色，自然擁有許多人類無法達到的神能、神力。如《虞兮夢》中，眾鄉民求項王顯靈，要借神力拔山舉鼎；項王速派力士暗附神力，使老婆婆及小童子二人拔山舉鼎、繞殿三匝，毫不費力；〔註32〕以顯示項王之神威、靈驗。《巧換緣》中，馬沖霄對半途中，被洪遇換走了的妻子張蘊珠念念不忘，心有不甘、意不能平，竟不欲與周氏白首而離家；此時，唐英便借着月老解說姻緣簿，點破馬沖霄的癡迷。〔註33〕《雙釘案》中，江芋的冤死無法昭雪，便有〈陰勘〉一齣，讓判官將江芋生前諸事一一道明，證此受

〔註31〕由於唐英對於劇中的神鬼，並未多加描述，故未放入本章第三節「人物塑造」，而將之放於「結構布局」這一部份。

〔註32〕書同註10，頁108。

〔註33〕書同註10，頁371。

長釘貫頂的一段因果；然後在江芋靈魂對其母的哭訴，才有康氏城隍廟中的控訴，使案情大白。〔註34〕《轉天心》中〈換胎〉一齣，土地的出現，引吳明轉世投胎成吳定，讓他自己造的因，自己去受果。〔註35〕其他如《雙釘案》的〈本因〉、〈神助〉、〈合懲〉，《轉天心》的〈丐因〉、〈算命〉、〈戲譴〉、〈奸竄〉、〈殛逆〉、〈代孝〉、〈夢勇〉、〈降證〉、〈豐登〉等，也都有神仙的角色出現其中。

唐英為什麼在劇作中，運用到這麼多非人類的角色呢？這跟他以戲曲為教育工具、在劇作中強調道德教化的意識有關。《清忠譜正案》周順昌及五義在陰間成了城隍及力士，並審理魏忠賢、毛一鷺、李實、倪文煥、許顯純等奸逆之徒，罰眾人轉入畜牲道中，世世遭劫殺；以證為惡者，生時雖善終，但陰司報應卻屬害非常。《轉天心》中吳明的一時不敬，侮慢上帝，故使他改頭換面，存性投胎，出世受貧，流為乞丐──這是上帝給他的懲罰；然因為吳定的改過自新（指不再嗔天怨地），且力行大義，終於感動天心，改變命運。神仙人物在此劇中擔任着勸善懲惡的角色：如果你怨天尤人，那麼你一定遭到譴責；如果你行仁行義，則上天必報予無窮後福。《雙釘案》中的江芋，看來似乎是無辜受到災殃，隱隱中有着「顏淵早夭，盜跖壽終」的不平，但唐英卻安排了一段江芋生前的因果，「原來江芋前生係一造佛匠人，因酒後戲將竹簽釘入佛像頭頂，所以轉世投胎，才應受長釘貫頂之報；因為江芋轉世善良，孝母敬兄，格感上天，故令其身死一年後，遇文曲星雪其沈冤，南華子補其膚體、續命還陽、骨肉團圓。」說明只要在世為人力行孝悌，足以彌補過往的罪衍。由此可知唐英對劇作中的中物，當他對天或對神有所不敬或怙惡不改時，必遭業報；為善為德、孝悌忠信之人，雖命該如此也能感天動地。唐英藉鬼神的現身，說明了這樣一個信念，因此鬼神在唐英劇中，便成了一種道德的象徵。

這些神鬼的角色，明顯的是為了獎善懲惡而設。如果仔細的分析，唐英並沒有花多少筆墨去塑造這些角色。然而鬼神的出現，卻往往成為劇情的轉捩點，像這樣的人物，通常被稱為「解圍（危）人物或事件」（deus exmachina）。〔註36〕站在西方戲劇以悲劇為戲劇中最偉大的藝術作品而言，以「解圍人物

〔註34〕 書同註10，頁532及頁542。
〔註35〕 書同註10，頁220。
〔註36〕 此語出自希臘戲劇，即一位神從一種機械化的情況中降臨來解決人類的困難，

或事件」做為戲劇情節轉捩點的寫作方式，顯然並不高明；〔註37〕但站在唐英的角度，以戲劇為教化之用的立場，這種令劇情急轉直下的鬼神安排，卻是有其必要。

另外，唐英也喜歡以大量的賓白來交待劇情，在《梁上眼‧堂斷》中，尚還安排了一百四十句、三千二百多字的對白，〔註38〕這也是唐英劇作在結構上一個相當特殊的地方，很顯然，這也是受到花部戲曲的影響。

第三節　人物塑造

從唐英劇作中歸納分析，我們不難發現他常以市井小人物做為劇中的主角，而且他特別強調在一般劇作中被忽略的淨丑角色。對於一般傳奇中只做於配角人物的淨丑角色，唐英常花許多的筆墨來強化他們，以表現這些人物真摯善良、突梯滑稽或是無賴奸詐、昏昧顢頇的個性。在一般文人的劇作中，做為主角的，也許是赴京趕考的書生如蔡邕，也許是叱吒風雲的武將如關雲長，也許是大家閨秀、巾幗英雄，也許是才子佳人、帝王將相。然而唐英的劇作，卻跳脫俗套，另闢蹊徑！將眼光放在一般市井小民的身上，讓他們躍動的生命力，流露於劇作之中。有時他們的重要性甚至還超過生角呢！

《傭中人》的主角是個鄉愚茶傭，而唐英感其人之殉節，比起在朝諸公之共赴國難，更為難得，所以特以小人立大人之節事，播之管弦，以告世人。《麵缸笑》的女主角周蠟梅，只是個普普通通的妓女，因受不了惡客的欺凌，並厭倦了送往迎來的皮肉生活，遂決定棄娼從良。她既不同於才華揚溢的薛濤，也不是有忠烈觀念的李香君，唐英卻肯著墨於她。《巧換緣》中副線主角馬沖霄，木匠營生，靠着手藝過活，是個不折不扣的市井小人物。當時的酒樓、茶館，這種人比比皆是。《梁上眼》的主角魏打算，是個手腳不乾淨，但卻秉性純良的妙手空空、樑上君子。《梅龍鎮》的李鳳、李龍，一個是酒大姐、一個是更夫兼酒保，但卻封妃、封舅。這些人物都成了唐英劇作中的主（次）要角色。這些有血有肉、又生活在一般民眾周遭的故事主人翁，很容易引起

他是突然介入解圍之人物或事件。引自《The Enjoyment of Western Drama》Paul M. Lee, William Nickerson 合著；中譯本《西洋戲劇欣賞》，李慕白譯，頁66。
〔註37〕劇作中以鬼神出現的方式，使劇情合理，本身即是作者寫作技巧不夠成熟的表現。
〔註38〕書同註10，頁599～604。

大眾的共鳴，更使得唐英的劇作充滿了鮮活的生命力。也由於唐英將劇中人的角色安排，擴大到一般市井的身上，連帶使得故事的情節跳脫出才子佳人、悲歡離合的窠臼。

唐英為什麼會把這些小人物寫入他的劇作中？他又為什麼要關照到這些市井之徒的喜樂呢？原因之一，是唐英自花部戲曲中，吸收了許多可看性極高的題材。這些源自於地方小曲、在地方小戲上加工的花部劇作，演出的題材大都不出市井小民的生活。如《綴白裘‧連相》描寫的是以打連相維生的女子；〈請師〉描寫的是一個招搖撞騙的茅山老道，像這樣的人物，在文人的劇作中，似乎不會出現，但卻是一般百姓的日常接觸。唐英劇中的張骨董、李鳳、周蠟梅、江芋、魏打算等，也都是有所依據。這些源自花部戲曲的人物、他們原本就是市井中人，唐英吸收了花部的題材，當然人物也就照單全收了。原因之二，是因為他在督陶的生涯裡，與匠人同飲食、共作息，而對陶人之悲歡離合、喜怒哀樂有着深刻的體認，同時，他又能以陶人自居；既是將自己視為陶人，必定留心於他周遭的那些村夫愚婦，以及那些與陶人日常發生關係的小人物。

再加上唐英有着：不管你是公侯將相，或是屈抑下僚、轗軻淪落，其作品不論豐腴寒瘦，只要不失性情之真，就能如同天籟般，歷百世而不磨滅的觀念。所以唐英肯定了才子佳人的悲歡離合，也肯定了市井小民也有其真情真性，所以他讓這些生活在周遭、有着真摯情感的小人物也能躍然在紅氍毹之上，以表露他們的生活百態及至情至性的一面。於是與唐英日常相處的市井小民，一個個化身成為劇中人；在劇中表達了他們對這個世界、這個社會的看法、想法；並進而肯定這是一個天理昭彰、獎善懲惡的有情世界。從這些質樸角色口中所體認的「真理」，遠比執政者在上宣導、鼓吹來得有力！所以從唐英本身崇尚真性情的文學觀、或受督陶時而與陶人共作息經驗的影響，或是從「以戲為教」的角度來看，唐英將劇中人物的角色擴及於市井小民，都是有脈絡可尋的。

在這種情況下，唐英的劇作自然有許多豐富的題材可運用，而生活在他周遭的小人物，也就可一一出現在他的劇作中，甚至躍而為主角。如果我們再仔細的分析唐英劇作的人物，我們不難發現：由於生活的體驗，唐英將這些小人物描寫得入木三分、活靈活現，而絕不是虛應故事的扁形人物。《巧換緣》中馬沖霄得知妻子被換的意不能平，而追趕、糾扯洪遇上衙門的反應；《英雄報》中市井無賴王一、王二的硬撐好漢；《天緣債》中張骨董，先前的慷慨

借妻，後來的懊惱反悔……。這些人物性格的呈現，都是唐英與陶人共同生活中，細心觀察得來的。也正因爲唐英對市井小民的仔細觀察，並將之納於劇中，所以才使得唐英的劇作不同於當時一般文人劇作，而在人物、題材上，有更大發揮的空間。

淨丑角色在明清傳奇中幾乎都扮演著插科打諢、突梯滑稽之人，或是品性不正的奸詐無賴。〔註39〕如阮大鋮《燕子箋》的駝女醫、高文舉《珍珠記》中的鴇母、《紅梨記》的謝伴頭及其他一些夫人、僕役、梅香等，也都常由淨丑角扮演。雖然淨丑角所扮之角色，也有善良質樸者，但往往因淨丑二角在傳奇中多爲次要角色，故作者多半不會費太多筆墨歌頌其美、善的一面。

然而在唐英劇中，淨丑人物所佔的比重決不下於生角。《天緣債》的張骨董就是唐英刻意經營的角色。因爲唐英不滿花部戲曲把張骨董「講義氣」的特點被抹殺，所以才改之爲崑劇，重新塑造張骨董。在唐英劇中的張骨董，依舊是突梯滑稽、插科打諢，但卻加重了張骨董重義熱腸的一面。又如《雙釘案》中的江芋是個事母至孝之人，雖沒唸過多少書，但卻深知孝悌之道。然因前生罪愆，故今世需受長釘貫頂之苦；最後因在世能孝母敬兄，而感動天神，才能死而復生，並得佳偶。唐英對這個人物的刻劃手法掌握了以下幾個特質：一、孝順：釣到金龜的第一個念頭是：不愁沒錢奉養母親了！〔註40〕二、忠厚：以金龜靈髓救了王家二小姐後，不求報酬；王孝齡欲許婚，江芋卻不敢高攀。〔註41〕三、敬兄：江芋代母杖責江芸時，卻不忍下手。〔註42〕四、嫉惡如仇：對於不賢不孝的嫂嫂，當面指陳其不是。〔註43〕五、質樸：在嫂嫂面前，受不了譏諷，便拿出寶物金龜，完全忘了「懷璧其罪」的殷鑑。〔註44〕在《雙釘案》中，唐英甚至還安排了江芋指責他那讀經史、習儒業、身爲祥符縣正堂的哥哥江芸：「寵妻棄母，不明事理」。在一般文人劇作中，丑扮人物通常不可能有這樣的機會。〔註45〕

〔註39〕一般而言，淨丑角色應可合而爲一，因淨角後來的演變，有大面、二面、三面之分，三面即是丑角，依李斗《揚州畫舫錄》卷五〈新城北錄〉下中所載諸伶及其所擅之戲可知。
〔註40〕書同註10，頁497。
〔註41〕書同註10，頁510～511。
〔註42〕書同註10，頁521。
〔註43〕書同註10，頁525～526。
〔註44〕書同註10，頁527。
〔註45〕在孔尚任《桃花扇》（商務印書館，民國73年3月台四版）中，柳敬亭、蘇

　　又如《梅龍鎮》中的李龍，雖不如江芋那樣，成為一個孝悌的典型，但在《梅龍鎮》四齣中，便佔了三齣的篇幅；若不是因為有證據顯示《梅龍鎮》改編自當時以正德皇帝調戲鳳姐，鳳姐機智應對為主題的地方戲曲，簡直要將李龍視為《梅龍鎮》的第一男主角。也就是《梅龍鎮》乃專寫李龍之事，戲鳳只是為鋪陳封舅一事而設。再仔細觀察，發現了唐英對花部戲曲已有的〈戲鳳〉一事，幾乎只是原款挪用，頂多改換了幾句唱詞、幾句對白；但對花部戲曲中的隱形人，大加發揮，又是打更、又是爬牆，一下子被痛打二十大板，一下子又被封為國舅，地位有如雲間、地上般天壤之別，使得他忽而哀聲求饒，忽而趾高氣昂。不過自始至終，這個小民形象的李龍，是全劇的靈魂。《梁上眼》的魏打算，也是這類的人物，不僅貫穿全劇，而且主導劇情的發展。魏打算雖是個偷兒，但也有着仗義執言、打抱不平的性格。他願意為與己無關的朱茂卿夫婦伸冤，完全不同於一般鄉愿「多一事不如少一事」的心態。這樣的安排，都可看出唐英對淨丑扮演人物之處理，不同於一般文人。

　　雖然唐英對淨丑扮演的角色，給予較大的發展空間，且稱揚其性格中美善的一面，但對一般淨扮之官員，則強化淨丑人物奸詐顢頇的一面。唐英劇中出現的官員，除了《雙釘案》中的包拯以「外」扮，其餘如《轉天心》中的何時賢、《天緣債》中的上官喜、《麵缸笑》中的吳有明、《梁上眼》中的劉清，皆是以淨角來扮演縣官的角色。在這些角色之中，不難發現一個共同點，那就是由唐英的命名，已大約可判斷出此官之操守。在四個扮淨官員中，除《梁上眼》的劉清是好官外，其餘都是貪求無厭的昏官。而唐英也毫不留情的對這些官員發出譏諷。

　　不論是唐英自創的《轉天心》或是取材自花部戲曲的《天緣債》、《麵缸笑》，其中對縣官的描述，都是唐英的匠心獨具、刻意為之、《轉天心》的何時賢，顧名思義即知此人沒有一刻是賢德的。唐英對他的描寫是：

> 名士起家，能員履任。年週花甲，位歷崇階。方思馬縱名韁，帆揚
> 宦海，以遂我求田問舍之心，貽子孫金穴銅山之計。不料近日這些
> 百姓們刁頑得緊，若做官的狠敲毒捯，弄得他九死一生，一般的賣
> 兒賣女也肯出些保全身命的銀錢。及至轉背，就出怨言謗訕，弄得

崑生雖是丑淨所扮的角色，不過孔尚任在凡例中說：「腳色所以分別君子小人。亦有時正色不足借用丑淨者。」下有小字：「凡正色借用丑淨者，如柳蘇丁蔡出場時，暫洗去粉墨。」凡例，頁3。

我這官聲不美。又有那些迂腐當道，七嘴八舌，多事糾彈。只得指
着九十二歲的母親，上了個「終養」的疏兒，暫解一時急難。僥倖
蒙恩予告，纔得安隱回鄉。經今二載，從前那些謗訕官聲日久消滅，
正好起復做官了！誰想我那家母竟是個彭祖轉生，現年九十四歲，
分外康強健飯，不象個早晚黃金櫃的光景。偏有那些不知機竅的親
友，提起家母，他們便道是「有福有壽的太君」、「不老長生的仙姥」，
只顧那沒眼色的奉承。卻不想家母多做了一日人，下官便少做了一
日官。弄得下官如熱地上的螞蟻，叫我如何排遣？〔註46〕

這個何時賢，為官時貪贓枉法，為避糾彈，告終養歸家，竟整天盼着他的母
親能早些死去，好進京復官。這樣的官員，是既不賢又不孝。《天緣債》中的
上官喜，正是使「百姓悲」的縣官。當有人喊冤，他的第一個反應卻是這般：

倒是個「采頭」。怎麼不在衙門伺候，在上攔轎喊冤。（背介）想是
替本縣招財進寶的，也未可知也。〔註47〕

這上官喜也是個壓榨百姓的縣官，竟要將搜括來的雞蛋，全數孵成小雞，且
少了一隻，除處罰保長外，對百姓還要「按名追比」：

……比起從前下鄉的規禮差了一半！也罷！「淡齏強如素」，都送在
後衙去。只把那一百零六個雞蛋唓一百零六隻小雞送進衙來。若少
了一隻，打了保長不算，那眾百姓們還要按名追比！〔註48〕

這段話，把上官喜的貪得無厭描寫得入木三分。《麵缸笑》中的縣官吳有明，
在唐英筆下，也是個無所不取的貪官：

造化低，挈選到這閬鄉縣，地方褊小，耗羨無多。自到任以來，一
年有餘，所得的錢糧耗羨，連着被告的官司，尚不滿二十萬銀子。
還不知費了多少心機，打折了多少板子，用壞了多少夾棍、拶指！
你道這樣清苦的地方，叫本縣如何熬得過。天下竟有可笑的事，昨
夜三更，得了一夢，夢見土地向本縣苦苦的哀求，要個棲身之所。
本縣就問他：「你既是本縣的土地，難道沒有舊日的衙門？為何又要
棲身之所？」他回道：「自從老縣主到任以來，把地皮都捲淨了。那
裡還有什麼舊日的衙門？」我說：「咳！土地啊土地，你這老頭兒過

〔註46〕書同註10，頁224。
〔註47〕書同註10，頁423。
〔註48〕書同註10，頁424。

於迂闊，好不體貼人情，你只顧爲你的棲身之所，卻教本縣做窮官不成？」說得他閉口無言，嚎啕痛哭而去。〔註49〕

而且他一上場便是「揉眼、呵欠、伸腰」，顢頇之狀活靈活現。

對於這些貪官污吏的描寫，還出現在《麵缸笑·打缸》中，周蠟梅所唱的〔梆子腔排律〕：

院司道府縣州堂，吏禮兵刑工戶房。作弊蒙官奸似鬼，嚼民吞利狠如狼。捉生替死尋常事，改短爲長竟不妨。婆惜老公眞好漢，暗龜明賊黑二郎！〔註50〕

這些描寫，都是唐英站在一般百姓的角度，來看所謂的爲官者。特別是取材自花部戲曲的《天緣債》、《麵缸笑》，在《綴白裘》所收錄的劇本中，並沒有在知縣的身上下多大功夫；但到了唐英劇作中，則毫不留情的對這些父母官冷嘲熱諷。唐英對知縣的抨擊，也許正反映了一般官吏作威作福的事實。站在唐英以「陶人」自居的角度，加上無機會擔任地方父母官的缺憾，唐英對那些不賢良的官吏，當然會發出無情的譏諷。

除此之外，唐英劇中的人物也往往成爲一種教忠教孝的典型，如《蘆花絮》中的閔子騫、《三元報》中的秦雪梅、《天緣債》中的張骨董、及《轉天心》中的吳定等，這些人物之所以被塑造成這般「完美無缺」，便是爲了配合唐英的教化觀念，故此處不再特別分出。

第四節　舞台藝術

唐英劇作中，除了在結構、人物、思想上有許多特色外，他還注意到了音效設計、表演藝術、舞台安排、布景處理等問題。由於涉及的問題多屬表演層面，故特立「舞台藝術」一節，分就一、音樂烘托、二、穿戴化妝、三、科介安排、及四、舞台處理等四部份，來探討唐英劇作中，屬於舞台藝術方面的問題。

一、音樂烘托

唐英在劇作中，已注意到了運用各種不同樂器，烘托劇情，使劇情的展

〔註49〕書同註10，頁186。
〔註50〕書同註10，頁192。

現更具氣氛。例如《雙釘案·夢訴》一折，江芋被嫂害死之後，向母親托夢哭訴，唐英爲烘托江芋鬼魂嗚咽的聲音及散播悲傷的氣氛，在江芋鬼魂出現在康氏夢中唱〔憶多嬌〕的同時，唐英便做了以下的安排：

丑低唱，笙合。〔註51〕

丑角扮演的江芋，用低唱正好符合江芋鬼魂的身份，而笙的樂音顫動柔和，與笛聲相伴，很能烘托暗夜昏昧、鬼魂出現的氣氛，令人感受到有冤待訴的情緒。

《笳騷》一劇，唐英更是致力於伴奏樂器的音效安排。從〔正宮引子〕到〔風雲會〕第三曲「俱用洞簫，弦索低和」。以弦索、洞簫樂聲來襯托哀淒氣氛。〔註52〕並且在胡笳十八拍未唱之前，先安排「內吹觱篥介」〔註53〕以悲笳數聲，勾起漢文姬千愁萬緒，使其觸耳銷魂，做爲文姬譜胡笳十八拍的引子。當笳歌唱完後，文姬將與二子別離，滿場別愁到達了飽和頂點，唐英又將音樂改換成「笛吹，大鼓板」。樂聲的改變，使得仍舊悲淒的別愁，多了點血氣的沸騰，以及即將歸家的迫不及待。最後，唐英安排「大鑼鼓，作進關介」就是熱熱鬧鬧的歸家，將悲淒氣氛結束。在一般崑腔的樂器伴奏，多半不會採用鑼、鼓之類「喧囂」型的樂器，而唐英卻能不落俗套，採用各種不同的樂器，展現不同層次的情感，使得同是離愁別緒，在唐英的處理下，而能更富變化、更有層次、更具張力！

除此之外，唐英也試著將板腔體的音樂與曲牌聯套體結合在一起。如〈打缸〉一齣中，其曲牌的安排是：

〔窣地錦襠〕——〔前腔〕——〔皀羅袍〕——〔梆子腔排律〕——〔清江引〕——〔耍孩兒〕——〔五煞〕——〔四煞〕——〔三煞〕——〔二煞〕——〔一煞〕——〔清江引〕

即在仙呂、雙調的南北曲牌聯套中，加入了〔梆子腔排律〕；在《梁上眼·義圓》中，也加入了〔姑娘腔〕及〔梆子腔〕兩種地方聲腔。這和《玉簪記·秋江》用了〔山歌〕、《牧羊記·望鄉》用了〔回回曲〕的情況不同。後者是爲配合劇情，而將地方小曲引用到劇套中間。唐英當然也有運用地方小曲入

〔註51〕書同註10，頁542。
〔註52〕書同註10，頁15。
〔註53〕書同註10，頁5。

套的情況，如《笳騷》中就曾引用〔笳歌〕、《麵缸笑‧鬧院》中用〔寄生草小曲〕等。然而前者所言，則是「地方聲腔」的運用入劇套中。但為什麼要將地方聲腔的入劇套，與這種地方小曲分開？因為所謂的「地方聲腔」，不只是一種地方小曲，而且還發展成為一種聲腔系統，所謂的「梆子腔」便是如此。唐英在引用入套時，雖然將之視為如同〔山歌〕、〔回回曲〕性質一樣的地方小曲，為配合劇情發展，故安排入套。但是對所吸收進來的〔梆子腔〕，卻可能只是「梆子聲腔系統」中的基本樂句及基本特色，並加以變化而成。這與一般體制固定的地方小曲相較，還是不同的。

這些地方聲腔的入套，也就破壞了曲牌聯套原有的音樂安排，在曲情、旋律、咬字、行腔、板眼、伴奏器樂上，都會發生連帶影響，而可能會產生另一種嶄新的效果，但也可能產生音樂上不協調的問題。由於在唐英作品中，並沒有留下《梁上眼》及《麵缸笑》的演出記錄，而後世所流傳的演出本，又不像是受到唐英劇作的影響；因此，地方聲腔的入套，是否影響到曲牌聯套的和諧，尚待考察。

另外唐英還在劇作中大量的運用「重覆前腔」的方式，做為曲牌的安排。雖然曲牌聯套中，原本就有此一技巧，不過從唐英大量的運用，應可判斷是刻意安排，其靈感可能也是得自花部戲曲板式變化體。

唐英雖然非常注意劇中音樂的安排，但其過多的唱詞，卻是其致命傷；最長的一齣戲，甚至演唱了廿一支曲子。在一般大眾已「厭聽吳歈」的情況下，這樣的安排，只會離觀眾愈來愈遠。如果再考察與唐英同一時期，且有劇作搬演於舞台的劇作家蔣士銓、楊潮觀的作品，不難發現他們的每一齣戲，最多不會超過十支曲子，而且有精簡的趨勢。在戲曲嬗變階段，減少唱曲，加強劇情、對白及動作，是活躍場上的必行之道。〔註 54〕今日崑曲的演出，也是加強對白、減少唱詞。〔註 55〕因此唐英劇作中冗長的唱詞，與當時場上

〔註54〕孔尚任在《桃花扇》中凡例，便說：「各本填詞，每一長折，例用十曲，短折例用八曲，優人刪繁就簡，只歌五六曲，往往去留弗當，辜作者之苦心，今於長折，詞填八曲，短折或六或四，不令再刪故也。」，又說：「舊本說白，止作三分，優人登場，自增七分，俗態惡謔，往往點金成鐵，為文筆之累，今說白詳備，不容再添一字，篇幅稍長者，職是故耳。設科之嬉笑怒罵、如白描人物，鬚眉畢現，引人入勝者，全借乎此。今俱細為界出，其面目精神，跳躍紙上，勃勃欲生，況加以優孟摹擬乎。」可知孔尚任在作《桃花扇》時，早就注意到了一般劇作唱詞過長、說白過少，在演出時被俗伶擅自減少、加強的情況。

〔註55〕如上海崑劇團所表演的《長生殿‧絮閣》一齣，只唱了〔醉花陰〕、〔出隊子〕、

搬演的劇作，似乎有脫節的現象。在當時文人劇作，並沒有完全絕跡於舞台的情況下，唐英劇作擁有許多不同於一般文人劇的特色，理應活躍於氍毹之上。然而事實卻正好相反，冗長的唱詞，應是唐劇遠離舞台的最大原因。

二、穿戴化妝

　　唐英努力使自己的劇作成為場上之曲，〔註56〕因此也特別在劇本上，詳加標明穿戴的處理，以免因伶人一時疏失，做了不適當的打扮，與劇情發展不能吻合。如《三元報》中秦雪梅在〈驚訃〉一齣中，原本是「色衣簪珥」的打扮出場，〔註57〕到了〈弔孝〉一齣中，她的穿著就成了「素服」；〔註58〕當然演愛玉的小旦就要穿著「孝衣」，〔註59〕以表明她未亡人的身份。《傭中人》中李國楨的穿戴，唐英的安排是「末扮襄城伯，或斬衰，或青素服上」；〔註60〕觀眾一眼就可看出李國楨並非真是變節之人。《轉天心》中〈丐敘〉一齣，安排了「副穿藍布箭衣，帶破雨纓帽」〔註61〕以配合乞丐的角色。同劇〈奸竄〉一齣，對於受傷的朱、楊二人，除了穿戴外，更注意到了化妝：「丑巾紥頭帶兜手，面作傷痕上」、「副同丑扮，傷痕上」。〔註62〕《巧換緣‧衙會》中，為表張小橋、小李兒二人的艱難度日、狼狽窘況，以「衣繫裙」表示衣衫不整；〔註63〕為了配合他二人充當泥水匠的身份，還必須「挑泥執鏝」上場。〔註64〕《十字坡》中為配合貨郎旦的角色，故「執博浪鼓，背箱上」。〔註65〕《雙釘案》中〈廟控〉一齣出現的包公，由於是剛科甲及第，年紀尚輕，故唐英讓這齣戲中的包公為「無鬚、冠帶」打扮。〔註66〕為配合劇中人物紅杏出牆、且為了奸情而謀殺親

〔刮地風〕的前三分之二、〔四門子〕的後三句：整齣戲唐明皇一句也沒唱。
水磨曲集公演的《牡丹亭‧遊園》一齣，也只唱了〔皂羅袍〕、〔好姐姐〕、〔尾
聲〕三支曲子，較原有的安排，少了一半。
〔註56〕唐英自謂「酒畔排場，莫認作案上文章」。
〔註57〕書同註10，頁18。
〔註58〕書同註10，頁22。
〔註59〕書同註10，頁23。
〔註60〕書同註10，頁79。
〔註61〕書同註10，頁230。
〔註62〕書同註10，頁250、251。
〔註63〕書同註10，頁375。
〔註64〕書同註10，頁377。
〔註65〕書同註10，頁145。
〔註66〕書同註10，頁544。

夫，在《梁上眼·謀夫》一齣中的朱薔薇穿的是「艷服」；〔註67〕《長生殿補闕·
賜珠》而失寵的梅妃則是「淡妝」；〔註68〕《蘆花絮·諫圓》做錯事的李氏，
則是「挂素珠、抱子、念佛」。〔註69〕《蘆花絮·詬婿》中，唐英所安排的反諷
角色是「小丑扮童子，破單衣，頭面帶血痕」而親爹後娘的打扮是「淨扮婦人
持棍；末扮村民，皮領棉衣，持棒趕上」。〔註70〕這種對裝扮的詳細提示，除了
配合劇情外，更可增加演出效果。這樣的處理，在唐英劇作中，幾乎處處可見，
由此可知，唐英重視自己劇作在舞台上演出效果的一番苦心。

三、科介安排

　　唐英劇作的「場上性」，還表現在對演員舞台表演時的各種指示，包括動
作、表情、甚至音量大小。除了一般文人劇作中有的「哭介」、「作揖介」、「見
介」外，唐英更加強了整個場面的處理。如《十字坡》中〔上小樓犯〕：

> 旦撬門入，生醒，桌上跳下，黑暗打拳一套。旦下。生又閉門睡，
> 旦持刀又上，唱……旦持刀入門，作砍生不着。二人對打，旦作敗
> 下。又持棍上，打生，被奪棍。打，旦敗下。〔註71〕

整個情節的進行，在此是以動作交待。如果此處唐英沒有作這樣的處理，觀
眾怎知道孫二娘與武松大戰，且不是武松的敵手呢？〔註72〕《麵缸笑》在〈打
缸〉中，大老爺從床底下出來的動作是：

> （小生）作拉腿，（副）隨出隨縮進，三次始出。紗帽鬍鬚帶草，坐，
> 發怔不語介。〔註73〕

此處的動作，還帶有舞蹈的律動，以動作製造「笑」果、營造喜感。《轉天心·
戲譴》〔寄生草〕中的動作安排是：

> 吹燈，各入帳介。二鬼從帳內打出，擒住二人，跌撲。每鬼將繩一
> 根，各縛二賊一手一足仰地。二鬼跳舞下。副、丑作醒，扯起，各

〔註67〕書同註10，頁579。
〔註68〕書同註10，頁126。
〔註69〕書同註10，頁63。
〔註70〕書同註10，頁58。
〔註71〕書同註10，頁149。
〔註72〕在《綴白裘》的〈打店〉中，也是以動作進行劇情。唐英劇作應是模仿花部
　　　　戲曲的處理方式，可是在〈打店〉中的動作安排，比唐英在《十字坡》中的
　　　　處理更加詳細。
〔註73〕書同註10，頁195。

跌介。〔註74〕

將朱、楊二人被鬼戲、鬼毆的情況，以跌撲、仰地等動作表現，顯然這裡的朱、楊、二鬼都要有點相撲跌打的基礎才行。〈夢勇〉中熊、虎二將的上場是：

　　飛虎上，跳舞伏地介。〔註75〕

也許這裡扮虎的伶人，是連打數個飛腳加旋子，或是翻着不同的筋斗上場。然後「虎招小生，以手接手，走四門，作運力介」，〔註76〕傳授功力的同時，唐英也不忘照顧場面。〈滅寇〉中對兩軍對陣廝殺，也有以下交待：

　　兩軍相遇，大殺三次，遇小生殺時，將背劍斬賊下。舉劍時，內場

　　作火起。殺畢，眾軍持三首級上。〔註77〕

《雙釘案·謀叔》中，在王氏、互兒要釘死江芋時，唐英也作了身段上的處理：

　　小旦取釘上。作連呼丑不應。二旦動手釘丑，丑立起，護頭跌介。

　　二旦互跌，作釘丑死介。旦作慌狀。〔註78〕

這裡如果唐英安排的動作是「釘死丑介」，顯然劇作中動作之美就乏味得多。對於扮演江芋、王氏、互兒的演員，也就只得憑空揣測，才能將戲演好。其他像《梁上眼·堂證》中，魏打算說出了謀殺蔡鳴鳳的真象時：「此處往後，旦、副俱作驚慌變色不安狀」〔註79〕、《轉天心·丐敘》中「扯旦坐地介，打湖州鄉談介」〔註80〕、《蘆花絮》中配合劇情進展的「旦輕白」〔註81〕、「旦低聲白」〔註82〕、「生怒、大聲白」〔註83〕、《麵缸笑·判嫁》中，縣官上場時「淨上場作揉眼、呵欠、伸腰介」〔註84〕等，都是唐英劇作中，對優伶扮演時的指導。唐英劇作對科介特別仔細的提示，使得每個角色在場上的動作、表情、音調，充份展現劇情的發展及人物的特色。

〔註74〕書同註10，頁248。
〔註75〕書同註10，頁301。
〔註76〕書同註10，頁301。
〔註77〕書同註10，頁311。
〔註78〕書同註10，頁528。
〔註79〕書同註10，頁602。
〔註80〕書同註10，頁233。
〔註81〕書同註10，頁52。
〔註82〕書同註10，頁63。
〔註83〕書同註10，頁64。
〔註84〕書同註10，頁186。

四、舞台處理

張岱在《陶庵夢憶・劉暉吉女戲》條中，曾提到：

> 劉暉吉奇情幻想，欲補從來梨園之缺陷。如唐明皇游月宮：葉法善
> 作，場上一時黑魆地暗，手起劍落，霹靂一聲，黑幔忽收，露出一
> 月，其圓如規，四下以羊角染五色雲氣，中坐常儀，桂樹吳剛，白
> 兔搗藥。輕紗幔之內，燃賽月明數株，光焰青黎，色如初曙，撒布
> 成梁，遂躡月竄，境界神奇，忘其爲戲也。其他如舞燈：十數人手
> 攜一燈，忽隱忽現，怪幻百出，匪夷所思，令唐明皇見之亦必目睜
> 口開，謂氍毹場中那得如許光怪耶！〔註85〕

如果我們再參考一些明刊本的傳奇劇作插圖（見圖4-1至4-3），便可知在一般
崑劇演出時，並沒布舞台布景之類的設計。所以劉暉吉所設計的各色紗幔、
五色雲氣、月亮，才會被稱作「奇情幻想」。今天我們看到一般傳統戲曲的表
演，也頂多是一桌二椅、加上布城、門帳等一物多用的舞台設置。〔註86〕唐
英在劇作中，特別提道具、布景的設計。《虞兮夢・哭廟》一齣中，有個道具
——泥霸王，而且這個泥霸王還會掉淚，〔註87〕不知其中暗藏什麼機關？《轉
天心・豆因》中，一開始，唐英的設計是「場上先設豆棚一座」，〔註88〕故事
便從豆棚開始。雖然唐英的舞台道具布景的設計，不如劉暉吉的多彩多姿；
但較之當時一般文人劇作，唐英的設計還是很有新意。

　　唐英在劇作中，還有對同一時間，不同地點的舞台處理。《天緣債・雨合》
中，張骨董被關在甕城之內，蹲在關帝廟門首檐下；李成龍、沈賽花則在李
的岳家房間裡。唐英讓這互相牽扯的兩組人物同時出現在台上，而且用互相
銜接的唱詞、賓白，來表現每個角色的心想法及衝突：

> （小生）咳！尊嫂，我非草木，豈不知是賢夫婦的美意？怎奈雨阻
> 天留，教小生如何擺劃？（旦唱）〔前腔〕思量，羅敷少婦，有夫依
> 傍。悔掉虛脾風月謊。瓜田李下，誰分皂白同甌？癡雨蠻雲天意強，
> 溜檐間風生波浪。怕聲揚，洗羞顏任教搯盡西江！（副）咳！李成
> 龍，你好人兒嗄！你爲求取功名，沒有盤費。你丈人家不肯借

〔註85〕《陶庵夢憶》，頁49。
〔註86〕所謂「一物多用」指的是根據桌椅不同的擺設，可表示大廳、客堂、內室、
　　　　書房或山坡、城樓、臥床等；門帳有時是宮殿、彩樓有時卻是營帳、臥房。
〔註87〕書同註10，頁110及頁111。
〔註88〕書同註10，頁210。

貧……。〔註89〕

李成龍說完，背對而坐的沈賽花接唱，沈賽花唱完，在舞台另一邊的張骨董接著獨白；三人的說、唱，是緊密配合的。唐英利用這樣的安排，突破一般戲曲舞台時空的限制，構成別致的戲劇衝突，也加強了諷刺效果。

不過唐英這種突破一般戲曲舞台時空限制的處理方式，也是從花部戲曲學習得來。《綴白裘》中的《月城》有：「（淨）困左場角介」、「小生、旦坐介」、「以下凡旦白，淨在左場角白」〔註90〕的安排，由此可知唐英此舉是學自花部亂彈。

第五節　小　結

從以上四節的評析，不難發現唐英劇作所具有的特質，多是吸收自花部戲曲的優點，以及唐英為「場上之曲」而作的設計、安排。然而唐英自始至終不改的道德教化思想及文人心態，卻也是唐英劇作之所以失敗的原因。

唐英劇作中，吸收了花部戲曲的許多特長：題材的廣泛、板式變化聲腔的入套、科介安排仔細、舞台處理……。使得唐英的劇作有着異於當時其他文人劇作的特殊風格；並且較之當時的文人劇作，有着更寬廣的題材、更多樣化的音效、及更生動的劇情。也許比不上花部戲曲的清新、生動、及節奏明快，但較之一般的傳奇熟套，多了些許活力；再加上唐英努力的使自己的劇作成為「場上之曲」，因此對於演員穿戴的安排、動作的要求、氣氛的烘托……等也就格外的講究。然而由於唐英過於強調戲曲必須蘊涵道德教化，及劇中過長的唱詞，以致對唐英劇作的演出、流傳造成嚴重的影響。

當唐英身處花部戲曲蓬勃發展、文人劇作逐漸走向案頭的環境中，唐英劇作能吸取花部戲曲的優點，並對演出效果做各種的改良，是唐英劇作在此一時代潮流中，值得推許之處。他的種種做法，也許並不是刻意以「舊瓶裝新酒」的態度，以延續日落西山的崑腔勢力；但唐英要使崑曲離開案頭、再度走上舞台的企圖心，卻是顯而易見的。不過，唐英雖然接近花部戲曲，卻也始終擺脫不去文人的心態，也使得他的劇作，無法從花部戲曲中超脫，當然也無法登上舞台、流傳後世了！

〔註89〕書同註10，頁 416～420。
〔註90〕《善本戲曲叢刊》《綴白裘》，乾隆四十二年，學生書局影印，頁 4558。

圖 4-1　《驚鴻記》傳奇插圖・明世德堂刊本

圖 4-2　《量江記》傳奇插圖・墨憨齋重訂

圖 4-3　《玉玦記》傳奇插圖・富春堂本

結　語

一、在「陶人」、「文人」間游移的心態

由於唐英長期督陶，使他產生了以「陶人」自居的心態，因此他對文學作品的首要要求是「真」，反對刻意規模營造、雕琢刻鏤。而根深蒂固的忠愛思想，卻使得他對劇作的要求，除了「真」之外，尚包括「教化」；他認為劇作中要有道德教化意義，才是好的作品，才有其存在價值。唐英一方面以「陶人」的態度接近花部戲曲，一方面卻又無法擺脫文人「以戲為教」的心態，而特別強調戲曲的教化功能，這是唐英的矛盾，卻也正是他值得注意之處。

站在「陶人」的立場，經國濟世、移風易俗原本就與他們無關；安居樂業、衣食無缺，才是「陶人」最關心的問題。若遇迎神賽會，觀演一場題材反映世俗百態、音樂熱鬧、文詞俚俗、節奏明快，及人物生動親切的戲曲，做為日常生活的調劑，的確是件賞心樂事；唐英也應是抱持此種態度，才能和花部戲曲如此接近。然而，唐英內務府員外郎的身份及懷才不遇的缺憾，卻使得他無法由衷地全面接受鄙俚質樸的花部戲曲。他並未看到這些「笑多理少」的花部戲曲所蘊藏的人生血淚與嘲弄譏諷；而只把注意的焦點放在這些花部戲曲是否具備移風易俗的功效。此時的唐英，早已不再是個「陶人」，而是以標準的、傳統的文人身份在思考問題、處理問題！

唐英在接近花部戲曲時，自居為陶人，所以不似劉廷璣、張堅般完全排斥花部聲腔；但在欣賞時，卻也不能像焦循一樣完全接納花部戲曲，因為他認為花部戲曲沒有深刻的內涵，因此將之改編為富有道德教化的崑劇。然而他強調教化，但他在取材自花部亂彈而改編成崑腔的劇作中，如《十字坡》、

《戲鳳》、《麵缸笑》等劇，依舊是與道德教化無關，而是「好笑好笑真好笑」的作品；由此可知唐英改編花部亂彈，「以戲為教」只是他的理由之一，最根本的原因，可能還是隱藏在他內心深處，鄙視花部的文人觀念。在「陶人」、「文人」之間，我們不難發現唐英矛盾的心態。他雖然願意接近花部戲曲，但始終脫不下士大夫尊貴的外衣；換句話說，「陶人」只是他的自居，而「文人」才是他的真實身份；他可隨時棄「陶人」的心態於不顧，但「文人」的角色卻是永遠追隨着他。

唐英在面對戲曲時，其「陶人」、「文人」的心態，便彼此交戰着。所以他既說「巴唱吳歈盡可聽」，又說花部戲曲是「笑多理少」；既是「胡旋爨弄聊從俗」，卻又將花部戲曲改為崑劇。唐英以「陶人」的態度接近花部，卻仍無法以完全「陶人」的身份接受花部；唐英以不同於一般文人的角度看待花部戲曲，但始終不能忘記自己文人的身份。所以他無法堅持以對待詩集的方式來對待戲曲。

然而，也正是唐英這種游移在「文人」「陶人」之間的心態，以及所處時代之特性，所以唐英的劇作才會出現與此時其他文人劇不同的獨特風格。

二、唐英劇作在戲曲史上的意義

從戲曲文學的角度來品評唐英的劇作，也許並不能給予很高的評價；但如果從戲曲史的角度來考察，處於花雅爭勝期的唐英，卻能以異於一般文人的態度對待花部，則應受到重視。他吸收花部戲曲長處的作法，當然也值得肯定。雖然他改編自花部戲曲的作品並不成功，大多數的劇作不是說教意味過濃，就是唱詞過多而無法流行於當時的舞台，但這都無礙於唐英劇作在戲曲史上的意義。

唐英創作劇作的時期，正當花部蓬勃發展，且積極在舞台上展露頭角的時候。在一般文人將花部戲曲視為「愈趨愈卑」、「等而下之」的情況下；唐英卻能接近花部聲腔，並且吸收花部戲曲的故事題材、音樂安排、聲腔、人物運用、明快節奏、大量對白等特質，運用於崑腔傳奇中，這對崑腔劇本的改革，可謂大膽的嘗試。唐英此種吸收花部戲曲養分以充實崑曲劇作的作為，也許並沒有明確的思想基礎，也不曾提出具體理論大力宣揚，但當時的文人如果也能和他一樣用包容的心態來接受花部戲曲，並且也汲取花部戲曲的優點，努力於崑曲之通俗化，當時的花雅之爭，也許將是另一種結果。環境與

唐英同時的文人，卻沒有一個人有這樣的看法，即使是較唐英爲晚的焦循，也只借論述評介文字，來肯定花部價値，而沒有實地的劇作實踐。因此，唐英劇作的出現，在戲曲史上說來，是非常難能可貴的。

　　從崑曲的角度來看，唐英敢致力於崑曲改良的工作，的確是思想開闊、膽識過人；然而從花部戲曲的角度來看唐英劇作，則可從唐英劇中了解當時花部戲曲蓬勃的生命，及向雅部爭天下的發展痕跡。如果研究戲曲的人，不知唐英在花雅爭勝的過渡期中，所處的重要地位及研究價値，的確是件可惜的事。

附　錄

附錄一　唐英年譜

時　間			年齡	事　蹟	出　處
康熙二一年	五月五日	壬戌（1682）	1	唐英生	《陶人心語》卷三〈九月廿八日和方老崔初度自壽原韻三首〉之三
康熙二六年		丁卯（1687）	6	父喪，諱爲國	〈瀋陽唐叔子蝸寄先生傳〉
康熙三六年		丁丑（1697）	16	供奉內廷（武英殿）	〈瀋陽唐叔子蝸寄先生傳〉及《陶人心語》卷五〈積翠軒詩集序〉
康熙四二年		癸未（1703）	22	隨康熙南巡	《陶人心語》卷三〈首春重遊梅花嶺題壁〉
康熙四四年		乙酉（1705）	24	隨康熙南巡	《陶人心語》卷三〈首春重遊梅花嶺題壁〉
康熙四六年		丁亥（1707）	26	隨康熙南巡	《陶人心語》卷三〈首春重遊梅花嶺題壁〉
康熙四九年		庚寅（1710）	29	元配趙淑人亡	《陶人心語》卷三〈悼亡四首〉之一小註
康熙五一年		壬辰（1712）	31	娶馬淑人	《陶人心語》卷三〈悼亡四首〉之一小註
康熙五二年		癸巳（1713）	32	可姬生	〈可姬傳〉

康熙五四年		乙未 （1715）	34	文保生	《陶人心語》卷六〈自題漁濱課子圖小照〉
雍正元年		癸卯 （1723）	42	授員外郎之銜	〈瀋陽唐叔子蝸寄先生傳〉
				寅保生	《陶人心語》卷六〈自題漁濱課子圖小照〉
雍正五年		丁未 （1727）	46	可姬入唐家	〈可姬傳〉
				稚女生	〈稚女卷二〉
				奉命監造國器駐節景德鎮	《陶人心語續選》卷七〈浮梁吳太君壽序〉
雍正六年	八月	戊申 （1728）	47	奉命督陶動身	〈瀋陽唐叔子蝸寄先生傳〉、《陶人心語·李紱序》
	八月廿一日			動身出發途中生病	〈途中偶病口占〉卷二
	八月廿七日			途經雄縣	《陶人心語》卷四〈雄縣懷古〉
	八月廿九日			途經富莊驛	《陶人心語》卷三〈早行富莊驛題壁〉
	九月二日			途經平原縣	《陶人心語》卷四〈平原縣詠史三首〉
	九月三日			途經禹城	《陶人心語》卷四〈禹城道上早行口占〉
	九月六日			渡汶河	《陶人心語》卷四〈深秋早渡汶河口占〉
	九月九日			途經泰安	《陶人心語》卷二〈九月泰安道中〉
	九月十日			途經沂州道	《陶人心語》卷三〈沂州道中口占〉
	九月十九日			途經廣陵	《陶人心語》卷四〈廣陵懷古〉
	九月廿一日			奉使途中生病	《陶人心語》卷二〈途中偶病口占〉
	九月廿八日			途次南陵道中	《陶人心語》卷三〈賦得轎中花〉
	十二月十七日			過浮梁縣	《陶人心語續選》卷二
	十二月廿九日			與諸幕友守歲	《陶人心語》卷三〈戊申除夕偕幕中諸友守歲即席一首〉

				伯兄去世	〈孀女遠來慨成二章〉卷二小註
				長婿夭折	〈孀女遠來慨成二章〉卷二小註
				次女亦亡	〈孀女遠來慨成二章〉卷二小註
				外孫女新殤	〈孀女遠來慨成二章〉卷二小註
雍正七年	一月	己酉（1729）	48	爲方亮書畫百歲撫孫圖	《陶人心語》卷一〈爲方亮書廣文畫百歲撫孫圖兼題以詩志喜三十五韻〉
				爲吳堯圃山水畫題詩	《陶人心語》卷一〈西窗題吳堯圃畫山水歌〉
	二月			昌江夜泛過玉筍峰	《陶人心語》卷一〈昌江夜渡過玉筍峰十三韻〉
	三日			送方泳亭之南昌	《陶人心語》卷〈昌江官廨送方泳亭之南十五韻〉
	六日			登觀音閣	《陶人心語》卷二〈仲春日登觀音閣二首〉
	三月五日			與友遊方廣舍	〈春日偕諸友遊方廣舍題壁〉
	三月十二日			送吳堯圃之均州	《陶人心語》卷一〈春暮送吳堯圃之均州〉
	三月十六日			送方泳亭歸桐城	《陶人心語》卷二〈海棠書屋月下宴集送方泳亭歸桐城〉
	六月十二日			環翠亭中聽幕友度曲	《陶人心語》卷三〈月夜環翠亭納涼聽幕中諸友度曲有作〉
	閏七月十四日			送汪秀峰督運北上	《陶人心語續選》卷一〈己酉閏七月十四日送同事汪秀峰督運北上〉
	八月			馬淑人去世	《陶人心語》卷三〈悼亡〉四首
				地震毀廬舍	〈可姬傳〉
	八月十五日			昌江泛舟在文昌庵題壁	《陶人心語》卷二〈中秋日昌江泛舟文昌庵題壁〉
	八月十八日			過汪芳遠署看芙蓉	《陶人心語》卷四〈己酉中秋後三日過汪芳遠署看芙蓉感賦一絕〉

	九月九日			登紫雲巖，在圓通庵小憩	《陶人心語》卷四〈九日登紫雲巖小憩圓通庵題壁〉
	九月十二日			五龍山登高	《陶人心語》卷三〈重陽後三日五龍山登高〉
	十月四日			汪秀峰自淮海返棹	《陶人心語》卷二〈喜同事汪秀峰自淮海返棹口占一律〉
	十月七日			送方亮書歸維揚	《陶人心語》卷三〈送方亮書歸維揚〉
	十月十一日			以自畫仙人獻壽圖寄臨江太守張皆園	《陶人心語》卷三〈自畫仙人獻壽圖寄祝臨江太守張皆園〉
	十月十九日			為吳堯圃所畫之松題歌	《陶人心語》卷一〈吳堯圃畫松戲題長歌，時十月望後三日也〉
雍正八年	一月十日	庚戌（1730）	49	昌江泛舟	《陶人心語》卷三〈首春昌江泛舟賦得春水船如天上坐〉
				遊陽府廢寺	《陶人心語續選》卷一〈遊陽府廢寺題壁〉
	一月十八日			遊浮梁道中	《陶人心語》卷三〈首春驚蟄遊浮梁道中即事〉
	二月五日			遊龍頭山	《陶人心語》卷二〈龍頭山望春〉
	三月五日			里村看花	《陶人心語》卷二〈里村北看花，小憩萬福庵禮覺峰和尚肉身塔〉
	九月六日			自浮梁歸	《陶人心語》卷二〈九月六日自浮梁城中晚歸回棹即事〉
				過觀音閣	《陶人心語》卷二〈夜泛過觀音閣〉
	九月九日			與幕中諸友觀音閣登高	《陶人心語》卷二〈九日偕王少尹、章縣尉既幕中諸友觀音閣登高即事〉
	十月十五日			遊紫雲巖圓通庵	《陶人心語》卷三〈十月望日重遊紫雲巖圓通庵題壁〉
	十一月十五日			寫撫孫圖并題長歌	《陶人心語》卷一〈寫撫孫圖并題長歌奉寄〉

	十二月廿一日			過祈門	《陶人心語》卷三〈殘冬舟過祈門山溪遇雪〉
	十二月廿九日			泛舟富春江	《陶人心語》卷二〈除夕富春江舟中遇雪〉
雍正九年	正月	辛亥（1731）	50	重遊西湖	《陶人心語》卷三〈首春重遊西湖梅花嶼題壁〉
	正月十一日			至虎丘	《陶人心語》卷三〈虎丘懷古〉
				過劍池、五人墓	《陶人心語續選》卷二
	正月十五日			渡揚子江	《陶人心語》卷一〈上元夜渡揚子江〉
	正月十六日			遊高旻寺	《陶人心語續選》卷二〈高旻寺訪禪悅上人不遇兼遊故離宮〉
	正月十八日			過高郵湖	《陶人心語續選》卷二〈高郵舟中口占〉
	二月十日			欲遊支硎山被雨所阻	《陶人心語》卷三〈二月十日偕吳門諸友泛舟擬登支硎山為風雨所阻，中途返棹，興乃大索，回舟後忽爾晚晴率賦一章志事〉
				舟中顧陳二小史度曲	《陶人心語》卷四〈遊支硎回舟座中有顧陳二小史度曲婉轉清越可喜口占一絕贈之〉
	二月十三日			舟行嚴州	《陶人心語》卷四〈嚴州舟行口占三首〉
	二月十六日			至湖心亭	《陶人心語續選》卷二〈湖心亭題壁〉
	五月廿日			寅保至署	《陶人心語》卷二〈寅兒遠至兩月于茲情態宛轉頗慰羈懷聊賦二章志喜〉
	七月十九日			庚保水土不服	《陶人心語續選》卷一〈庚兒初牴廠署以水土不服偶致疴口占二首示之〉
	九月七日			途經浮梁道	《陶人心語續選》卷一〈重陽前三日浮梁道中口占〉
	九月廿一日			替吳晴川為廣弘上人寫歸宗圖卷子題詩	《陶人心語續選》卷二〈題吳晴川為廣弘上人寫歸宗圖卷子二首〉

	九月廿八日			爲自畫鷹題詞	《陶人心語》卷四〈題自畫鷹二絕句〉
	十一月八日			自題黃山臥龍松小照	《陶人心語續選》卷一〈自題黃山臥龍松小照〉
	十二月十九日			向王少尹索梅花羅漢松	《陶人心語》卷四〈贈王少尹并索其梅花羅漢松四首〉
雍正十年	四月廿一日	壬子（1732）	51	爲陳振先春風柳小照卷子題詩	《陶人心語續選》卷一〈題同事春風花柳小照卷子〉
	五月五日			初度自壽	《陶人心語續選》卷一〈壬子五月初度，口占時寓西江陶署，馬齒五十又一〉
	五月廿四日			題婺源貞孝姑遺照	《陶人心語》卷五〈題婺源貞孝姑遺照〉
	閏五月廿日			得知庚兒攜家遠來	《陶人心語》卷三〈聞庚兒有五月自京攜家遠來之信，夜坐賦以志感，時雍正十年閏五月二十日漏下四鼓也〉
	六月十日			以詩代箋寄程愉堂	《陶人心語》卷三〈喜雨一首箋程愉堂〉
				夜坐蝸亭	卷三〈雨霽蝸亭夜坐疊前韻〉
	七月八日			至沈曉岡司馬署中賞素心蘭	《陶人心語續選》卷一〈沈曉岡司馬署中賞素心蘭即席有作，仍疊前遺魚魷蘭賦謝原韻〉
	七月十日			謝卻人所薦之風鑑客	《陶人心語續選》卷一〈有薦風鑑客者率賦六律示之〉
	七月廿二日			庚兒等八口抵署	卷三〈兒女遠來天涯團聚〉
	九月六日			昌南道中	卷二〈秋日晚歸昌南道中〉
	九月九日			方廣舍登高	《陶人心語續選》卷一〈九日方廣舍題壁〉
雍正十一年	二月十日	癸丑（1733）	52	泛舟富春江	卷二〈春夜乘月泛舟富春江〉
	二月十一日			渡錢塘江	卷二〈雨夜隨潮渡錢塘江〉
	二月十四日			泛舟青溪	卷二〈春夜青溪泛月〉
	五月廿二日			浮梁道中	卷二〈夏日浮梁道中〉
	六月六日			題羅梅仙所畫之山水	卷五〈題羅梅仙山水小跋〉

	六月十九日			仿稼軒句作〈語庚兒〉	《陶人心語續選》卷一〈語庚兒〉
	九月六日			昌江夜泛過觀音閣	卷二〈秋夜泛舟觀音閣下口占〉、〈重陽前昌江夜泛〉
	十月廿日			爲史氏譜作序	卷五〈史氏譜序〉
	十二月五日			爲戴大傳之畫雞、畫菊題詩	卷四〈題戴大傳畫雞四絕，奉其乃尊鷺山〉〈再題其畫菊秋色二絕〉
	十二月廿七日			爲戴延仲採芝圖題詩	卷一〈題戴延仲採芝圖小照〉
	十二月廿九日			與庚、寅二子守歲	《陶人心語續選》卷一〈癸丑除夕與二子守歲〉
雍正十二年	正月六日	甲寅（1734）	53	渡浙嶺	卷二〈首春風雪中度浙嶺輿中口占二首〉
	正月十一日			浮梁道中	卷二〈首春浮梁道中口占〉
	二月十一日			課試庚寅	卷三〈賦得「鶯鳴夜語雜書聲」課試庚、寅二子〉
	五月十日			昌江泛濫	卷二〈甲寅五月望日浮梁北鄉霪霖起蛟，昌水泛濫兩岸田廬漂沒殆盡，越十有二日，予入城經過，舊遊處斷草黃沙不勝今昔滄桑之感，賦此志之〉
	五月廿八日			做〈起蛟行〉	卷一〈起蛟行〉
	七月廿日			珠兒生	卷二〈三子生小詩志喜〉及〈可姬傳〉
	七月廿五日			可姬死	〈可姬傳〉
	八月三日			作〈悼亡姬〉詩	卷四〈悼亡姬〉
	十月廿一日			送方高矩歸桐城	《陶人心語續選》卷二〈送方高矩歸桐城四首〉
雍正十三年		乙卯（1735）	54	著《陶成紀事碑》	《陶人心語續選》卷三〈重修浮梁縣志序〉
	正月十九日			至采石磯	《陶人心語續選》卷二〈采石磯吊李供奉〉
	正月廿二日			至平山堂	《陶人心語續選》卷一〈平山堂弔古〉
	二月七日			返棹淮陰	《陶人心語續選》卷二〈茅山夢截句十七首贈何澹菴〉

	二月八日			至茅山	《陶人心語續選》卷二〈茅山截句十七首贈何澹菴〉
	十一月十七日			浮梁道中	卷二〈冬日浮梁道中口占〉
	十二月十四日			人贈梅花	卷二〈山中人有贈梅花者率賦斯章〉
乾隆元年		丙辰（1736）	55	承命権淮安關，陶務告竣	《陶人心語續選》卷五〈廠署珠山文昌閣碑記〉
	正月十四日			溪灘舟行	卷二〈上元前一夕溪灘舟行即事〉
	二月四日			過丹陽	《陶人心語續選》卷二〈仲春丹陽雨泊〉
	二月八日			訪朱草衣	《陶人心語續選》卷二〈春夕訪朱草衣得遇朝天宮外，喜賦截句二首志事兼以留別〉
	二月九月			患瘡	《陶人心語續選》卷一〈病後伏枕撥悶〉
乾隆二年		丁巳（1737）	56	復舉陶務	《陶人心語續選》卷五〈廠署珠山文昌閣碑記〉
				爲普濟庵募鐘鼓	卷五〈募捐普濟庵鐘鼓小引〉
	正月十九日			過淳安縣	卷二〈首春舟過淳安縣喜晴〉
	正月廿九日			奉命入覲	《陶人心語續選》卷二〈奉命入覲途中恭賦二章〉
	二月一日			入覲途中夜宿青馱寺	卷二〈晚宿青馱寺〉
	二月五日			入覲歸途	《陶人心語續選》卷二〈奉命入覲歸路風沙中口占四截〉
	九月八日			爲顧秋亭詩集作序	卷五〈顧秋亭詩集序〉
	九月十八日			送顧秋亭	卷二〈丁巳小陽春春樹園探梅即席口占二首〉
乾隆三年	二月十一日	戊午（1738）	57	訪春樹園而主人他出	《陶人心語續選》卷二〈春日特訪春樹園梅花而主人已他出良用悵然爰成四首奉寄〉
	二月廿一日			題畫竹寄朱一三觀察	《陶人心語》卷一〈題畫竹寄朱一生觀察〉

	三月十八日		爲自畫牡丹圖題詩	卷四〈題自畫牡丹二絕〉
	春		至淮安	卷五〈束高東軒河憲求詩序〉
	三月四月		陪高東軒先生至誰園看芍藥	卷三〈奉陪高東軒先生誰園看芍藥即席口占〉
	五月三日		勉六姪天保	《陶人心語續選》卷一〈寄勉六姪天保〉
	八月七日		觀劇	《陶人心語續選》卷二〈觀劇二截〉
	八月十一日		程夔州贈桂花，以詩代束謝之	《陶人心語續選》卷二〈程夔州送桂花率成二截句代束謝之〉
	八月廿八日		陪高東軒赴景德鎮閱陶工，過洪澤湖	卷二〈戊午秋祀天妃後陪高東軒先生閱工洪澤湖舟中口占一首〉
	八月廿九日		畫龍寄錢集齋通政	《陶人心語續選》卷二〈畫龍寄錢集齋通政〉
	九月八日		〈可姬傳〉成	〈可姬傳〉顧棟高序
			觀劇	《陶人心語續選》卷二〈戊午重陽前一日，雨窗觀劇，急管繁弦頗亂心曲，因正襟凝思續潘邠老滿城風雨之句默成七截八首亦截八首亦動中求靜之一法也〉
	九月十日		未能隨諸友人登高	《陶人心語續選》卷二〈諸友人登高不得附驥悵成二截句〉
	九月十六日		山子湖獨步	卷三〈重陽後七日山子湖獨步口占〉
	九月廿三日		其姪登科	卷三〈舍姪喜登賢書漫成一首寄之〉
	九月十一月		爲高東瞻詩集作序	卷五〈積翠軒詩集序〉
	九月十二月		去淮	卷四〈去淮日高二十五成之舟中送別二截句和其原韻〉
乾隆四年		己未 （1739）	58	文保供奉內廷（養心殿）	《陶人心語續選》卷五〈廠署珠山文昌閣碑記〉
	正月十四日		將去淮，司陶景德鎮	卷二〈去淮留別程夔州〉

	正月十五日			遊棲蘆庵晤耘谷上人	卷二〈上元日遊棲蘆庵，晤耘谷上人有作〉
	首春			過韓侯釣台，漂母祠	卷二〈己未首春將去淮陰過韓侯釣台漂母祠有作〉
	二月			奉命榷潯	《陶人心語續選》卷五〈廠署珠山文昌閣碑記〉
	二月十九日			南陵道中	卷二〈仲春南陵道中口占〉
	七月十九日			病痢方癒	《陶人心語續選》卷三〈邀友人代簡〉
	九月十五日			爲重修浮梁縣志作序	《陶人心語續選》卷三〈重修浮梁縣志序〉
	十月四日			鄱陽道中	《陶人心語續選》卷三〈深秋鄱陽道中早發〉
	十月六日			由潯陽臨景德鎮閱陶工	《陶人心語續選》卷三〈己未小陽月由潯陽臨景德閱陶工未至二十里抵洪園望陽府有作〉
	十月十四日			都昌早發	《陶人心語續選》卷三〈都昌早發〉
	十月十六日			作〈醫學全書序〉	《陶人心語續選》卷三〈醫學全書序〉
	十月十九日			作〈瓷務事宜示諭稿序〉	《陶人心語續選》卷三〈瓷務事宜示諭稿序〉
	十一月八日			煙水亭讌集	《陶人心語續選》卷三〈和友人煙水亭讌集詩〉
	十一月廿二日			琵琶亭讌集	《陶人心語續選》卷三〈和友人琵琶亭讌集詩〉
乾隆五年	正月廿日	庚申（1740）	59	賀白沙邨七十四添丁	《陶人心語續選》卷三〈賀老友白沙邨七十四添丁〉
	三月一日			作〈致祭金龍四大王文〉	《陶人心語續選》卷三〈致祭金龍四大王文〉
	三月六日			自景鎮視陶工歸棹	《陶人心語續選》卷三〈景鎮視陶工歸棹遇雨舟中口占〉
	三月十一日			遊匡盧	《陶人心語續選》卷三〈遊匡盧〉
	三月十二日			遊萬杉庵	《陶人心語續選》卷三〈遊萬杉庵〉
				遊棲賢寺	《陶人心語續選》卷三〈冒雨遊棲賢寺〉

				遊白鹿洞	《陶人心語續選》卷三〈雨遊白鹿洞〉
				宿秀峰寺與近如上人夜話	《陶人心語續選》卷三〈匡廬山中遇雨宿秀峰寺與近如上人夜話聽雨詰朝將發題壁留別〉
三月十三日				過周濂溪先生墓	《陶人心語續選》卷三〈過周濂溪先生墓〉
四月二日				以俚言代簡贈近如上人	《陶人心語續選》卷三〈廬山近如上人侍者至漫以里言代簡〉
四月十一日				作〈陶人心語自序〉	《陶人心語續選》卷三〈陶人心語自序〉
四月十六日				作〈固哉草亭詩序〉	《陶人心語續選》卷三〈固哉草亭詩序〉
七月廿三日				過東林禮遠公塔	《陶人心語續選》卷三〈秋日過東林禮遠公塔〉
八月二日				煙水亭秋望	《陶人心語續選》卷三〈煙水亭秋望二首〉
八月十八日				三子萬寶生	《陶人心語續選》卷三〈三子萬寶以八月十八日生於江州使署友人賀以詩因次其韻〉
九月九日				自黃州覓佳菊十數本	《陶人心語續選》卷三〈潯陽無佳菊遣伻買自黃州得細種十數本，九日方抵署相對一日夕適有閱陶之行悵成五言二律別之〉
九月十二日				閱陶景德鎮過湖口縣	《陶人心語續選》卷三〈深秋閱陶景德鎮過湖口縣遊石鐘山有作〉
				作〈遊石鐘山小記〉	《陶人心語續選》卷三〈遊石鐘山小記〉
九月十七日				駐節景德鎮，沈明撫招飲	《陶人心語續選》卷三〈秋杪稽閱陶工駐節景德鎮浮梁沈明撫懷清招飲歸途口占〉
九月廿一日				浮梁道中	《陶人心語續選》卷三〈深秋于役浮梁道中即事〉
九月廿二日				自景德鎮閱工歸途鄱陽道中	《陶人心語續選》卷三〈鄱陽道中有作〉

				登鎮江樓	《陶人心語續選》卷三〈登鎮江樓即景〉
	十月廿日				
	十一月六日			劉銕篆翁自淮陰抵潯訪唐英	《陶人心語續選》卷四〈劉銕篆翁自淮陰抵潯見訪相與吟詩作畫傾倒兼句喜贈二章〉
	十一月十四日			昌南道中	《陶人心語續選》卷四〈冬日昌南道中有作〉
乾隆六年	一月廿八日	辛酉（1741）	60	爲謝梅莊奉母督運圖題詩	《陶人心語續選》卷四〈題謝梅莊監司奉母督運圖〉
	二月八日			畫墨龍	《陶人心語續選》卷四〈偶畫墨龍并綴小詩〉
	二月廿八日			閱工景鎮	《陶人心語續選》卷四〈雨霽曉發〉
	六月十日			在此之前完成《旗亭飲》劇作	《陶人心語續選》卷四〈予偶製旗亭飲小詞秀州陳山鶴閱而有作因和其原韻〉
	七月十九日			讌集觀劇	《陶人心語續選》卷四〈西堂讌集〉
	七月廿四日			遊九峰寺、獅子峰	《陶人心語續選》卷四〈秋日遊九峰封過獅子庵晤務中上人有作〉
				乞得九峰寺海棠一叢	《陶人心語續選》卷四〈九峰寺秋海棠甚野且豔歸途乞得一叢喜而有作〉
	八月四日			過硤石山寺	《陶人心語續選》卷四〈秋日過硤石山寺小憩望匡廬諸峰〉
				視榷大孤塘	《陶人心語續選》卷四〈八月初四日視榷大孤塘晚坐衙署口占〉
	八月十五日			讌集觀劇	《陶人心語續選》卷四〈中秋日西堂讌集即事〉
				《野慶》完成於是日之前	《陶人心語續選》卷四〈中秋日觀演邯鄲夢暨自製野慶諸雜劇率成二首〉
	九月十三日			送江靜涵	《陶人心語續選》卷四〈送江靜涵〉
	九月十六日			送西席陳山鶴歸秀州	《陶人心語續選》卷四〈送西席陳山鶴歸秀州〉

	十月三日			寅保獲雋捷報傳至	《陶人心語續選》卷四〈辛酉榜發時正奉使潯陽聞寅兒獲雋漫成二首示勉〉
	十月十日			至景德鎮視陶	《陶人心語續選》卷四〈柴桑道中〉
	十月十一日			渡響水灘	《陶人心語續選》卷四〈溪山早行渡響水灘〉
	十月廿日			自景德鎮回九江	《陶人心語續選》卷四〈自景鎮回九江午後發行紆迴深山中入夜抵汪家橋漫成〉
	十一月一日			送柱峰南歸里	《陶人心語續選》卷四〈柱峰南提台致政歸里以畫虎索題用賦短歌〉
	十二月十日			題四十小照	《陶人心語續選》卷四〈自題四十小照〉
	十二月十一日			題芝雲圖小照	《陶人心語續選》卷四〈題芝雲圖小照〉
	十二月十三日			以自畫蒼松鴝鵒圖贈彭樂君	《陶人心語續選》卷四〈題自畫蒼松鴝鵒圖寄彭樂君方伯〉
				以安期進棗圖爲凌約銘壽	《陶人心語續選》卷四〈題安期進棗圖壽凌約銘觀察〉
	十二月廿日			燒成瓷鹿	《陶人心語續選》卷五〈瓷鹿告成喜成四絕句〉
乾隆七年	正月十五日	壬戌（1742）	61	《笳騷》完成	《笳騷題辭》《古柏堂戲曲集》
	二月廿一日			至孤塘關巡視	《陶人心語續選》卷五〈潯陽晴發〉
	三月廿九日			能仁寺耘耔上人送白芍藥數枝	《陶人心語續選》卷五〈能仁寺耘耔上人送白芍藥數枝賦此答之〉
				題老松霜隼圖	《陶人心語續選》卷五〈題老松霜隼圖〉
	四月二日			題畫龍贈九峰僧	《陶人心語續選》卷五〈題畫龍贈九峰僧〉
	四月四日			題畫獅贈九峰僧	《陶人心語續選》卷五〈題畫獅贈九峰僧〉
	四月廿二日			自孤塘關歸	《陶人心語續選》卷五〈巡視孤塘關榷歸輿途中口占二律〉

	五月十日			送王墨軍歸金陵	《陶人心語續選》卷五〈和王墨軍歸金陵留別原韻四截句〉
	六月十六日			鎮江樓壁上畫笛題詩	《陶人心語續選》卷五〈鎮江樓壁上畫笛戲綴小詩四首〉
	九月六日			野農送菊來	《陶人心語續選》卷五〈送菊〉
	十月十日			作〈廠署珠山文昌閣碑記〉	《陶人心語續選》卷五〈廠署珠山文昌閣碑記〉
	十月十二日			浮梁道中	《陶人心語續選》卷五〈浮梁道中〉
	十月十三日			重過觀音閣	《陶人心語續選》卷五〈重過觀音閣〉
	十月十四日			過楊家塢	《陶人心語續選》卷五〈浮梁拜客過楊家塢村店啜茗口占一絕〉
	十月十五日			過戊已門	《陶人心語續選》卷五〈浮梁戊已門過渡〉
				作〈劉氏宗譜序〉	《陶人心語續選》卷五〈劉氏宗譜序〉
	十月廿七日			視陶事竣回九江	《陶人心語續選》卷五〈恭紀御製詩碑後敬賦小詩識事〉
	十一月七日			將御製詩燒於轎瓶上	《陶人心語續選》卷五〈恭紀御製詩碑後敬賦小詩識事〉
	十二月廿六日			耘籽上人送梅花來	《陶人心語續選》卷五〈能仁僧耘籽送梅花兼寄以詩率和原韻答之〉
乾隆八年	二月九日	癸亥（1743）	62	春遊琵琶新亭	《陶人心語續選》卷五〈春遊琵琶新亭唱和草〉
	二月十三日			在孤山榷署	《陶人心語續選》卷五〈孤山榷署夜坐〉
	二月十四日			至宮亭湖	《陶人心語續選》卷五〈春晴宮亭湖泛舟〉
	二月十五日			初入廬山、重遊秀峰	《陶人心語續選》卷五〈初入廬山界〉、〈重遊秀峰寺〉

		二月十六日		遊龍潭	《陶人心語續選》卷五〈龍潭〉
		二月十七日		漱玉亭聽歌	《陶人心語續選》卷五〈月夜坐漱玉亭聽歌口占二首〉
				自匡廬歸	《陶人心語續選》卷五〈匡廬歸途輿中口占〉
		二月廿三日		遊琵琶亭	《陶人心語續選》卷五〈春日偕諸友遊琵琶亭口占〉
		二月廿六日		視陶至湖口行館	《陶人心語續選》卷五〈湖口縣行館題壁〉
		二月廿八日		赴窯廠視陶工，在鄱陽道中	《陶人心語續選》卷五〈鄱陽道中喜晴〉
		三月六日		至里村看花	《陶人心語續選》卷五〈里村看花五截句〉
		三月廿二日		浮梁道中	《陶人心語續選》卷五〈春日浮梁道中〉
		四月十二日		鄱陽道中	《陶人心語續選》卷五〈四月十二日鄱陽道中即事〉
		五月		編造《陶冶圖》	《陶說》
		七月十五日		夜遊琵琶亭	《陶人心語續選》卷五〈中元夜琵琶亭即事〉
		九月一日		《轉天心》完竣	《陶人心語續選》卷五〈轉天心自序〉
		九月十一日		友人送菊來	《陶人心語續選》卷五〈友人送菊來喜成二截句〉
		九月廿日		題自畫老來多子圖爲友人壽	《陶人心語續選》卷五〈題自畫老來多子圖爲壽友人〉
		十一月十三日		題施景南洗硯圖小照	《陶人心語續選》卷五〈題施景南洗硯圖小照〉
		十一月十五日		題葉仙根垂綸圖小照	《陶人心語續選》卷五〈題葉仙根垂綸圖小照〉
		十二月三日		送兩粵馬制府	《陶人心語續選》卷五〈冬日東林送兩粵馬制府歸輿道中即事〉
		十二月廿日		爲劉瑲白黃冠圖題詩	《陶人心語續選》卷五〈題老友劉瑲白黃冠圖小照〉

乾隆九年	三月一日	甲子 （1744）	63	視榷孤山歸途	《陶人心語續選》卷六〈春日視榷孤山歸途硤石小憩〉
	三月二日			歸途經八里坡	《陶人心語續選》卷六〈歸途經八里坡即事〉
	三月廿六日			觀劇，是日演《笳騷》	《陶人心語續選》卷六〈立夏後二夜，下窗觀劇偶演予笳騷塡詞，座上有擊節歎息形之吟詠者率和原韻示之〉
	三月廿七日			至浮梁	《陶人心語續選》卷六〈浮梁鄉飲賓方懷也六十大壽文〉
	三月廿八日			爲程非珩壽	《陶人心語續選》卷六〈里村程非珩五十歲序〉
	四月十九日			題吳堯圃先人譜牒卷子	《陶人心語續選》卷六〈題吳堯圃先人譜牒卷子〉
	五月廿五日			作〈西湖漁唱序〉	《陶人心語續選》卷六〈西湖漁唱序〉
	六月十一日			題自畫之鴝鵒圖	《陶人心語續選》卷六〈題自畫之鴝鵒說〉
	六月十七日			爲張孝揚之母書「節清蔭遠」四字	《陶人心語續選》卷六〈張孝揚爲其母索額書節清蔭遠四字後跋數語〉
	九月十日			看菊優飲	《陶人心語續選》卷六〈甲子重陽後一日招友看菊優飲翌日有賦詩投謝者各賦七律一首覆答〉
	九月日			作〈江州雪氏世譜序〉	《陶人心語續選》卷六〈江州雪氏世譜序〉
	九月十月八日			登南充嶺	《陶人心語續選》卷六〈登南充嶺有懷〉
				作〈九峰近公傳〉此爲瓷碑文	《陶人心語續選》卷六〈九峰近公傳〉
	九月十三日			歸自浮梁過觀音閣	《陶人心語續選》卷六〈浮梁道中晚行過觀音閣即景口占用迴文體〉
	九月廿一日			自廠署回江州	《陶人心語續選》卷六〈自廠署回江州始發之日與中賦謝張子車親翁〉
	九月廿二日			歸自浮梁	《陶人心語續選》卷六〈歸自浮梁山行早發即景〉

乾隆十年	春	乙丑 （1745）	64	捐俸修琵琶亭	《陶人心語續選》卷七〈春日琵琶亭閱隄工偕諸友即景有作時仲春望後四日也〉
				捐俸修橋	《陶人心語續選》卷七〈重修新橋碑記〉
	一月廿四日			爲余欽賢、張文斗等同心圖小照題詩	《陶人心語續選》卷七〈題余欽賢、張文斗等同心圖小照〉
	一月廿六日			爲余舜臣小照題詩	《陶人心語續選》卷七〈題余舜臣小照〉
	二月十四日			爲陳勤天詩集作序	《陶人心語續選》卷七〈陳勤天詩序并小傳〉
	二月十九日			與諸友能仁寺望春	《陶人心語續選》卷七〈春分後一日偕諸友能仁寺望春〉
	二月廿日			至琵琶亭閱隄工	《陶人心語續選》卷七〈春日琵琶亭閱隄工偕諸友即景有作時仲春望後四日也〉
	二月廿二日			送張蕉歸蕉湖	《陶人心語續選》卷七〈春日送張蕉衫歸蕉湖便面寫琵琶亭小景并綴小詩〉
	四月四日			珠山邸署觀劇	《陶人心語續選》卷七〈立夏日珠山邸署觀劇頗佳漫賦以贈〉
	五月十五日			作〈重修新橋碑記〉	《陶人心語續選》卷七〈重修新橋碑記〉
	五月廿一日			爲常景峰詩集作序	《陶人心語續選》卷七〈常景峰詩集序並小傳〉
	五月廿二日			作〈祭王健菴文〉	《陶人心語續選》卷七〈祭王健菴文〉
	六月十三日			雲籽上人送白蓮來	《陶人心語續選》卷七〈雲籽上人送白蓮率賦五言截句二首謝之〉
	七月三日			作〈文秀才制義序〉	《陶人心語續選》卷七〈文秀才制義序〉
	七月八日			爲姚玉亭詩集作序	《陶人心語續選》卷七〈環溪草亭詩序〉
	七月廿九日			煙水亭望秋	《陶人心語續選》卷七〈乙丑七月煙水亭望秋有懷王觀四秀才湖上新居口占二律歸而并補以圖志興會也〉

	八月十八日			雙碧樓讌集	《陶人心語續選》卷七〈中秋後三日雙碧樓讌集志興疊韻二首〉
	八月廿一日			有人送瓶花來	《陶人心語續選》卷七〈秋日有送瓶花者喜而有作〉
	八月廿七日			巡視孤塘關	《陶人心語續選》卷七〈秋日巡視孤塘關歸途硤石山寺小憩題壁〉
	九月五日			題友人畫冊	《陶人心語續選》卷七〈題友人畫冊〉
	十月二日			題自畫菊花	《陶人心語續選》卷七〈題自畫菊花四截句〉
	十月四日			以畫菊花扇贈始北山人	《陶人心語續選》卷七〈題畫菊花扇贈始北山人〉
	十月七日			作〈施棠村遺愛詩序〉	《陶人心語續選》卷七〈施棠村遺愛詩序〉
	十月八日			巡視陶工	《陶人心語續選》卷七〈巡視陶工朝發舟中有作〉
	十一月三日			爲區封翁壽	《陶人心語續選》卷七〈區封翁壽序〉
	十一月廿八日			送汪匯川	《陶人心語續選》卷七〈汪匯川十年契闊近登賢書乙丑仲冬至自都門訪余於潯陽官署以詩見贈尋歸婺州次其原韻送之〉
	十二月四日			爲文爲吳慕袁之母壽	《陶人心語續選》卷七〈浮梁吳太君壽序〉
	十二月十九日			爲黃鹿樵詩集作序	《陶人心語續選》卷七〈黃鹿樵詩序〉
乾隆十一年	二月一日	丙寅（1746）	65	送徐大川歸維揚	《陶人心語續選》卷八〈仲春送徐大川歸維揚〉
	三月十八日			作〈重修琵琶亭自記〉	《陶人心語續選》卷八〈重修琵琶亭自記〉
	三月廿六日			巡視孤塘關	《陶人心語續選》卷八〈種瓜〉
	閏三月九日			到廠巡視窯工	《陶人心語續選》卷八〈丙寅閏春巡視窯工山行口占二首〉
	四月十二日			爲戴寅谷持竿圖題詩	《陶人心語續選》卷八〈題戴寅谷持竿圖小照二截句〉

		四月三日		爲浮梁令李嶼十壽	《陶人心語續選》卷八〈浮梁令李嶼十四十壽序〉
		五月八日		遊琵琶亭	《陶人心語續選》卷八〈丙寅五月琵琶亭臨江廊檻工峻偕諸友遊覽疊賦二律以落之〉
		五月廿一日		爲雲籽上人三十歲畫像題詩	《陶人心語續選》卷八〈題雲籽上人三十歲像〉
				爲雲籽上人七十歲畫像題詩	《陶人心語續選》卷八〈題雲籽上人七十歲像〉
				爲雲籽上人範泥小照題詩	《陶人心語續選》卷八〈爲雲籽上人範泥小照題詩四截句〉
		六月八日		琵琶亭納涼	《陶人心語續選》卷八〈夏日琵琶亭納涼即事〉
		六月十四日		雙碧樓聽雨	《陶人心語續選》卷八〈夏日曉起雙碧樓聽雨〉
		六月廿五日		琵琶亭看雨	《陶人心語續選》卷八〈琵琶亭看雨〉
		七月十五日		琵琶亭讌集	《陶人心語續選》卷八〈丙寅中元琵琶亭讌集即事〉
		八月十五日		病目	《陶人心語續選》卷八〈中秋日同事諸子有琵琶亭之遊余以病目不得附驥悵而有作〉
		九月十九日		巡視孤塘關	《陶人心語續選》卷八〈丙寅深秋巡視孤塘關山行口占〉
		九月廿五日		巡窯廠欲就醫病目	《陶人心語續選》卷八〈秋巡窯廠道中口占馳呈諸同事〉之四
		九月廿六日		過荻湖灘	《陶人心語續選》卷八〈深秋巡視窯廠荻湖灘阻雨〉
				過石鐘山	《陶人心語續選》卷八〈深秋夜過石鐘山〉
		十月八日		昌江泛舟	《陶人心語續選》卷八〈丙寅小陽月昌江泛舟即事十二首〉
		十月廿一日		屠者李文彬乞書	《陶人心語續選》卷八〈屠者李文彬以紙乞書戲成一截書以付之〉

	十一月二日			目疾方痊	《陶人心語續選》卷八〈丙寅冬夜珠山行館獨坐時目疾方痊〉
	十一月十九日			以詩挽能仁方丈雲籽上人	《陶人心語續選》卷八〈挽能仁方丈雲籽上人十二首〉
乾隆十二年	一月四日	丁卯（1747）	66	至南湖訪蔡笑翁	《陶人心語續選》卷九〈南湖行春訪蔡笑翁茶話題壁留贈〉
				琵琶亭望春	《陶人心語續選》卷九〈正月廿五日琵琶亭望春〉
	一月廿五日			八里坡望江州	《陶人心語續選》卷九〈八里坡望江州〉
	三月			至湖口受風所阻	《陶人心語續選》卷九〈湖口阻風舟中有作〉
				為琵琶亭樂天祠寫跋	《陶人心語續選》卷九〈琵琶亭樂天祠小跋并詩〉
	三月二日			從窯廠回九江	《陶人心語續選》卷九〈四月十六日窯廠發行回九江山行即事〉
	四月十六日			為自畫雨山圖題詩	《陶人心語續選》卷九〈題自畫雨山圖〉
	五月一日			作〈忍字臆說八則〉	《陶人心語續選》卷九〈忍字臆說八則〉
	五月十一日			送顧孝威調陞	《陶人心語續選》卷九〈送德化令顧孝威調陞豐城〉
	五月十四日			送始北山人歸故里	《陶人心語續選》卷九〈送始北山人李厲竹旋里〉
	五月十九日			琵琶亭納涼	《陶人心語續選》卷九〈六月十三日琵琶亭納涼二首〉
	六月十三日			作〈蝸寄圖說〉	《陶人心語續選》卷九〈蝸寄圖說〉
	六月十八日			邀葉幼清琵琶亭望秋	《陶人心語續選》卷九〈琵琶亭望秋邀友人葉幼清以詩代簡〉
	六月廿八日			為施景南〈書法指南〉作序	《陶人心語續選》卷九〈書法指南序〉
	七月廿一日			送曹地山遊廬山	《陶人心語續選》卷九〈送地山曹侍御遊廬山截句六首〉

	八月三日		曹地山遊廬山歸贈唐英詩、桂花	《陶人心語續選》卷九〈侍御曹地山遊廬山歸遺以詩兼桂花用和其原韻二首，時丁卯八月初四也〉
	八月四日		雙碧樓望秋	《陶人心語續選》卷九〈雙碧樓望秋〉
	八月八日		琵琶亭望秋	《陶人心語續選》卷九〈琵琶亭望秋〉
	八月十日		觀土梨園演雜劇	《陶人心語續選》卷九〈丁卯中秋後一日觀土梨園演雜劇衝口成句聊以解嘲〉
	八月十六日		爲朱崑源杖笠逍遙圖題詩	《陶人心語續選》卷九〈題友人朱崑源杖笠逍遙圖小照〉
	八月廿一日		作畫送伊翼庭	《陶人心語續選》卷九〈題畫潯陽送友冊子八絕句〉
	九月		夜遊琵琶亭	《陶人心語續選》卷九〈丁卯九秋月夜遊琵琶亭用前臨江廊檻工竣偕諸友遊覽原韻〉
	十月五日		爲桐陰濯足圖題詩	《陶人心語續選》卷九〈題桐陰濯足圖〉
	十一月十七日		由珠山陶署返潯陽	《陶人心語續選》卷九〈丁卯仲冬將返潯陽留別珠山陶署〉
	十一月廿日		由湖口渡江	《陶人心語續選》卷九〈冬夜由湖口渡江陸行即事〉
乾隆十三年		戊辰（1748）	67	寅保中進士	《陶人心語》卷六〈自題漁濱課子圖小照〉
	一月八日		琵琶亭探春	《陶人心語續選》卷十〈戊辰人日後一日琵琶亭探春二首〉
	一月十六日		遊琵琶亭	《陶人心語續選》卷十〈戊辰上元後一日琵琶亭春遊〉
	一月廿九日		琵琶亭野望	《陶人心語續選》卷十〈首春琵琶亭野望疊韻二首〉
	三月廿一日		在都昌縣	《陶人心語續選》卷十〈都昌縣候風二首〉
	三月廿四日		視窯工舟行鄱陽湖	《陶人心語續選》卷十〈視窯工舟行鄱陽湖中即景〉

	四月十六日			浮梁道中	《陶人心語續選》卷十〈浮梁道中口占〉
	五月十四日			書〈小筑園即事〉	《陶人心語補遺・小筑園即事十截句》
	閏七月			進京恭謁孝賢皇后梓宮	軍機處檔案・乾隆十三年十月二十日奏摺
	閏七月十四日			謁聖	軍機處檔案・乾隆十三年十月二十日奏摺
	七月廿二日			起程出京	軍機處檔案・乾隆十三年十月二十日奏摺
	九月八日			《蘆花絮》完成於是日之前	蔣士銓蘆花絮題辭
	九月十七日			抵九江關	軍機處檔案・乾隆十三年十月二十日奏摺
	九月廿一日			遊琵琶亭	《陶人心語續選》卷十〈入觀回潯重遊琵琶亭四首時戊辰九月廿一日也〉
	十一月十日			送西席華西植	《陶人心語續選》卷十〈戊辰長至後七日送西席華西植煙麓之任貴溪〉
	十一月十八日			琵琶亭縱目	
	十一月十九日			以詩寄寅保	《陶人心語續選》卷十〈冬夜偶成寄示寅兒〉
	十一月廿六日			在琵琶亭種梅花	《陶人心語續選》卷十〈琵琶亭種梅花口占八絕句〉
	十二月二日			爲竹院逢僧圖題詩	《陶人心語續選》卷十〈題自畫竹院部逢僧圖〉
	十二月十三日			琵琶亭望雪	《陶人心語續選》卷十〈立春前三日琵琶亭望雪〉
乾隆十四年	冬	己巳（1749）	68	奉命榷粵、卸陶務	〈軍機處檔案〉
乾隆十五年	二月十五日	庚午（1750）	69	爲漁濱課子圖題詩	《陶人心語》卷六〈自題漁濱課子圖小照〉
				寅保同赴粵襄助	乾隆宮中檔・十七年三月廿一日奏摺
	暮春			爲張堅《夢中緣》作序	《夢中緣》序
				《虞兮夢》完成於是年之前	《夢中緣》序

	四月一日			離潯往粵海關	軍機處檔案·乾隆十五年五月一日奏摺
	六月三日			抵粵到任	乾隆宮中檔·十七年三月廿一日奏摺
				是年得咽喉疼痛之症	乾隆宮中檔·廿一年七月廿七日奏摺
乾隆十六年	九月十八日	辛未（1751）	70	奉旨調九江關，仍兼陶務	軍機處檔案·乾隆十六年十二月九日奏摺
	十二月廿三日			將粵海關稅務移交	軍機處檔案·乾隆十七年三月十三日奏摺
乾隆十七年	正月十七日	壬申（1752）	71	自粵起程赴九江	乾隆宮中檔·十七年三月廿一日奏摺
				寅保亦赴九江	乾隆宮中檔·十七年三月廿一日奏摺
	三月三日			抵九江關	乾隆宮中檔·十七年三月廿一日奏摺
乾隆十八年		癸酉（1753）	72	《傭中人》完成於是日之前	董榕〈傭中人傳奇序〉
乾隆十九年	孟春	甲戌（1754）		《清忠譜正案》完成此時之前	董榕〈清忠譜正案題詞〉
	七月十三日			《女彈詞》完成於是日之前	董榕〈女彈詞題辭〉
	九月八日			《天緣債》完成於是日之前	董榕〈天緣債題辭〉
				《巧換緣》完成於是日之前	董榕〈巧換緣題辭〉
乾隆廿年	十一月十九日	乙亥（1755）	73	接硃批、進京面聖	乾隆宮中檔·廿年十二月四日奏摺
乾隆廿一年	正月廿七日	丙子（1756）		圓明園叩請聖訓、封奉宸苑卿	乾隆宮中檔·廿一年七月廿七日奏摺
	二月一日			出京	乾隆宮中檔·廿一年七月廿七日奏摺
	三月十三日			回九江	乾隆宮中檔·廿一年七月廿七日奏摺
	七月廿七日			上摺言其血氣日衰	乾隆宮中檔·廿一年七月廿七日奏摺
	七月廿九日			病故	《乾隆朝軍機處隨手登記檔》第九輯八月二十八日批胡保瑔摺

附錄二　康熙朝流行的花部諸腔

記　載　出　處	聲　腔　名　稱
孔尚任《平陽竹枝詞》	秦腔、亂彈
劉獻廷《廣陽雜記》	亂彈
劉廷璣《在園雜志》	亂彈、四平腔、京腔、衛腔、梆子腔、巫娘腔、瑣哪腔、囉囉腔

附錄三　乾隆朝流行的花部諸腔

記　載　出　處	聲　腔　名　稱
董恥夫　《揚州竹枝詞》	亂彈
徐孝常　《夢中緣序》	秦腔、弋腔、囉囉腔
李聲振　《百戲竹枝詞》	亂彈、月琴曲、姑娘腔、四平調
李調元　《劇話》	弋腔、秦腔、吹腔、胡琴腔、女兒腔、高腔、秧腔、梆子腔、亂彈、弦索
伊齡阿奏摺	石牌腔、秦腔、弋陽腔、楚腔
郝碩奏摺	高腔、梆子腔、亂彈腔
吳太初　《燕蘭小譜》	弋陽腔、梆子腔、秦腔、京腔、山西勾腔
李艾塘　《揚州畫舫錄》	京腔、弋陽腔、梆子腔、亂彈腔、二簧腔、羅羅腔

　　其中巫娘腔即是姑娘腔，又名女兒腔、弦索腔；高腔即所謂的京腔，有時又稱為弋腔、秧腔；胡琴腔即是二簧腔。比較這兩朝流行的聲腔，其中並無太大差異：康熙朝的〈衛腔〉、〈瑣哪腔〉是乾隆朝所無；而乾隆朝時流行的〈月琴曲〉、〈二簧腔〉、〈石牌腔〉、〈楚腔〉、〈吹腔〉也是康熙時不見記載的。

附錄四　康乾間《醉怡情》等六書收錄劇目詳表（不含時劇）

戲　名	醉怡情	綴白裘	燕蘭小譜	納書楹曲譜	消寒新詠	揚州畫舫錄
占花魁	一顧 再顧 種緣	勸妝 串戲 種情		勸妝 再顧 探芳		

	狂窘	雪塘 獨占 酒樓		醉歸 獨占 巧遇 贖身	醉歸 獨占	醉歸
牧羊記	小逼 望鄉 大逼 守羝	慶壽 頒詔 小逼 望鄉 大逼 看羊 遣妓 告雁		煎粥 小逼 望鄉 牧羊 告雁	望鄉	
金鎖記	誤傷 探獄 赴市 冤鞠	送女 探監 法場 私寄 思飯 羊肚		斬竇 私祭	送女	羊肚
三國志		刀會 負荊 訓子		刀會 （納書做 《單刀會》） 訓子		
邯鄲夢	打番兒	掃花 三醉 捉拿 法場 仙圓				雲陽
琵琶記	賢遘	稱慶 規奴 逼試 分別 長亭 訓女 墜馬		稱慶 規奴 逼試 分別 登程 訓女 梳妝		△

		飢荒		飢荒	
		辭朝			
		請郎			
		花燭		陳情	
		吃飯		吃飯	
		吃糠		吃糠	
		賞荷		賞荷	
		思鄉		思鄉	
	剪髮	剪髮		剪髮	
		賣髮		關糧	
		拐兒		愁配	
		描容		描容	
		別墳		賞秋	
		盤夫		盤夫	
		諫父		諫父	
		廊會		廊會	
	館逢	書館		書館	書館
	掃松	掃松		掃松	
		別丈		別丈	
牡丹亭		學堂		學堂	△
		勸農			
		遊園			
	入夢	驚夢			
	拾畫	拾畫		拾畫	
		見畫		叫畫	
		離魂			
	冥判	冥判			
		問路			
		吊打			
	尋夢	尋夢			
		圓夢			
白羅衫		賀喜			
		請酒			
		遊園			
		看狀			
		井會		井遇	

西川圖		蘆花蕩				
一文錢		捨財		濟貧		
爛柯山	巧賺	寄信 相罵				△
	後休 痴夢	逼休 痴夢 悔嫁 北樵	前逼	逼休 痴夢 悔嫁		
	覆水	潑水		潑水		
翠屏山	巧譖 覷綻 憤訴 除淫	反誆 交賬 送禮 酒樓 殺山		反誆	反誆 戲叔	
一捧雪	僞戲 關攫 出塞	送杯 搜杯 刺湯 祭姬 換監		祭姬		△
	代勤	代勤 杯圓 審頭 邊信				
荊釵記		說親 繡房 別祠 送親 遣僕 迎親 回門 參相 改書 前拆		議親 繡房 閨思 憶母 發書 回書 回門 前拆		

		別任		別任	
	哭鞋	哭鞋		夜香	
		女祭		女祭	
	見母	見娘		見娘	見娘
	祭江	男祭		男祭	
		開眼		開眼	
		上路		上路	
		男舟		女舟	
	舟會	舟會		赴試	
				釵圓	
水滸記	漁色	借茶		借茶	△
	野合	劉唐		劉唐	
	殺惜	殺惜			殺惜
		活捉		活捉	
	情勾	前誘		前誘	
		後誘		後誘	
尋親記		飯店		飯店	△
		茶坊			
		跌書包		跌包	
		榮歸		榮歸	
		前索			
		出罪			
		府場			
		刺血			
		遣青			
		殺德			
		送學			
後尋親		後索		後索	
		後府場			
		後金山			
金印記		封贈		封贈	
		不第		刺股	
		投井		背劍	
		逼釵		逼釵	

精忠記	寫本 祭主 見佛 回話	秦本 交印				
玉簪記	逼試 送別 竊詞 阻期	催試 秋江送別 琴挑 姑阻 失約		茶敘 秋江 琴挑 阻約 手談 佛會 偷詩	茶敘 秋江 問病 偷書	
望湖亭		照鏡				
雙珠記	謀姦 持正 擊邪 誣罪	汲水 訴情 殺克 賣子 捨身 天打 二探 月下				
金貂記		北詐瘋				
鐵冠圖		守門 殺監 別母 亂箭 借餉 刺虎 探營 詢圖 觀圖 夜樂		刺虎 詢圖 夜峴		

長生殿		絮閣	絮閣	絮閣	絮閣	
				雨夢		
				得信		
				重圓		
				偷曲		
				合圍		
				冥追		
				神訴		
				覓魂		
				補恨		
				復召		
				獻髮		
				倖恩		
				春睡		
		彈詞		彈詞	彈詞	
				疑讖		
		定情		定情		
				製譜		
		聞鈴		聞鈴		
				偵報		
		醉妃	醉妃	夜怨		
				窺浴		
		驚變		驚變	驚變	
				密誓		
		埋玉		罵賊	埋玉	
				情悔		
		酒樓		哭像		
				屍解		
				見月		
				慫合		
紅梨記	邀月	踏月		詩要		
				拘禁		

	巧激 銜會 亭逅	窺醉 盤秋 亭會 訪素 草地 北醉 花婆 趕車 解妓		窺醉 問情 亭會 訪素 草地 路敘 託寄 花婆 趕車 三錯 詠梨	亭會	
兒孫福		別弟 報喜 勢利 下山				
連環記	梳妝 擲戟 賜環 拜月	議劍 梳妝 擲戟 起布 問探 賜環 拜月 小宴 大宴		問探 賜環 拜月 北拜		△
雁翎甲		盜甲				盜甲
昊天塔		盜骨		五台		
倒精忠		刺字 草地 敗金 獻金橋		刺字 敗金		

鳴鳳記	修本 折奸 義斥	寫本 辭閣 嚴壽 河套 醉易 放易 吃茶 夏驛 斬楊		寫本	寫本 吃茶	△
	驛遇					
繡襦記	入院 筵責 賣僕 剔目	墜鞭 入院 打子 收留 鵝雪 扶頭 賣興 樂馴 當巾 教歌 剔目		勸嫖 蓮花 打子 剔目		
西廂記	奇逢 驚夢 請宴 拷婢	惠明 佳期 請宴 拷紅 遊殿 寄柬 跳牆 著碁 長亭	佳期 拷紅	跳牆	惠明 佳期 請宴 拷紅 寄柬 著棋 長亭	△
永團圓	逼離 控休 會髻 堂婚	逼離 擊鼓 鬧賓館 計代 堂婚		述緣 閨艴 雙合		

十五貫		見都 訪鼠測字 判斬 踏勘 拜香		見都 測字 判斬 踏看		
千金記	窘霸 別姬 追賢 點將	跌霸 別姬 楚歌 探營 起霸 撇斗 拜將		虞探 追信 點將		△
千鍾祿		奏朝 草詔 搜山 打車		廟遇 慘睹 歸國 打車	打車	
滿床笏		笏圓 卸甲		納姜 跪門		
風雲會		送京 訪普		送京		
彩毫記		吟詩 脫靴			吟詩	△
白兔記	遇友 接子 生子 鬧雞	養子 回獵 麻地 相會 送子 鬧雞		養子 麻地		
漁家樂		藏舟 相梁 刺梁 羞父 納姻		藏舟 賣書 納姻	藏舟	羞父

浣紗記	後訪 寄子 歌舞 採蓮	進施 寄子 賜劍 前訪 回營 姑蘇 採蓮		後訪 儲諫 訪聖 分紗 賜劍 前訪 泛湖 思越 采蓮 誓師	姑蘇	
虎囊彈		山門		山亭		
百順記		召登 榮歸 賀子 三代				
釵釧記	傳信 憤詆 講書 入園	謁師 相約 相罵 講書 落園 會審 觀風 賺贓 出罪		謁師	約罵 相罵	
彩樓記		拾柴 潑粥		彩園 潑粥		
義俠記	誘叔 賣餅 挑簾 捉奸	戲叔 別兄 挑簾 做衣 捉奸 服毒 打虎		打虎	戲叔	

八義記	賒飲 賞燈 評話 鬧朝	遣鉏 上朝 撲犬 嚇痴 翳桑 鬧朝 盜孤 觀畫		付孤 翳桑 觀畫		
雙冠誥		蒲鞋 夜課 借債 見鬼 榮歸 賫詔 誥圓		夜課	誥圓	
節孝記	淖泥 溫虎 祈夢 詳夢	春店				
西樓記	私契 病晤 疑謎 錯夢	樓會 拆書		樓會 空泊 俠試 覓緣 集豔 錯夢 載月 會玉	贈馬 錯夢	△
鸞釵記		遣義 殺珍 探監 拔眉				△
宵光劍		相面 掃殿 鬧庄 救青 功臣宴		救青 功宴		

人獸關		演官		前設 後設		△
獅吼記		梳妝 跪池		梳妝 跪池 夢怕	跪池	△
豔雲亭		痴訴 點香		痴訴 點香		
祝髮記	迎婚 勉折 點化 祝髮	做親 敗兵 渡江		渡江 祝髮		
風箏誤		驚醜 前婚 逼婚 後親		驚醜 婚鬧 逼婚 茶園 詫美		
慈悲願		認子 回回		回回（納書標為《唐三藏》）		
盤陀山		燒香 羅夢 拜香		羅夢		
麒麟閣		揚兵 反牢 激秦 三擋		三擋		
萬里緣		三溪 跌雪 打差		三溪		
幽閨記	拜月 旅婚 錯認 重圓	拜月 走雨 踏傘 大話 上山 請醫		拜月 走雨 踏傘 驛會 結盟 出關 店約	走雨 踏傘	

蝴蝶夢		嘆骷 搧攻 毀扇 病幻 弔孝 說親 回話 做親 劈棺			△ 	 劈棺
翡翠園		預報 拜年 謀房 諫父 切腳 恩放 自首 副審 封房 盜牌 殺舟 脫逃			 盜令	 盜牌
紅梅記		算命		脫阱 鬼辯		
吉慶圖		扯本				
金雀記	探春 訪花 臨任 完聚	喬醋		喬醋 竹林 玩燈 覓花 庵會 醉圓	喬醋	
雷峰塔		水漫 斷橋		法海	水鬥 斷橋 陣產	

蜃海記	僧尼會	下山		思凡	思凡	
黨人碑	打碑 酒樓 計賺 拜師	打碑 酒樓 計賺 拜師 閉城 殺廟 賺師				
安天會		北餞				
鮫綃記		革相 寫狀 獄別 監綁				
九蓮燈		火判 問路 闖界 求燈				
清忠譜		書鬧 拉眾 鞭差 打尉 訪文 罵祠		罵祠		
衣珠記		折梅 墜水 園會 埋怨 關糧 私囑 堂會 珠圓				
醉菩提		付篦 打坐 石洞 醒妓 天打		伏虎 打坐 換酒 醒妓 佛圓		△

四節記	賈志誠	嫖院				
水泊記		拾巾				
葛衣記		走雪		嘲笑		
香囊記		看策				
躍鯉記	看穀 憶母 換魚 蘆林	看穀		看穀 思母		
療妒羹		題曲	題曲	題曲	題曲	題曲
馬陵道	擺陣 刖足 詐瘋 馬陵山			擺陣 孫詐 擒龐		
燕子箋	奸遁 雙逅 合宴 誥圓			寫像		
望湖亭	自嗟 題詩 合巹 激怒 于歸					
荷花蕩	醉罵 館戲 蕩遊 渾賺					
金丸記	妝盒 盤盒 清宮收養 拷問					
焚香記	陽告 陰告 折證 回生	陽告		陽告 陰告	陽告	

教子記	金山 榮歸 邸會 茶肆				
百花記	被執 嫉賢 贈劍 點將		△	贈劍	
青塚記	昭君出塞			昭君	
氣英布			賺布		
貨郎旦			女彈		
紅梨花			賣花		
兩世姻緣			離魂		
古城記			挑袍		
蓮花寶筏			北餞		
不伏老			北詐		
雍熙樂府			訪普		
東窗事犯		掃秦（綴書標為《精忠記》）	掃秦		
桃花扇			訪翠 寄扇 題畫		
眉山秀			詔賦 婚試 遊湖		
太平錢			綴帽 窺妝 種瓜		
天寶遺事			馬踐		
漁樵記			漁樵 逼休 寄信	逼休	△

西遊記				撇子 認子 胖姑 伏虎 揭鉢 女還 定心 借扇 餞行 女國		
鬱輪袍				假伶		
紅拂記				靖渡		
琥珀匙				山盟 立關		
珍珠衫				歃動 詰衫		
雙紅記				顯技 猜謎 青門		
牟尼合				渡海		
春燈謎				遊街		
江天雪				走雪		
金不換				自懲 侍酒		
蕉帕記				鬧題		
殺狗記				雪救		
吟風閣				罷宴		
俗西遊記				思春	思春	
蘇武還朝				告雁 還朝		
南西廂				聽琴 驚夢 遊殿		

			酬韻 請宴 寄柬 送方 佳期 長亭		
明珠記			俠隱 煎茶 假詔		
曡花閣			點迷		
玉合記			箋允 往邊		
四才子			冶遊 婉諷 索姝 豔醋 雙圓		
四弦秋			送客		
如意珠			密訂		
虎符記			勸降		
寶劍記			夜奔		
乾坤嘯			勸酒		
一種情			冥勘 拾釵	丙靈公	
紫釵記				折柳	折柳 陽關
金瓶梅				雪夜	
萬香樓				圍棋	
綠牡丹				寫真 賣解	
四聲猿					狂鼓吏

其中有△記號者，表示爲書中曾提此劇，但未提何齣。

重要參考書目

一、參考書目

1. 《古柏堂戲曲集》，唐英撰、周育德校點，上海古籍出版社，1987 年 10 月，初版。

2. 《陶人心語》五卷，唐英，古柏堂刻本，乾隆十一年。

3. 《陶人心語》六卷，唐英，古柏堂刻本，乾隆卅七年。

4. 《陶人心語續選》九卷，唐英，古柏堂刻本，乾隆間。

5. 《陶人心語續選》十卷，唐英，古柏堂刻本，乾隆間。

6. 《陶人心語補遺》一卷，唐英，古柏堂刻本，乾隆間。

7. 《可姬傳》一卷，唐英，古柏堂刻本，乾隆間（附於續選九卷本卷二後）。

8. 《輯刻琵琶亭詩》，唐英輯，古柏堂刻本，乾隆十一年。

9. 《問奇情典註增釋》六卷，唐英輯，古柏堂刻本，乾隆十一年。

10. 《唐英奏摺》，唐英，雍正軍機處檔，及乾隆宮中檔。據故宮博物院藏，雍正年間。

11. 《醉怡情》，青溪菰蘆釣叟（編），學生書局，1987 年 11 月，影印，《善本戲曲叢刊》第四冊。

12. 《綴白裘》，玩花主人（編選）、錢德蒼續選，學生書局，1987 年 11 月，影印，《善本戲曲叢刊》第五冊。

13. 《納書楹曲譜》，葉堂（編），學生書局，1987 年 11 月，影印，《善本戲曲叢刊》第六冊。

14. 《九宮大成南北詞宮譜》，周祥鈺、鄒金生，學生書局，1987 年 11 月，影印，《善本戲曲叢刊》第六冊。

15. 《明清戲曲珍本選輯》，孟繁樹，周傳家校編，中國戲劇出版社，1985 年 8 月，初版。

16. 《古本戲曲叢刊》二、三集，上海商務影印，1954、55、56 年初版。

17. 《六十種曲》，毛晉編，開明書局，1970 年，初版。

18. 《唱論》，芝菴，中國戲劇出版社，1982 年 11 月，一版四印，收入《中國古典戲曲論著集成》。

19. 《中原音韻》，周德清，中國戲劇出版社，1982 年 11 月，一版四印，收入《中國古典戲曲論著集成》。

20. 《太和正音譜》，朱權，中國戲劇出版社，1982 年 11 月，一版四印，收入《中國古典戲曲論著集成》。

21. 《曲論》，何良俊，中國戲劇出版社，1982 年 11 月，一版四印，收入《中國古典戲曲論著集成》。

22. 《曲律》，王驥德，中國戲劇出版社，1982 年 11 月，一版四印，收入《中國古典戲曲論著集成》。

23. 《度曲須知》，沈寵綏，中國戲劇出版社，1982 年 11 月，一版四印，收入《中國古典戲曲論著集成》。

24. 《閒情偶寄》，李漁，中國戲劇出版社，1982 年 11 月，一版四印，收入《中國古典戲曲論著集成》。

25. 《傳奇彙考標目》，無名氏，中國戲劇出版社，1982 年 11 月，一版四印，收入《中國古典戲曲論著集成》。

26. 《重訂曲海總目》，黃文暘，中國戲劇出版社，1982 年 11 月，一版四印，收入《中國古典戲曲論著集成》。

27. 《也是園藏書古今雜劇目錄》，黃丕烈，中國戲劇出版社，1982 年 11 月，一版四印，收入《中國古典戲曲論著集成》。

28. 《劇話》，李調元，中國戲劇出版社，1982 年 11 月，一版四印，收入《中國古典戲曲論著集成》。

29. 《花部農譚》，焦循，中國戲劇出版社，1982 年 11 月，一版四印，收入《中國古典戲曲論著集成》。

30. 《曲目新編》，支豐宜，中國戲劇出版社，1982 年 11 月，一版四印，收入《中國古典戲曲論著集成》。

31. 《詞餘叢話》，楊恩壽，中國戲劇出版社，1982 年 11 月，一版四印，收入《中國古典戲曲論著集成》。

32. 《今樂考證》，姚燮，中國戲劇出版社，1982 年 11 月，一版四印，收入《中國古典戲曲論著集成》。

33. 《潘之恆曲話》，潘之恆，中國戲劇出版社，1988 年 8 月，初版。

34. 《燕蘭小譜》，安樂山樵（吳太初），中國戲劇出版社，1988 年 12 月，初版，收入《清代燕都梨園史料》。

35. 《日下看花記》，小鐵笛道人，中國戲劇出版社，1988 年 12 月，初版，收入《清代燕都梨園史料》。

36. 《片羽集》，來青閣主人，中國戲劇出版社，1988 年 12 月，初版，收入《清代燕都梨園史料》。

37. 《鶯花小譜》，半標子，中國戲劇出版社，1988 年 12 月，初版，收入《清代燕都梨園史料》。

38. 《長安看花記》，蕊珠舊史，中國戲劇出版社，1988 年 12 月，初版，收入《清代燕都梨園史料》。

39. 《夢華瑣簿》，蕊珠舊史，中國戲劇出版社，1988 年 12 月，初版，收入《清代燕都梨園史料》。

40. 《北京梨園金石文字錄》，張江裁，中國戲劇出版社，1988 年 12 月，初版，收入《清代燕都梨園史料》。

41. 《消寒新詠》，鐵橋山人等，中國戲劇出版社，1988 年 12 月，初版，收入《清代燕都梨園史料》續編。

42. 《眾香國》，眾香主人，中國戲劇出版社，1988 年 12 月，初版，收入《清代燕都梨園史料》續編。

43. 《編劇學》，三民書局，1966 年元月，初版。

44. 《戲劇的政治社會化功能》，張信業，黎明文化事業公司，1982 年 10 月，初版。

45. 《戲劇藝術之發展及其原理》，趙如琳譯，東大圖書公司，1984 年 9 月，二版。

46. 《戲曲美學論文集》，張庚、蓋叫天，丹青圖書公司，1986 年 4 月 1 日初版。

47. 《編劇方法論》，鄧綏寧，正中書局，1986 年 8 月，初版三印。

48. 《戲曲表演美學探索》，韓幼德，丹青圖書公司，1987 年 2 月 28 日初版。

49. 《民族戲曲散論》，唐湜，上海古籍出版社，1987 年 5 月，初版。

50. 《戲曲藝術論》，張庚，丹青圖書公司，1987 年 6 月，初版。

51. 《論中國戲劇批評》，夏寫時，齊魯書社，1988 年 10 月，初版。

52. 《笑與喜劇美學》，佴榮本，中國戲劇出版社，1988 年 11 月，初版。

53. 《戲曲劇作藝術談》，顏長河，中國戲劇出版社，1988 年 11 月，初版。

54. 《比較戲劇論文集》，夏寫時、陸潤棠編，中國戲劇出版社，1988 年 12 月，初版。

55. 《比較研究：古劇結劇原理》，李曉，中國戲劇出版社，1989 年 1 月，初版。

56. 《戲曲作曲》，連波，上海音樂出版社，1989 年 7 月，初版。

57. 《劇論》，王永敬，江蘇文藝出版社，1990 年 2 月，初版。

58. 《戲劇編寫法》，方寸，東大圖書公司，1990 年 10 月，四版。

59. 《現代文學批評面面觀》，李宗慬譯、Grebstein' Sheldon Norman，正中書局，1978 年，初版。

60. 《世界戲劇藝術欣賞》，胡耀恆譯、布羅凱特（Oscar G. Brockett），志文出版社，1987 年 10 月，再版。

61. 《西洋戲劇欣賞》，Paul M. Lee, 李慕白譯、William Nickerson，幼獅文化事業公司，1990 年 5 月，一版六印。

62. 《新舊戲曲研究》，婁子匡編校，東方文化書局，原民俗叢書複刊。

63. 《螾廬曲談》，王季烈，臺灣商務印書館，1971 年 7 月，初版。

64. 《元明清戲曲史》，陳萬鼐，鼎文書局，1974 年 9 月，二版。

65. 《乾隆時期劇場活動之研究》，牛川海，華岡出版有限公司，1977 年 4 月，初版。

66. 《中國戲劇發展史》，周貽白，僶勉出版社，1978 年 8 月，再版。

67. 《中國戲曲發展史綱要》，周貽白，上海古籍出版社，1979 年 10 月，初版。

68. 《中國戲曲史》，孟瑤，傳記文學出版社，1979 年 11 月，再版。

69. 《崑劇演出史稿》，陸萼庭，上海文藝出版社，1980 年 1 月，初版。

70. 《五十年來的國劇》，齊如山，正中書局，1980 年 4 月，台四版。

71. 《中國戲曲概論》，吳梅，廣文書局，1980 年 7 月，再版。

72. 《中國古典文學論文精選叢刊戲劇類》，曾永義、陳芳英，幼獅文化事業公司，1980 年 8 月，初版。

73. 《曲學》，盧元駿，黎明文化事業公司，1980 年 11 月，初版。

74. 《中國戲劇》，田士林，廣播月刊社，1983 年 5 月，初版。

75. 《說戲曲》，曾永義，聯經出版事業公司，1983 年 5 月，一版三印。

76. 《歐陽予倩戲劇論文集》，歐陽予倩，上海文藝出版社，1984 年 1 月，初版。

77. 《中華國劇史》，史煥章，台灣商務印書館，1985 年 11 月，初版。

78. 《中國古典戲劇的特質》，曾永義，聯經出版事業公司，1986 年，初版五印。

79. 《中國戲曲叢談》，趙景深，齊魯書社，1986 年 5 月，初版。

80. 《中國戲劇史講座》，周貽白，木鐸出版社，1986 年 6 月，初版。

81. 《明代傳奇之劇場及其藝術》，王師安祈，學生書局，1986 年 6 月，初版。

82. 《中國古典小說戲曲論集第二輯》，趙景深編，上海古籍出版社，1987年8月，初版。

83. 《明清傳奇導論》，張敬，華正書局，1986年10月，初版。

84. 《明清傳奇概說》，朱承樸、曾慶全，龍泉書屋，1987年2月。

85. 《秦腔史稿》，焦文彬編，陝西人民出版社，1987年3月，初版。

86. 《中國戲曲通史》，張庚、郭漢城，丹青圖書公司，1987年8月，三版。

87. 《中國戲劇學史稿》，葉長海，駱駝出版社，1987年8月，台一版。

88. 《中國戲劇簡史》，董每勘，藍燈文化事業公司，1987年9月，初版。

89. 《崑劇史補論》，顧篤璜，江蘇古籍出版社，1987年10月，初版。

90. 《清代戲曲史》，周妙中，中州古籍出版社，1987年12月，初版。

91. 《詩歌與戲曲》，曾永義，聯經出版事業公司，1988年4月，初版。

92. 《中國近代戲曲史》，青木正兒著、王吉盧譯，臺灣商務印書館，1988年3月，台五版。

93. 《明清戲曲史》，盧前，臺灣商務印書館，1988年6月，台三版。

94. 《京劇二百年概觀》，蘇移，北京燕山出版社，1989年6月，初版。

95. 《崑劇發展史》，胡忌、劉致中，中國戲劇出版社，1989年6月，初版。

96. 《中國民間小戲》，張紫晨，浙江教育出版社，1989年7月，初版。

97. 《清代京劇百年史》，馬德程譯、Colin P. Mackerras著，中國文化大學出版，1989年8月，初版。

98. 《小說戲曲研究第二集》，清大中文系編，聯經出版事業公司，1989年8月，初版。

99. 《明清傳奇》，王永健，江蘇教育出版社，1989年11月，初版。

100. 《國劇大成》，張伯謹，國防部總政治作戰部振興國劇研究發展委員會，1974年10月，初版。

101. 《與眾曲譜》，王季烈編，台灣商務印書館。

102. 《蓬瀛曲集》，中華學術院崑曲研究所，中華書局，1979年2月，台二版。

103. 《戲考》，里仁書局，1980年7月30日。

104. 《梅蘭芳唱腔集》，盧文勤、吳迎記譜整理，上海文藝出版社，1983年12月，初版。

105. 《民族音樂概論》，高厚永，丹青圖書有限公司，1986年3月，台一版。

106. 《民族樂器概論》，丹青藝叢編委員，丹青圖書有限公司，1986年3月，台一版。

107. 《中國音樂史》，王光祈，中華書局，1987年3月，台九版。

108. 《中國古代音樂史稿》，楊蔭瀏，丹青圖書公司，1987 年 4 月，三版。

109. 《民族音樂論文集》，人民音樂出版社編輯部編，中民音樂出版社，1988 年 3 月，初版。

110. 《中國民族音樂大系——戲曲音樂卷》，劉國杰，上海音樂出版社，1989 年 8 月，初版。

111. 《西皮二黃音樂概論》，劉國杰，上海音樂出版社，1989 年 11 月，初版。

112. 《中國古典音樂史簡述》，劉再生，人民音樂出版社，1989 年 12 月，初版。

113. 《戲曲音樂史概述》，莊永平，上海音樂出版社，1990 年 7 月，初版。

114. 《粟廬曲譜》，俞宗海，1991 年，原版影印。

115. 《清史稿》，洪氏出版社。

116. 《柳南隨筆》，王應奎，鼎文書局，收入《百部叢書集成初編》之四八部。

117. 《平圃雜記》，張宸，鼎文書局，收入《叢書集成三編》之一三部。

118. 《九江府志》，達春布修，成文出版社，據同治十三年刊本影印。

119. 《清昇平署志略》，王芷章編，新文豐出版社，1937 年 4 月，初版影印。

120. 《江蘇省明清以來碑刻資料選集》，江蘇省博物館編，北京三聯書局，1959 年，初版。

121. 《龔定庵全集類編》，龔自珍，世界書局，1960 年 11 月，初版。

122. 《清詩滙》，世界書局，1963 年 5 月，二版。

123. 《兩淮鹽法志》，謝開寵總纂，學生書局，1966 年 6 月，初版。

124. 《重修清史藝文志》，彭國棟纂修，台灣商務印書館，1968 年 6 月，初版。

125. 《在園雜志》，劉廷璣，文海出版社，1969 年，初版，收入《近代中國史料叢刊》第三八冊。

126. 《清昇平署存檔事例漫抄》，周泰明，文海出版社，1969 年，初版，收入《近代中國史料叢刊》第七〇冊。

127. 《隨園詩話》，袁枚，廣文書局，1971 年 9 月，初版。

128. 《北平俗曲略》，李家瑞，文史哲出版社，1974 年 2 月，二版。

129. 《皇朝通志》，鼎文書局，1975 年，原版影印。

130. 《皇朝文獻通考》，鼎文書局，1975 年，原版影印。

131. 《皇朝通典》，鼎文書局，1975 年，原版影印。

132. 《善本劇曲經眼錄》，張棣華，文史哲出版社，1976 年 6 月，初版。

133. 《江西經濟問題》，江西政府經濟委員會，學生書局，1976 年 6 月，初版。

134. 《大清聖祖仁皇帝實錄》，新文豐書局，1978 年 7 月，初版影印。

135. 《大清世宗章皇帝實錄》，新文豐書局，1978 年 7 月，初版影印。

136. 《大清高宗純皇帝實錄》，新文豐書局，1978 年 7 月，初版影印。

137. 《揚州畫舫錄》，李斗，世界書局，1979 年 10 月，二版。

138. 《元明清三代禁毀小說戲曲史料》，王利器編，河洛出版社，1980 年 1 月，初版。

139. 《清朝野史大觀》，小橫香室主人編，上海書店，1981 年 6 月，初版。

140. 《清代康雍乾三朝禁書原因之研究》，丁原基，華正書局，1983 年 2 月，初版。

141. 《諧鐸》，沈起鳳，人民文學出版社，1985 年 1 月，初版。

142. 《簷曝雜記》，趙翼，新興書局，1983 年，初版，收入《筆記小說》第三三編。

143. 《陶庵夢憶／西湖夢尋》，張岱，漢京文化事業有限公司，1984 年 3 月，初版。

144. 《李煦奏摺》，李煦，里仁書局，1985 年 8 月，初版。

145. 《清嘉錄》，顧祿，上海古籍出版社，1986 年 5 月，初版。

146. 《清稗類鈔》，徐珂編，北京中華書局出版，1986 年 7 月，初版。

147. 《嘯亭雜錄》，昭槤，弘文館，1986 年 11 月，初版。

148. 《崑劇生涯六十年》，周傳瑛口述，上海文藝出版社，1988 年 7 月，初版。

149. 《中國古典戲曲序跋彙編》，蔡毅編，齊魯書社，1989 年 10 月，初版。

150. 《飲流齋說瓷》，許之衡，世界書局，1962 年 11 月，初版，收於《陶瓷譜錄》。

151. 《陶說》，李琰，世界書局，1962 年 11 月，初版，收於《陶瓷譜錄》。

152. 《景德鎮陶錄》，藍浦，世界書局，1962 年 11 月，初版，收於《陶瓷譜錄》。

153. 《甌鉢羅室書畫過目考》，李玉棻，明文書局，1985 年 5 月，初版，清代傳記叢刊第七四冊。

154. 《清代畫史增編》，盛叔清輯，明文書局，1985 年 5 月，初版，清代傳記叢刊第七八冊。

155. 《清代畫家詩史》，李濬之輯，明文書局，1985 年 5 月，初版，清代傳記叢刊第七九冊。

156. 《八旗畫錄》，李放，明文書局，1985 年 5 月，初版，清代傳記叢刊第八〇冊。

157. 《國朝書畫家筆錄》，竇鎮輯，明文書局，1985 年 5 月，初版，清代傳記叢刊第八一冊。

158. 《國朝耆獻類徵初編》，李桓輯，明文書局，1985 年 5 月，初版，清代傳記叢刊第一二七冊。

159. 《中國陶瓷史》，吳仁敬、辛安潮，台灣商務印書館，1985 年 11 月，台七版。

160. 《清康、雍、乾名瓷特展》，國立故宮博物院，國立故宮博物院，1986 年 10 月，初版。

161. 《陶瓷》，劉良佑，幼獅文化事業公司，1987 年 4 月，初版。

162. 《陶瓷大全》，何廣正，藝術家出版社，1989 年 6 月，三版。

二、參考論文

1. 〈談綴白裘〉，杜穎陶，《劇學月刊》，1934 年 7 月，第三卷第 7 期。

2. 〈讀《綴白裘》所選「花部」雜劇有感〉，武建倫，《文學遺產增刊》，第一輯。

3. 〈唐英及其劇作〉，李修生，《文學遺產增刊》，1963 年 2 月，第十二輯。

4. 〈南曲聯套述例〉，張敬，《文史哲學報》，1966 年 8 月，15 期。

5. 〈中國地方戲劇在明清兩代的發展〉，Colin Mackerras、蘇友貞譯，《中外文學》，1976 年 12 月，五卷 7 期。

6. 〈清代內廷演戲情況雜談〉，朱家溍，《故宮博物院院刊》，1978 年，第 2 期。

7. 〈崑曲發展簡史〉，張秀蓮編寫，《戲曲藝術》，1979 年，第 1 期。

8. 〈清代的戲曲服飾史料〉，朱家溍，《故宮博物院院刊》，1979 年，第 4 期。

9. 〈論戲曲音樂的民間性〉，何為，《文藝研究》，1980 年，第 2 期。

10. 〈從崑曲的興衰談京劇的發展〉，薛若鄰，《雲南劇目選輯》，1980 年，第 4 期。

11. 〈清代宮廷戲曲的舞台藝術〉，龔和德，《戲劇藝術》，1981 年，第 2 期。

12. 〈論板腔體戲曲音變的板式〉，羅映輝，《中央音樂學院學報》，1981 年，第 3 期。

13. 〈崑山腔分布概況〉，王芷章，《戲曲藝術》，1981 年，第 4 期。

14. 〈崑曲家門談〉，周傳瑛，《戲文》，1981 年，第 7 期。

15. 〈清代中葉後崑曲衰落的歷程〉，胡忌，《江蘇戲劇》，1981 年，第 10 期。

16. 〈李漁論戲劇的審美特性〉，杜書瀛，《中國社會科學》，1982 年，第 1

期。

17. 〈清宮演劇叢話〉，李宗百，《北京藝術》，1982 年，第 1 期。

18. 〈崑曲音樂淺談〉，傅雪漪，《人民音樂》，1982 年，第 10 期。

19. 〈中國地方戲劇的發展構造〉（一）（二），田仲一成、龔雲馨譯，《中外文學》，1982 年 1 月 2 日，十卷 8、9 期。

20. 〈崑劇表演程式的本質、構成和運用〉，丁修詢，《戲劇藝術》，1983 年，第 2 期。

21. 〈乾隆末年進京的徽班〉，周育德，《戲曲藝術》，1983 年，第 2 期。

22. 〈論女樂家班〉，胡忌，《戲劇藝術》，1983 年，第 4 期。

23. 〈略論崑曲的演唱法〉，肖翰之，《江蘇戲劇叢刊》，1983 年，第 6 期。

24. 〈舶載書目所錄綴白裘全集釋義〉，林鋒雄，《天理大學學報》，1983 年 9 月 30 日，第一四○輯。

25. 〈崑劇改革二題〉，于質彬，《江蘇戲劇》，1984 年，第 3 期。

26. 〈唐英的戲劇創作〉，刁云展、張發穎，遼寧《社會科學輯刊》，1984 年，第 3 期。

27. 〈清中葉徽班的藝術道路〉，朱建明，《戲劇藝術》，1984 年，第 4 期。

28. 〈清宮演劇制度的變革〉，楊常德，《戲曲藝術》，1985 年，第 2 期。

29. 〈地方戲的興衰和觀眾心理〉，劉景亮，《地方戲藝術》，1985 年，第 4 期。

30. 〈論花雅之爭〉，孟繁樹，《地方戲藝術》，1985 年，第 4 期。

31. 〈崑山腔戲曲藝術及蘇州〉，王永健，《蘇州大學學報》，1986 年，第 4 期。

32. 〈宋元明三代中國北方農村廟宇舞台的沿革〉，黃維若，《中央戲劇學院學報》，1986 年，第 2 期。

33. 〈宋元明三代中國北方農村廟宇舞台的沿革〉，黃維若，《中央戲劇學院學報》，1986 年，第 3 期。

34. 〈宋元明三代中國北方農村廟宇舞台的沿革〉，黃維若，《中央戲劇學院學報》，1986 年，第 4 期。

35. 〈傳奇腳色之配搭及場面之安排〉，張敬，《漢學研究》，1988 年 6 月，六卷 1 期。

36. 〈說排場〉，曾永義，《漢學研究》，1988 年 6 月，六卷 1 期。

37. 〈弋陽腔——中國戲曲的長青樹，敖鳳翔，《藝術學報》，1989 年 11 月，第 45 期。

38. 〈《張骨董借妻》與《天緣債》〉，王師安祈，《中外文學》，1990 年 4 月，卷十八。

39. 〈論平劇中的幾齣小戲〉，王師安祈，《漢學研究》，1990 年 6 月，八卷 1
　　期。

三、工具書

1. 《中國戲曲曲藝詞典》，上海藝術研究所、中國戲劇家協會上海分會編，
   上海辭書出版社，1981 年 9 月，初版。

2. 《平劇劇目初探》，陶君起，明文書局，1982 年 7 月，初版。

3. 《中國大百科全書戲曲曲藝類、戲劇類》，中國大百科全書出版社編輯部
   編，中國大百科全書出版社，1983 年 8 月，初版。

4. 《中國古代文學理論詞典》，趙則誠等編，吉林文史出版社，1985 年 7
   月，初版。

5. 《中國音樂詞典》，中國藝術研究院音樂研究所編，人民音樂出版社，1985
   年 9 月，初版。

6. 《中國叢書綜錄》，上海圖書館編，上海古籍出版社，1986 年 2 月，初
   版。

7. 《古典戲曲存目彙考》，莊一拂，木鐸出版社，1986 年 9 月，初版。

8. 《中國音樂舞蹈戲曲人名詞典》，曹惆生編，里仁書局，1986 年 10 月，
   初版。

9. 《北京圖書館古籍善本書目》，北京圖書館編，書目文獻出版社，1987
   年 7 月，初版。

10. 《文學理論詞典》，鄭乃臧、唐再興主編，光明日報出版社，1989 年 2
    月，初版。

11. 《京劇劇目辭典》，曾白融主編，中國戲劇出版社，1989 年 6 月，初版。